し

小林泰三

栗栖川亜理はここ最近、不思議の国に迷い込んだアリスの夢ばかり見ている。ある日、ハンプティ・ダンプティが墜落死する夢を見た後、亜理が大学に行くと、玉子という綽名の博士研究員が校舎の屋上から転落して死亡していた。グリフォンが生牡蠣を喉に詰まらせて窒息死した夢の後には、牡蠣を食べた教授が急死する。夢の世界の死と現実の死は繋がっているらしい。不思議の国で事件を調べる三月兎と帽子屋によって容疑者に名指しされたアリス。亜理は同じ夢を見ているとわかった同学年の井森とともに冤罪を晴らすため真犯人捜しに奔走するが……邪悪なメルヘンが彩る驚愕の本格ミステリ。

アリス殺し

小林泰三

創元推理文庫

THE MURDER OF ALICE

by

Yasumi Kobayashi

2013

アリス殺し

1

向こうから白兎が走ってくる。

チョッキから時計を取り出す。「大変だ！　遅れてしまう！」

この兎が特別時間にルーズなのか、そもそも兎という種族自体時間を守るという能力に欠けているのか、とにかく彼はいつもこの調子だった。

そもそも彼との最初の出会いの時も時間に遅れそうだったんじゃなかったかしら？

アリスは呆れながら白兎を眺めた。

と言っても、どれが最初の出会いだったのか、今ではもうはっきりとしない。相当前のことだったからだ。それ以前のことはもっと曖昧模糊（あいまいもこ）としていて、殆（ほとん）ど思い出すこともできない。なんだか、もっと退屈だけれども落ち着いた日常があったような気もする。

「そこをどいてくれ、メアリーアン！　時間に遅れそうなんだ！　わかるだろ！」

アリスが口を開きかけた時、後ろから呼び掛ける者がいた。

「ねえ。合言葉を決めておこうよ」

振り返ると、そこにいたのは蜥蜴（とかげ）のビルだった。

「合言葉？　何のこと？」

「合言葉っていうのは、味方同士だってことがわかるための合図の言葉だよ」

「そうじゃなくて、どうしてそんなものが必要なのかって訊いているのよ」

ビルは小首を傾げてしばらく考えてから答えた。「敵を味方だと間違えたら、まずいからじゃないのかな？」

「敵なんかどこにいるの？」

「さあね。でも、見分け方はわかってるから、もしいたら簡単に見付けられるよ」

「見分け方がわかってるの？」

「もちろんだよ」

「どうやって、見分けるのか教えてくれる？」

「簡単さ。合言葉を言って、正しい答えを返してくれたら味方で、そうじゃなかったら敵なんだよ」

「まあ。そんなことだろうと思ったわ」

「そう。誰でも理解できるまっとうな理屈だよね」

「あなた、知り合い全員に今のと同じ話をしてるの？」

ビルは首を振った。「まさか、みんなに言ったら意味ないじゃないか。この話をしたのは味方にだけだよ」

あら。ビルったら、わたしのことを味方だと思ってるの？

「どんな合言葉がいい？」ビルが目を輝かせた。

アリスはなんとなく面倒そうだなと思った。

「別に決めなくてもいいわ」

「どうして？」

「逆に訊くけど、なぜ決めなくちゃいけないの？」

「だって、決めておかなくちゃ、敵か味方か判断が付かないじゃないか」

「判断は付くんじゃないの？　わたしは味方でしょ」

「だから、合言葉を決めておかなかったら、アリスが味方だとわからないじゃないか」

「じゃあ、敵でもいいわよ」

ビルはぶんぶんと首を振った。「それは困る。アリスは味方だから」

「ほら。合言葉を言わなくたって、味方だってわかってるんじゃないの？」

「いいや。合言葉は味方と敵を判別するためのものなんだから、合言葉は絶対に必要なんだ」

どうして、ここの人たち――まあ、ビルは人じゃないけど――ってみんなこんなに面倒なのかしら？　本当にわかってない人と本当はわかってるけど悪ふざけを続けている人がいるけどね。悪ふざけの人は面倒な時は無視すればいい。本当にわかってない人を無視するのは大人げない。問題は、その人がどっちのタイプかなんて簡単にはわからないってこと。でも、ビルはなんとなく本当にわかってない方のタイプのような気がするわ。だとしたら、ちゃんと相手してあげなくちゃいけない。

だけど、合言葉なんて本当に面倒だわ。

そうだ。いい言い訳を思い付いた。

「合言葉を決めるのはまた今度にしましょう」

「どうして?」

「この子がいるから」アリスはポケットを指差した。

「ポケットが言いふらすと思ってるの? そいつらはたいてい無口だから大丈夫だよ」

「ポケットの中身が問題なの」アリスはポケットの口を少し広げて見せた。「見える?」

「空気のこと?」

「もっとちゃんと見て。ここにいるでしょ」

「何か茶色い毛玉が入ってるけど。これのこと?」

「そうよ」

「毛玉は喋らないよ」

「毛玉じゃないわ」

「さっき、アリスが毛玉って言ったよ」

「いいえ。言ってないわ。言ったのはあなたよ」

「僕は毛玉って言ったよ。そして、アリスは『そうよ』って言ったんだ」

「それは『毛玉』って意味じゃなくて、『ポケットの中身は毛玉みたいなやつ』ってことよ」

「じゃあ、『そうよ』じゃなくて、『違うわ』って言ってくれなきゃ」

アリスは溜め息を吐(つ)いた。「違うわ。でも、ポケットの中身はそれよ」

「それって何？」

「毛玉みたいなやつ」

「アリスは毛玉みたいなやつに気を使ってるの？」

「そうね。ただの毛玉じゃないから」

「ただじゃない？　じゃあ、いくらで買ったの？」

「買ってないわ。友達だから」

「友達から買ったって言った？」

「いいえ。友達から買ってないわ」

「じゃあ、非友達から買ったんだね」

「非友達からも買ってない。もしそういう言葉があったとしたらね」

「じゃあ、誰から買ったんだよ？」

「誰からも買っていないのよ」

「じゃあ、ただじゃないか」

「ただじゃないわ」

「言ってることの辻褄(つじつま)が合ってないよ」ビルが肩を竦(すく)めた。

アリスは深呼吸をした。「わたしは売り買いや買い値の話なんかしていないわ」

「だって、たった今『この毛玉はただ』って言ったよ」

「ええと。これ以上、話がこんがらがるといけないから、はっきりと説明すると、『ただ』っていうのはゼロ円て意味じゃなくて、『普通の』って意味よ」

「つまり、その毛玉は普通じゃないってこと?」

「毛玉としてはね。でも、眠り鼠としては普通かしら?」

「眠り鼠?! なんで急にあんな訳のわからない輩の話をするんだ?」

「しっ!」アリスは口の前で指を立てた。「聞こえるわ。ポケットの中にいるんだから」

「なんてことだ!」ビルは大げさに頭を抱えた。「なぜ、そんな大切なことを秘密にしてたんだ」

「秘密になんかしていないわ。あなたが一々話の腰を折らなかったら、五分前には知ってたと思うわ」

「でも、まあ僕は気にしてないけどね。『訳のわからない輩』なんて悪口を言ったって、どうせ眠り鼠は眠っているんだから、気が付かないさ」

「でも、時々起きてたりするわよ」

「だいたい寝ている」

「それでも、いつ起きるかはわからないわ。だから、今は合言葉を教えないで」

「眠り鼠が起きるのを待ってから合言葉を教えろってこと?」

「そうじゃなくて、眠り鼠に聞かれるかもしれないから、合言葉を教えないでってことよ」

「どうして、聞かれたらまずいんだい?」

「合言葉っていうのは敵と味方を区別するために使うもんでしょ」

「そうだよ」ビルは頷いた。

「だったら、味方以外に知られちゃまずいんじゃない？」

「えっ⁈　じゃあ、眠り鼠は敵なのかい？　どっからそんな情報を手に入れたんだ？」ビルは目を輝かせた。

「そんな情報はないわ」

「じゃあ、ガセなのかい？」

「ガセとかじゃないわ。わたしは単に可能性の問題を言っただけよ」

「どんな可能性？」

「眠り鼠が敵に内通している可能性よ」

「こいつが？」ビルはしげしげと眠り鼠を見た。「内通者っていうのは、こんなにいつも眠り呆けているものなのかな？」

「居眠りと内通は関係ないわ。……でも、こんなに眠っていると、内通者らしいとは言いづらいかも——」

「いい考えがある。こいつが眠っている間に合言葉を教えてしまえばいいんだ」

「わたしは起きてるわよ！」眠り鼠が言った。

　アリスとビルは無言で眠り鼠を見た。

　目を瞑ったまま、すうすうと寝息を立てている。

「今、一瞬だけ起きてすぐ寝たのかな」ビルがぽつりと言った。

「それよりも寝言だった可能性の方が高いかも」アリスが言った。「でも、起きていたという可能性も捨てがたいわよ」

「もっといい考えを思い付いた。『もっと』というのは、『こいつが眠っている間に合言葉を教える』といういい考えよりも、『もっと』いい考えということだ」

「あなたは凄い勢いでいい考えを思い付くのね」

「尊敬してくれてうれしいよ」

アリスは、尊敬なんかしていない、と言おうかと思ったが、結局やめた。どんどん不毛な会話の深みに嵌(はま)っていきそうだったからだ。

「それで、どんな考えなの？」

「眠り鼠を味方だと考えるんだ。そうすれば、合言葉を知られても何の問題もない」

「えっ？　そんなに簡単に信じるの？」

「君は眠り鼠のことを疑ってるの？」

「まさか」

「そうだろうね。僕もこいつを疑ってなんかいない。それに、万一こいつが敵だとしても全然怖くなんかないだろ。だったら、仮に敵だとしても味方となんら変わらないじゃないか」

「見くびるな！」眠り鼠が言った。

アリスとビルは無言で眠り鼠を見た。

目を瞑ったまま、すうすうと寝息を立てている。

「ひょっとすると、狸寝入りなのかな？」ビルが言った。

「狸寝入りしているのなら、わざわざ声を出したりはしないと思うわ」

アリスは眠り鼠のせいにして合言葉の話題を避けるのがだんだんと馬鹿らしくなってきた。こんなつまらないことで延々揉めるぐらいなら、早めに合言葉を聞いて、さっさとビルを厄払いした方がましだ。

「わかったわ。眠り鼠はたぶん寝ているかもしれないし、万一聞かれたって何の脅威にもならない。今、ここで合言葉を教えて頂戴」

「よし。じゃあ、今から言うよ。一度しか言わないからよく聞いてね。……『一度しか言わない』って言い回し、前から使ってみたかったんだ。でも、どうして一度しか言わないんだろ？大事なことなら、三回ぐらい言えばいいのに」

「そうね。きっと三回も言うのが面倒なんだわ」

「なるほど。面倒だったんだ。これですっきりしたよ」

「面倒なことって本当に嫌だものね」

「そうかな？　そもそも面倒なことってそんなにあるかな？」

「わたし今一つ思い付いたわ」

合言葉を教えたがっているけど、なかなか教えようとしない蜥蜴の話に延々付き合うことよ。

「とにかく眠り鼠が味方だと考えるのは賛成よ。その合言葉とやらをさっさと言って頂戴」

「わかった。まず僕が『スナークは』って言うんだ。そしたら、君は……」

「『ブージャムだった』」

ビルは目を見開いた。「どうして知ってるんだ？　秘密が漏れてたのかい？」

「誰から秘密が漏れたというの？」

ビルは眠り鼠を見詰めた。

すうすうと寝息を立てている。

「やっぱり狸寝入りだったのかな？」

「ええと。あなた、眠り鼠の前で合言葉を言ったことがあるの？」

「ああ。あるよ。正確に言うと、僕が言ったのは前半分だけで、残りは君が言ったんだけどね」

「それって、今さっきのこと？」

「覚えてないの？」

「覚えてるわよ」

「ああ。よかった。てっきり君の頭がおかしくなってしまったのかと思ったよ」

「それより前に言ったことは？」

「ないよ」

「ないの？」

「そうだよ。さっき初めて言ったんだ。それまでずっと僕の頭の中だけにあったんだ」

「だったら、眠り鼠を疑うのは筋違いだわ」

「だけど、僕が合言葉を教える前に君はもう合言葉を知ってたんだから、眠り鼠を疑う理由は充分だと思うけど」

「いいえ。眠り鼠は無実だわ」

「どうして、そう断言できるんだよ?」

「だって、わたしは眠り鼠から合言葉を聞いた訳ではないもの」

「そいつは驚きだ。じゃあ、裏切者は誰なんだろ?」

「いるとしたら、合言葉を知っている誰かだわね」アリスはほとほと呆れていた。

「合言葉を知っている誰か……君は合言葉を知ってたよね」

「わたしが裏切者だと思うの?」

「そうなの?」

「いいえ。わたしは裏切者じゃない」

「どうしてそう言えるの?」

「自分のことは自分が一番よく知ってるわ。わたしは裏切者じゃない」

「他に合言葉を知っていた人は誰だろ?」

「一人しかいないわ」

「誰」

「ビル、あなたよ」

「おお。それは気付かなかった!」ビルは額を押さえた。「僕が裏切者だったなんて、全然気付かなかったよ」

「安心して、ビル。あなたも裏切者じゃない」

「どうして知ってるの？」

「あなたは裏切者のタイプじゃないからよ。それにあなたが裏切者だったら、自分でそれを知っているはずよ」

「そうか。自分が知ってるんだ。じゃあ、自分に訊いてみればはっきりするじゃないか。……でも、どうやって自分に訊けばいいんだ?!」ビルはパニックになりそうになった。

「大丈夫よ。自分で訊く必要なんかないから。わたしが訊いてあげる」

「ありがとう。助かるよ、アリス」

「ビル、あなたは裏切者なの？」

ビルは少し斜め上を見て考えてから答えた。「いいや。僕は裏切者なんかじゃない」

「ほら。あなたは裏切者じゃないわ」

「いや。まだ安心できないよ」ビルは不安げに言った。「僕は嘘を吐いているかも」

「あなたは嘘なんか吐いていないわ」

「どうしてわかるんだ？」

「もしあなたが裏切者だとしたら、誰を裏切ったというの？」

「君？」

アリスは首を振った。

「僕?」

「あなた、自分が誰かに裏切られたような気がする?」

「それが全然なんだ」

「ほら御覧なさい」

「じゃあ、誰が裏切ったんだろ?」

「誰も裏切ってなんかいないわ」

「どうして、知ってるの?」

「だって、この国には人を裏切ったりできるほど、ちゃんとした頭の人は……」

「大変だぁ!」目の前を家来たちと馬たちが叫びながら駆け抜けた。

「何? どうしたの?」ビルが尋ねた。

「王様の家来と馬たちが慌ててるということは答えは一つよ」

「誰が裏切者かわかったのかい?」

「たぶんそうではなくて、塀から落ちたのよ」

「何が塀から落ちたの?」

「『何が』じゃなくて、『誰が』よ。たぶんここでは」

「どこ?」

「不思議の国」

「不思議の国?」

「この世界のことよ」

「君はこの世界以外の世界を知ってるの、アリス?」

「うん。知ってるんだと思うけど、そんなに自信はないわ」

「どういうこと?」

「ちゃんと思い出せないの。いや。思い出せないんじゃなくて、思い出せるけど、実感がないというか。向こうに行くと逆にこっちの世界の実感がなくなるんだけど」

「それで、誰が落ちたの?」

「本気で訊いているの?」

「うん」ビルは頷いた。

「王様の家来や馬が走っていったのに、知らないっていうのね」

「うん」ビルは頷いた。

「ハンプティ・ダンプティ」

「誰?」

「ハンプティ・ダンプティを知らないの?」

「知ってるよ。知らないなんて、いつ言った?」ビルは少しむっとしたようだった。

「じゃあ、様子を見に行ってみましょうよ」アリスは言った。

これで、今よりは少しだけ有意義な午後が過ごせるかもしれないわ。

「ハンプティ・ダンプティはたぶんこっちだ」ビルは心当たりがあるのか、突然走り出した。

「ちょっと待って」アリスも慌てて後を追う。

「女王様の城の庭だ」ビルは走りながら指差した。

ビルの指の先を見ると、確かにぐしゃっと潰れた何かが飛び散っていた。巨大な白い殻のようなものが見える。そして、赤黒い何か。

アリスはてっきり黄色いものが見えると思っていたので、少し驚いた。

まあ、そんなに驚くこともないわね。だって、ハンプティ・ダンプティが無精卵だなんて誰が決めたの？

ハンプティ・ダンプティの周りには二つの人影があった。まあ、人ではないかもしれないけど、とにかく人扱いするのがここの流儀だ。

近付くにつれ、それらの人影が三月兎と頭のおかしい帽子屋のものだとはっきりしてきた。

あら。あの人たちここで何をしてるのかしら？　本当なら今頃は頭のおかしなお茶会を開いているはずなのに。まあ、今頃も何も、あの人たちはいつもお茶会を開いているけど。

頭のおかしい帽子屋は巨大な虫眼鏡で、ハンプティ・ダンプティの残骸(ざんがい)を熱心に調べているところだった。

そして、三月兎はまるで頭がおかしくなったように、そこらを飛び跳ねていた。いや、おかしいのは間違えようのない事実だが。

「あなたたち、そこで何をしているの？」アリスは問い掛けた。

「見ての通り、犯罪捜査さ」頭のおかしい帽子屋は顔も上げずに答えた。

「犯罪？　ハンプティ・ダンプティが塀から落ちただけでしょ？　だったら、事故だわ」

帽子屋は顔を上げた。「いいや。ハンプティ・ダンプティは殺されたんだ。これは殺人事件だ」

2

ああ。また変な夢見ちゃったな。

栗栖川亜理（くりすがわあり）はずるずるとベッドから這い出すと、目覚まし時計を止めた。

いつも通りいやにリアルな夢だった。見ている最中はもうこれが夢かと疑うことができないぐらい五感すべてがはっきりとしている（厳密に言うと、その感覚自体を覚えているのではなく、「そう感じたこと」を覚えているのだが）。

でも、こうして覚めてみると、やはり夢だけあって、ぼんやりとしている。

記憶が曖昧になるという意味でなく、何もかもに現実感がないのだ。映画を見たり、小説を読んでいる感覚に近い。どんなにはっきりと感じたとしても、それが現実ではないことは揺るぎない事実であるとしっかり実感できている。

しかし、どうしてあんな頭のおかしい人物やら動物やらが住んでいる世界の夢ばかりを見るのかしら？

あの世界のことはよく知っているはずなのに、いったいどこなのか思い出せない。夢を見ている間は「ここがどこか」なんて疑問すら湧かないのに。

まあ夢なのだから、辻褄が合わないのは当然だとも言えるが。

でも、みんな夢は目が覚めるとすぐに忘れると言うけれど、わたしはずっと覚えている。実感は消えてしまうけれど、どんな事件があったかという記憶はずっと保持しているのだ。

これって特異なことなのかしら？

最近はこの夢ばかり見ている。ひょっとして毎日見ている？　まさか。

昨日見た夢を思い出そうとする。

昨日はあの世界の夢だ。昨日はね。二日続けて見るのはそんなに不思議じゃない。

一昨日の夢を思い出そうとする。

たぶんあの世界の夢だったわ。たまたま三日続いただけだけど。

一昨々日（さきおととい）はどうだったかしら？

なんとなく、あの世界の夢だったような気がする。確証はないけど。

……。

亜理はふと不安を覚えた。

これって大丈夫なのかしら？　大丈夫よね。

心理学には詳しくはないが、繰り返し見る夢には意味があると聞いたことがある。きっと、あの世界はわたしにとって何かの象徴で、今この局面で大事なことなんだ。だから、わたしの無意識がそれをわたしに知らせようとしているのかもしれない。

じゃあ、いつ頃からあの夢を見だしたのかしら？

それはどうもはっきりしない。相当前からのような気がするが、夢の記憶はあまり現実とリンクしていないので、年月の特定がしづらいのだ。

じゃあ、視点を変えてみましょう。あの夢以外に重要そうな夢って他にどんなのがある？

……。

何も思い付かない。

わたしあの夢以外の夢を見たことがないの？

いくらなんでも、それはあり得ないわ。単にすぐに思い出せないだけよ。

亜理は唇を噛んだ。

夢のことなんかどうでもいいはずなのに、なんだか気になり始めちゃった。こんなことなら夢日記を付けとけばよかったわ。

そうだ。夢日記。

試しにこれから付けてみようかしら？　ちゃんと日付を書いてメモしておけば、心理的な何かが摑めるかもしれないわ。

亜理は机の引き出しを開けると、授業のために買っておいたノートを引き摺りだした。

最初の二、三ページに何かが書いてあったが、そこは無視して白紙のページに書き込んだ。

五月二十五日

こんな夢を見た。

白兎が走る。蜥蜴のビルに「スナークはブージャムだった」という合言葉を聞く。ハンプティ・ダンプティ殺害される。

「スナークはブージャムだった」ってどういうことかしら？　ああ。でも、この言葉ビルが言う前にもう知ってたんだっけ。じゃあ、ひょっとするとあの世界では誰でも知ってる言い回しなのかしら？　だとしたら、ビルはよっぽど間抜けだわ。

いけない。もうこんな時間だわ。早く大学に行かなくっちゃ。今日、実験装置の予約してたんだっけ。

亜理はペットのハムスターに餌をやると、慌てて部屋を飛び出した。

亜理が大学の研究室に着くと、建物内は妙に慌ただしかった。

ふだんはめったに姿を見せない職員たちが廊下を小走りしているし、見知らぬ人々や警官の姿も見掛けた。

「何かあったんですか？」亜理は一年上の大学院生田中李緒（たなかりお）に尋ねた。

「中之島（なかのしま）研究室の王子（おうじ）さんが亡くなったらしいの」

「えっ?!」

亜理は耳を疑った。中之島研究室の博士研究員である王子玉男とはそれほど親しかった訳ではない。研究会などで、たまに言葉を交わす程度だ。だが、昨日まで元気に生きていた人間が突然死んだと伝えられるとショックは大きい。

「わたしもびっくりしたのよ」

「急病ですか？」

「玉子と綽名されるほどの、あのまんまるな体型だから、糖尿病か循環器系の病気だと思うでしょ。でも、違うの。墜落死だって」

「墜落？　飛行機事故か何かですか？」

「そうではなくて、屋上から落ちたのよ」

「まさか、自殺……」

「それは今調べているらしいけど、目撃者によると屋上の端に座って、足をぶらぶらさせていたらしいわ」

「見てた人がいるんですか？」

「ええ。だから、すぐに救急に連絡したらしいんだけど、もう手遅れで……。一時この辺りは救急車やらパトカーやらで大騒ぎだったらしいわ」

最近似たようなことがあったかも。

亜理はふと思った。

何だったかしら？

「たぶん自殺じゃないわね」李緒はぽつりと言った。

「どうしてそう思うんですか？」

「自殺するようなタイプじゃないもの。そう思わない？」

「わたし、王子さんとはあまり親しくないもので……」

「あの人は相当無頓着なタイプよ。物事を気にしないというか、屋上の端に座っていたというのもあの人らしいわ。本当に何の危険も感じてなかったのかもしれない」

「つまり、不注意からくる事故だったってことですか？」

「断言はできないけどね。とにかく、今日は実験をするような状況じゃないみたい」

「えっ？　でも、わたし困るんです。今日、蒸着装置の予約をしていて、これを逃すと三週間先になってしまうんです」

「あら。それは困ったわね。でも、無理だと思うわ。今日は、実験中止だって、通達があったし」

「夜も駄目なんでしょうか？」

「基本的に夜間にできる実験は許可を受けたものだけよ。今から申請しても間に合わないんじゃないかしら？」

「どうしよう？」亜理は情けない声を出した。「学会発表に間に合わなくなりそうです」

「どうしてもって言うなら、今週予約している他の人と交渉してみるのはどうかしら？　余裕のある人なら譲ってくれるかも」

「そうしてみます」

亜理は予約表を調べると、めぼしい人物をピックアップし、実験室を見て回った。

どの部屋でも殆どの学生や研究員たちは実験をせずにただ王子の死についての話ばかりしていた。中には手作業でできる簡単な実験を行っている者もいたが、それは問題ないのか隠れてやっているのか、亜理には判断できなかったし、問い質すつもりもなかった。今、亜理の頭の中は実験のことだけだったのだ。王子には申し訳ないが、彼の死を悼んでいる暇はない。

「水曜日の蒸着装置の予約ですが、譲って貰うことはできませんか？　学会発表の準備に必要なんです」亜理は他研究室の大学院生に尋ねた。

「ああ。ごめん。俺もいっぱいいっぱいなんだ。学会発表どころか、博士論文の〆切が危ないんだ」

「誰か余裕ありそうな方、ご存知ないですか？」

「余裕？　そんなやつは……。いや……」

「心当たりあるんですか？」

「まあ、余裕と言えば余裕だが、余裕とはちょっと違う気もするなぁ」

「余裕か余裕でないのかどっちなんですか？」

「まあ、あいつが変わってるのは間違いない」大学院生は頷いた。

「誰ですか？」

「井森だよ。井森建。知ってる？」

名前は知っている。同学年だが、他学科から途中編入してきたので、それほど親しくはない。

そう言えば、ゆったりとした雰囲気には余裕を感じないでもない。

「一応、井森君にも訊いてみます。今、どこにいるかご存知ですか？」

「どうかな？　あいつ、王子と仲良かったから、警察も捜しているみたいだったし」

だとしたら、まずい。警察より先に確保しておかなくては。

「失礼します」

亜理は挨拶もそこそこに井森の探索に向かった。

井森はすぐに見つかった。

食堂でぼうっとテレビを見ていたのだ。

「井森君！」亜理は息急き切って呼び掛けた。

井森は亜理の方をゆっくり見て、そして少し首を傾げた。

「あなた、明後日蒸着の予約してるよね。あれ、譲ってくれない？」

井森はまた首を捻った。

「首どうかしたの？」

「今、思い出そうとしているんだ」

「何を？」

「いくつかの事柄を同時に。まずは装置予約の件だ。明後日、確かに蒸着の予定だったような気がする」

「そんな曖昧なの？　明後日なのに？」

「明後日のことなんか、気にしてられないよ。今日やることで手一杯なんだから」

「でも、今あなたテレビ見てたよね」

「そう。今日やることの一つがテレビを見ることなんだ」

「呑気にテレビなんか見ていていいの？」

「テレビを見られないほどの緊急事態ってなんだ？」

「あなた、親友が亡くなったんでしょ」

井森は首を捻った。

「どうしたの？」

「もう一つ思い出さなければいけないことが増えた」

「思い出さなくてもいいわ。わたしが教えてあげる。王子さんよ」

「王子？」

「王子さんの名前も忘れた？」

「いや。それは覚えている。だが、僕と親友だったとは初耳だ。ひょっとすると、忘れているのかも」

「じゃあ、わたしの勘違いよ。ただの友達だったかも」

井森は首を捻った。

「友達でもないの？」

「わからない。僕が忘れているだけかも」

「あなたの認識では、二人の関係は何？」

「顔見知りかな。でも、君よりは親しいと思う。王子さんとは、少なくとも廊下で会うと挨拶ぐらいはするから」

「わたしとは挨拶しないってこと？」

「してたかな？」井森は首を捻った。

「それはわたしも覚えてないわ」

「だとしたら、かなりの難問だ。君と挨拶してたかどうかについて、答えを出さなくっちゃいけない？」

「出さなくていいわ。もちろん、出したければ出してもいいけど、それはまた今度にして」

ああ。このまどろっこしいやりとり、最近どこかでしたような気がするわ。

「ああ。思い出した！」井森は亜理の顔を指差した。「君は栗栖川さんだ」

「それをずっと考えていたの？」

「そうだよ。だが、もう一つ思い出さなくてはならないことがある。それはもっと重要なんだ」

「蒸着装置の予約の件？」

「それはもう思い出した。確かに僕は蒸着の予定を組んでいた」

「替わって貰える？」

「そいつは難しいな。他のグループの蒸着も引き受けているから、僕だけの実験ならともかく他の人にまで迷惑が掛かってしまうんだ」

「そうなの」亜理は項垂れた。「どうしよう？　もう駄目かもしれないわ」

「そうとも限らない。君の実験内容を聞かせて貰っていいかな？」

亜理は落胆しながら、簡単に自分の実験内容を説明した。

「なるほど。電極を形成しさえすればいいんだろ」

「まあ、つまるところ、そういうことになるわね」

「だったら、スパッタを使えばいい」

「スパッタはちょっと大げさじゃない」

「大げさでもなんでも構いはしないさ。スパッタなら今週中に使えるはずだ」

「自分の実験予約は覚えていないのに、他の装置の予約状況は覚えているの？」

「覚えていなかった訳じゃない。ただ、思い出すのに時間が掛かっただけだ」

亜理はしばし考えた。確かに、電極を作る目的なら、スパッタでも構わないはずだ。装置の設定は多少面倒だが、使用経験はあるから、それほど困難という訳ではない。

これで、実験を大幅に遅らさずに済むかもしれないわ。当初の目的は達成しなかったけど、結果的に井森君に相談したのは正解かもしれない。

「ありがとう。スパッタを使ってみることにするわ」

井森は首を傾げた。

「何？　まだ何かあるの？」

「あと一つだ」

「そう言えば、何かまだ思い出せないって言ってたわね」

「重要なことだ」

「思い出せないのに重要なことだってわかるの？」

「不思議なことにね」

「あれじゃない？　今日の事件のことに関してとか」

「事件？」

「それも忘れたの？」

「いや。今日は結構事件があったから」

「王子さんの死亡より重要な事件が？」

「ああ。あの事件のことか」

「他にも何か事件があったの？」

「自動販売機のコーラが売り切れていたこととか、大学に来る時に一駅乗り越したこととか」

そして亜理の顔をまじまじと見た。「今、ここで君に話し掛けられたこととか」

「そんなの全然重要じゃないでしょ」

「重要かどうかはそれぞれの観点によるね」

「わたしに話し掛けられたことが重要？」

井森は一瞬はっとした表情になった。

えっ？　何、それ？

「そうだ。君に関したことだった」

「何が？」

「それをもう少しで思い出せそうなんだ。もうちょっと待ってくれ」

待てって言われても、会話も変な方に流れてきたし、ちょっと居づらくなってきたわ。

そうだ。こっちから話題を振ろう。

「王子さんはやっぱり事故だったの？」

「病死の可能性はゼロではないが、殆どないと思う。事故か自殺か他殺だろうね」

「病死でなかったら、たいていその三つの死に方よ」

「しかし、極めて妙だ」

「あなたもそう思うの？」

「彼は自殺するようなタイプじゃない」

「人は見かけによらないかも」

「もちろんそうだ。だが、自殺だという確証がないのだから、とりあえず除外して考えよう。

次に事故だが、どんな状況下での事故があり得るだろう？」

「屋上の端で足をぶらぶらさせている時にバランスを崩したのよ」

「いい年をした大人が屋上の端で足をぶらぶらさせるだろうか？」

「さあね。人それぞれ事情や嗜好（しこう）があるだろうし」

「もちろんそうだ。だが、事故だという確証がないのだから、とりあえず除外して考えよう。次に殺人だが、どんな方法での殺人があり得るだろう？」

「目撃者がいたんじゃなかったっけ？」

「ああ。僕だよ」

「えええっ?!」

「実験に遅れそうだったので、ちょうど実験棟に向かって走っている時だった。王子さんは屋上の端に座って足をぶらぶらさせていた」

「それでどうしたの？」

「何も。ただ危ないなと思った。下手に手を振ったりして気をとられたりしたら、落ちるかもしれない。だから、誰かに知らせて対策をとらなくちゃいけないと思ったんだ」

「自殺すると思ったんだ」

「自殺するようには全く見えなかった。だが、人間というのは突発的な行動をするものだからね。僕は物陰に隠れて、警察か消防に連絡しようとしたんだ。その時、王子さんは突然前のめりになった」

「自分で飛び降りたの？」

「そんな感じではなかった。必死で抵抗しているように見えた。だが、次の瞬間、王子さんはすでに落下していた」

「誰かに押されたの？」

「そんなふうに見えないこともなかったが、犯人は見えなかった」

「透明の犯人ってこと？」

「いや。単に角度的に見えなかっただけかもしれない」

「目撃者はあなただけだったの？」

「もちろん他にも何人かいた。彼が落下した瞬間、悲鳴が上がったよ。ただし、知り合いはいなかった」

「それでどうしたの？」

「僕を含めて何名かが落下現場に向かった。五階建ての屋上からだからね。殆ど即死だったと思う。落ちた瞬間に関節が外れたのか、手足と首が妙に伸びていて、なんというかばらばら死体のように見えたんだ」

「ばらばら死体？」

「正確に言うと、壊れた物のようだった」

「人形みたいな感じ？」

「人形というよりは何かが割れたみたいな感じだ。ガラスのコップとか、玉子とか」

「玉子というのは王子さんの体型からの連想じゃない？」

「それは否定できないな」

「あなたは殺人だと思ってるのね」

「確証はない。だけど、とても妙な印象を受けたことは確かだ」

「警察には言ったの？」

「ああ。だけど、さほど重要視はしていない様子だった。まあ、当然だろ。単なる印象の問題だし」

「他の人も同じ印象を受けたの？」

「それはわからない。他の目撃者の中に知り合いはいなかったし、取り調べの前に目撃者同士が話をするのは捜査的によろしくないだろ」

「どうして？」

「互いの印象が影響を及ぼし合って、記憶が変化してしまう可能性があるからだ」

「もう取り調べは終わったんでしょ」

「どうだろう？　まだ続いているかもしれない」

「でも、何人かは終わっているはずだわ。終わった人同士なら話し合ってもいいんじゃない？」

「なるほど。だが、さっきも言った通り知り合いはいなかった。見付け出して、話をするのは難しいだろう」

「ネットで呼び掛けてみたら？」

「何のために？」

「真相を究明するために決まっているじゃない」

「悪いが、その方法では、真相には到達しないだろう。事故だと感じたにせよ、殺人だと感じたにせよ、それはあくまで印象の問題だ。何人に話を聞いても何も解決しない」

「犯人を見た人がいるかもよ」

井森は首を振った。「地上からは僕が一番よく見えていたはずだ。もっとも屋上から見ていたり、空から見ていたりしたら、話は変わるが」

「いるかもしれないわ」

「いるかもしれないね。だけど、その話の真偽をどうやって確認するんだ？」

「証言に基づいて、証拠を積み重ねていくのよ」

「それは警察の仕事だ。もしくはマスコミの仕事かもしれない」

「わたしたちがやっていけない理由はある？」

「明らかに警察の捜査の邪魔になるよ」

「じゃあ、この話はこれでおしまいね。バイバイ」亜理は立ち去ろうとした。

「待ってくれ。君はこの事件に興味があるのかい？」井森は亜理を呼びとめた。

「えっと。どうかしら？　興味がなくはないという感じかしら？」

「身近で死者が出た場合の反応としては特段変わったものではない。だけど……」

「だけど、何？」

「君は関わっているような気がする」

「ちょっと待って。どういうこと？」

「言葉通りの意味だけど」

「わたしが王子さんの死に関係あるって？」

井森は頷いた。

「何か証拠でもあるの？」

「あるはずなんだ。もう少しで思い出せそうなんだが……」

「何、それ？　あなたが王子さんの死に関わるわたしの秘密を知ってるっていうの？　じゃあ、あなた自身も関係者ってことになるわね」

「そういうことになると思う」

「それって、妄想の一種じゃないの？」

「今のところ、そう言われても仕方がないが……」井森の目が一瞬虚ろになった。

何？　ちょっと怖い。

「どうしたの？　大丈夫？」

井森の目の焦点が合った。「大丈夫だ。ついに思い出したよ」

「事件に関すること？」

「う〜ん。それはまだよくわからないな」

「わたしに関すること？」

「そうだよ」

「あなたにも関係すること？」

「そうだよ」

「二人の関係について何か思い出したってこと？」

「そうだよ」

「わたしとあなたの間に何か関係があるって？」

「そうだよ」

「わたしは知らないわよ」

「いいや。おそらく君も知っているよ」

「じゃあ、今すぐ証明してみせて」

「ああ。いいよ」井森は亜理の瞳をじっと見詰めた。

やっぱりこの人怖い。

井森はゆっくりと口を開いた。

「スナークは」

亜理の全身に電撃のように悪寒が走った。

口が凍り付いたようになり、声を出すことはできなかった。

井森は静かに亜理を見ていた。

駄目。ここで答えたら、取り返しの付かないことになるような気がする。

いや。もう取り返しは付かないのだ。平穏な人生はもう戻ってこない。

そんな予感がひしひしと伝わってくる。

井森は確信に満ちた目で亜理を見ていた。そこには一かけらの不安もなかった。彼は亜理が正しい答えを返してくると信じているのだ。

この一言で世界が崩壊しようが知ったこっちゃないわ。

そもそも世界は最初からこうなっていたんだもの。そうでしょ？

亜理は覚悟を決めた。

「ブージャムだった」

世界はがらりと変わった。

3

「俺は殺人事件の捜査の手伝いをしてるんだ」三月兎は自慢げに言った。そして、飛び跳ねた拍子にハンプティ・ダンプティの残骸である殻の一つを遠くまで蹴とばした。

「今すぐ跳ね回るのはやめろ、この薄汚い畜生めが‼」頭のおかしい帽子屋は心底怒っている様子だった。

「あなたは全く手伝いになってないみたいだわ、兎さん」

「手伝い？　何の手伝い？」

「殺人事件の捜査よ」

「殺人だって⁈　なんて物騒な世の中なんだ！」

「殺人事件の捜査というのは、あなたが言ったことよ」アリスは不機嫌そうに言った。

「そいつに何を言っても無駄だ!!」頭のおかしい帽子屋は決め付けた。「頭がおかしいんだ」

「それはおあいこだぞ、帽子屋!」三月兎はげらげら笑った。

頭のおかしい帽子屋は三月兎の言葉を無視して、ハンプティ・ダンプティの殻の内側を虫眼鏡で観察していた。「ふ〜む」

「何か見つかったのかい?」ビルが尋ねた。

「なんだ、貴様は!!」帽子屋はビルに気付き、大声を出した。「爬虫類なのか?!」

「爬虫類って何?」ビルが尋ねた。

「おまえみたいなやつのことだ」

「つまり、『おまえは〝おまえみたいなやつ〟なのか?』と訊いたのかい?」

「そんな言い方をしたら、まるでわたしが馬鹿みたいではないか?」

「僕は僕みたいなやつだよ」

「わかった!」三月兎が叫んだ。「こいつはティラノサウルスだ。T-レックスなんだろ」

「ティラノサウルスとT-レックスとどっちがいいの?」

「同じだよ、レックス」

「僕、レックスじゃなくて、ビルだよ」

「ビル? T-ビルだなんて聞いたことないぞ」三月兎は真顔になった。「そうか。わかった。おまえは紛(まが)い物なんだ。紛い物のT-レックス」

「紛い物なんかじゃないやい。僕は正真正銘のビルだよ」

「馬鹿も休み休み言え」帽子屋が毒づいた。

「そうだ休み休み言え、この肉食獣脚類が！」三月兎が続いて言った。

「わたしはおまえに言ったんだ、うさ公！」

「うさ公？　兎がいるの？」三月兎は周囲を見回した。

「ああ。兎がいるぞ」帽子屋が言った。「そんなことより、こいつの正体だが、大きさから見てティラノサウルスじゃないだろう。おそらくヴェロキラプトルだ」

「それを言うなら、ディノニクスだろ。ヴェロキラプトルなんて子犬ぐらいの大きさしかないんだから」

「結構、恐竜に詳しいじゃないか」

「当たり前だよ。元々恐竜博士になろうと思ってたんだ」

「じゃあ、どうしてT－レックスなんて言ったんだ？」

「きっとこいつは子供だと思ったんだ。T－レックスの子供」

「それは一理ある」

「僕は子供じゃないぞ」ビルが抗議した。

「子供はたいていそう言うもんさ」三月兎がビルの肩を叩いた。

殻の内側にはピンクの組織がくっついていて、それらがぴくんぴくんと動き続けていた。

「まだ生きてるんじゃない？」

「組織単位ではな。これは歴(れっき)とした生命と言えるだろう。だが、それらの統合たるハンプテイ・ダンプティは死んだ。もうどこにもいないんだ」頭のおかしい帽子屋が言った。

「ぴくんぴくん動くたびに汁が溢れ出して、気持ち悪いんだけど」

「それは気の毒だ。だが、スープだと思えば気にならないだろう」

「なるほど。スープか!!」三月兎は殻を持ち上げると、ずるずると吸い出した。

アリスは激しい吐き気を感じた。

「おえええ!」三月兎は激しく嘔吐した。

びちゃびちゃとピンクの液体が周囲に飛び散った。

「もう我慢ならん!」帽子屋は三月兎に殴りかかった。

「ちょっと待った!!」三月兎は帽子屋を手で押しとどめた。「今日は特別な日だから許して」

「今日は何かの記念日だったかな?」

「俺の特別な日なんだ」

「おまえの?」

「そう。今日は俺の非誕生日なんだよ」

「えっ?! そうだったのか?」帽子屋が嬉しそうに言った。「偶然のことだが、わたしも今日は非誕生日なんだよ」

「な、なんだって、そりゃあ、たまげたよ」

「信じてくれないかもしれないけど」ビルが言った。「僕も今日が非誕生日なんだ」

「これはまた、凄まじい偶然だ!!」頭のおかしい帽子屋は額を手で押さえた。

そして、三人はちらりとアリスの方を見た。

わたしにも、今日は非誕生日なの、って言って欲しいのかしら？　絶対に言わないでおこう。

「まさか、あんたも今日が非誕生日ってことはないよな」三月兎はもうにやにやと笑い出している。

もううんざりよ、と言おうと、アリスが口を開いた。

「ああ。今日はわたしの非誕生日さ」眠り鼠がアリスのポケットの中で答えた。

「それは凄い偶然だ！」帽子屋と三月兎とビルが同時に叫んだ。

「でも、なんだか寝言みたいな言い方だったね」ビルが言った。

わたしが言ったと思われてる。でもまあ、わざわざ弁解するのもおかしいわ。今日がわたしの非誕生日だというのは本当のことだし……。

「それで、どうして、殺人事件なの？」

「まず、ここに死体があるということだ。それが証拠の一つだ」帽子屋は言った。

「死体ってこの殻のこと？」

「ハンプティ・ダンプティが死んだら、殻になる以外ないだろう」三月兎が言った。

「おまえ、たまにいいことを言うな」帽子屋が三月兎を褒めた。

「死体があるからって殺人とは限らないわ」

「これが病死に見えるか？」

「病気のハンプティ・ダンプティを見たことがないからよくわからないわ」

「わたしだって、見たことはないさ。でも、これは病気ではない。身体が破裂する病気があったのなら、誰かから聞いて知ってるはずさ」

「俺は知ってたよ」三月兎が言った。

「こいつの言うことは気にしなくてもいいよ」ビルが言った。「頭がおかしいんだよ」

「じゃあ、事故かもしれないわ」

「事故？　どんな事故？」

「つまり、塀の上に座っていて、そしてついうっかり落っこちゃったのかも」

「もし自分の身体が物凄く割れやすかったと考えてみろ。塀の上で迂闊な真似なんかするか？」

「たぶんしないわ」

「ハンプティ・ダンプティも高い塀の上に座っていたのなら、迂闊なことはしなかったろう」

「わざとかもしれないわ」アリスは言った。「つまり、自殺だったという可能性はない？」

「自殺じゃない。ちゃんと証拠がある」

「どこに？」

「ここだ」帽子屋はいつの間にか塀の上によじ登っていた。「ここにハンプティ・ダンプティは座っていた」

「ずいぶんべとべとしているわね」

「ここに油が撒いてあったんだ」

「どうして、そんなことを？」

「ハンプティ・ダンプティを滑らせるためさ。自殺するためにわざわざ自分の下に油を撒くやつがいるか？」

「いないと思うわ」アリスは首を振った。

「そうだ。こんなものの上に座ったら、べとべとになるのは当然だ。どうして自分にわざわざそんな不快な真似をする必要がある？　死にたければ、そのまま飛び降りれば済む話だ。そうすれば、べとべとにならず、さらさらのままでいられる訳だ」

「油だけじゃ、状況証拠として弱いんじゃないか？」ビルが言った。

「ここにもう一つ証拠がある」頭のおかしい帽子屋は塀から飛び降りると、比較的大きな殻の一つを指差した。「これはハンプティ・ダンプティの背中の部分だ」

「どうして背中ってわかるの？」アリスは尋ねた。

「内側を見てみろ。背骨があるだろ」

「うげっ」

「で、外側を見てみろ。何がある」

「手形だわ」

「油まみれの手で誰かがハンプティ・ダンプティの背中を押したんだ。ＱＥＤ」頭のおかしい帽子屋が宣言した。

「ええっ？　何を証明したの？」

「だから、殺人事件だってことをさ。これ以上、何を証明すればいいんだ？」

「犯人を見付けなくていいのかしら?」

「それは証明じゃない」

「誰かが犯人だと証明するのよ」

「そりゃ、誰かが犯人だろうよ。殺人事件なんだから」

「そういう意味じゃなくて、特定の誰かを犯人だと証明するのよ」

「だから、特定の誰かが犯人に決まっているだろうよ。不特定の誰かに殺人が犯せるとは思えないからね」

「そういうことではなくて、例えば……例えば、三月兎さんが犯人だと証明するのよ」

「俺はやってねえ!! 信じてくれ! 俺は無実だ」

「だから、例えばって言ってるじゃ……」

「なぜ、三月兎を犯人に仕立て上げようとした?」帽子屋の目が鋭く光った。「そうすることで何か得することがあるのか?」

「何もないわ」

「そうだと思ったよ」ビルが言った。

「とにかく、ここに証拠があるんだから、犯人はすぐに見つかるわ」

「証拠って何?」三月兎は油の手形に洗剤を掛けて雑巾で綺麗に拭き取っていた。

「なんてことしてるの?!」アリスは叫んだ。

「ハンプティ・ダンプティの背中を綺麗にしてやってるんだ」

「そんなことして何の意味があるというの？」

「背中が油まみれなんだぞ。誰だって、気持ち悪いだろ」

「でも、もう死んでるわ」

「誰が死んだの？」

「ハンプティ・ダンプティよ」

「えっ？　どうして死んだの」

「殺人よ」

「殺人事件！　大変だ‼」

「三月兎さんが証拠を隠滅したわ」

「もう証明は終わったから、証拠は必要ない」頭のおかしい帽子屋は言った。

「まだ必要よ。犯人を特定できたのに」

「さっき、君は三月兎が犯人だって言ってたよね」ビルが言った。

「だから、それは喩(たと)えよ。……でも、三月兎さんの行動は怪しいわ。証拠を隠滅したし」

「三月兎は犯人ではない」帽子屋は断言した。「アリバイがあるんだ」

「確かに？」

「ああ。ハンプティ・ダンプティが殺された時間、三月兎とわたしはお茶会をしていたんだ」

「あなたたちお茶会をしていない時ってあるの？」

「それで、あんたにはアリバイはあるのか？」

「わたし？」

「ああ。三月兎を疑うなら、あんたも疑わなくっちゃ不公平だ」

「わたしにはハンプティ・ダンプティを殺す理由はないわ」

「あんた、ハンプティ・ダンプティと何か揉めてたそうじゃないか」

「揉めてなんかいないわ。わたしが詩のことをハンプティ・ダンプティに訊いただけ。そしたら彼が突然不機嫌になって、わたしにぞんざいな態度をとったのよ。それだけのことだわ」

「ぞんざいな態度をとられてあんたはかっとなった。違うかな？」

「違うわ」

「じゃあ、アリバイはあるかな？」

「ええ。わたしはずっとビルと……」

「そう言えば、おかしいことがあるよ」ビルが言った。

「何か思い出したのか、蜥蜴」頭のおかしい帽子屋が言った。

「うん。そうだよ」

「ああ。早く言ってよ、あの時わたしはあなたと……」

「アリスは知っていたんだ」

えっ？　何の話？

「何を知ってたんだ？」

「ハンプティ・ダンプティが塀から落ちたって」

そっちの方?!

「確かに『塀から落ちた』と言ったのか?」帽子屋が確認した。

ビルはこくりと頷いた。

「犯人しか知りえない情報だ。違うかね、アリス?」

「違うわよ。だって、ハンプティ・ダンプティよ」

「そうだ。ハンプティ・ダンプティだ」

「だったら、塀から落ちたに決まってるわ」

「だから、どうしてハンプティ・ダンプティの殺害方法を知っていたのかと訊いているんだ」

「そんなの誰でも知ってるじゃない」

「ハンプティ・ダンプティが殺されたのは今日だ。そんなに素早く情報が伝わるはずがない」

「ハンプティ・ダンプティはいつだってそうじゃない」

「いつだって?」

「塀から落ちて壊れるのに決まってるわ」

「どういうことだ?」

「いつも塀から落ちて壊れて、そして王様の家来と馬が大騒ぎして……」

「いつもってどういうことだ? 他のハンプティ・ダンプティの話か?」

「他のハンプティ・ダンプティ?」アリスは考え込んだ。「いいえ。ハンプティ・ダンプティは一人だけよ」

「だったら、あんたの話は真実じゃない。彼が死んだのは今日だからな」

「じゃあ、あの記憶はいったい何なの？」

「決まっている。あんたが彼を殺した時の記憶だ」

「冤罪（えんざい）だわ」

「どうしてそう言い切れる？」

「わたしは殺していない。はっきりと断言できる」

「どうやってそれを証明する？」

「ビル、わたしたちずっと一緒にいたわよね」

ビルはきょろきょろと目を動かした。「一緒にはいたよ。でも、ずっとだったかどうかはよくわからない」

「何を言ってるの？」

「僕、ずっと考え事をしていたし、その間君のことは見ていなかったから……」

「あなたと話をしていたんだから、いくらなんでもわたしがいなくなったら気付いたでしょう？」

ビルは唸りながら考え始めた。

「調査は終了したよ」出し抜けに、にやにや顔が空中に現れた。

「ご苦労、チェシャ猫君」頭のおかしい帽子屋が言った。

「調査って何？」アリスが尋ねた。

「目撃者がいないかどうかを調べていたんだ」三月兎が説明した。

チェシャ猫なんかの調査で大丈夫かしら？　もっとも、ここには大丈夫な人なんか一人もいないけどね。

「ここは女王陛下の庭で、ハンプティ・ダンプティは特別に許されて、塀の上に座っていたってことだったよ」

「なんで塀の上なんかに座ってたの？」

「君の上やグリフォンの上だと安心して座ってられないからに決まってるだろ」

「チェシャ猫君、話が脱線しているぞ」

「女王陛下はここの管理を公爵夫人に一任していたんだ」

「じゃあ、公爵夫人が目撃者なのね」

「公爵夫人が直接ここに来る訳がないだろ。彼女は今育児で大変だ」

「本当の赤ちゃんじゃないけどね」アリスが言った。

「しーっ」頭のおかしい帽子屋と三月兎とビルとチェシャ猫が、ほぼ同時に唇の前に人差し指を立てた。

「そのことには触れてはいけないの？」

「公爵夫人が幸せなんだから、わざわざ教えなくてもいいんだよ」帽子屋が言った。「それで目撃者は、チェシャ猫君？」

「公爵夫人の命を受けて、この庭の巡視は白兎が行っていたのだよ」

白兎！　まあよかった。彼なら、比較的ましだわ。信頼にたるとまではとても言えないけどね。

「それで、白兎は当日何があったか覚えているのか？」

「当日って今日のことよね」

「わたしは何も間違った言葉は使ってないぞ!!」帽子屋は不機嫌そうに言った。

「ええ。間違ってるなんて思ってないわ」

「今日、白兎は巡視の時間に遅れそうになっていたらしい」

「あいつは、いつも首から時計を下げているのに、どうして時間を守ることができないんだ？」

「そのことについても調査が必要かい？」チェシャ猫はにやにやと笑った。いつの間にか上半身が見えている。

「その調査は後でいいわ。まずは目撃証言を教えて頂戴」

「指示はわたしが出すのだ！」帽子屋が怒鳴った。「その調査は後でいい。まずは目撃証言を教えてくれ」

「あの塀は庭のど真ん中にあるから、庭に入らなければ誰もハンプティ・ダンプティに近付けない。そして、白兎が到着した時には、庭の中にはハンプティ・ダンプティしかいなかった」

「庭の真ん中に塀があるってどういうこと？　塀っていうのは敷地の境界に造るものでしょ」

「ハンプティ・ダンプティが落ちた時に道路を汚さないためじゃないかな？」ビルが言った。

「それで、白兎はどうしたんだ？」

「中を確認した後、庭の入口に戻って、警備を開始したんだ」

「入口ってそこだけなの？」

「そこだけさ。他は塀で囲まれていて、中には入れない」

「やっぱり外側にも塀があるんだ」

「塀というのは外と内を隔てるものだからね」

「姿を消して入ることはできるんじゃない？」アリスが言った。

「どういうこと？」

「例えば、あなたよ、チェシャ猫さん」

「俺？」

「ごめんなさい。あなたを疑っている訳じゃないのよ。でも、あなたのような姿を消せる人なら……」

「そいつは人じゃない」頭のおかしい帽子屋が言った。

「あなたのような動物なら、気付かれずに入ることはできたんじゃない？」

「気付かれずに？　どうして？」

「気付かれずに？　どうして？」

ビルと三月兎が同時に尋ねた。

「けだものどもにはわかるんだよ」帽子屋が言った。「臭いとか赤外線とかでな。当然、白兎にもわかったはずだ」

「だったら、あれじゃない？　この世界は時々関係のない場所が突然繋がったりするじゃない。ああいうことが起きたのかも」

「それって、スペースワープのこと？」チェシャ猫が尋ねた。

「スペースワープっていうの？」

「紙の端と端に印を付けても紙を曲げれば、くっつけられるだろ。それと同じさ。空間がぐにゃって曲がって、遠くの場所がくっついてしまうんだ」

「じゃあ、それのことだわ」

「でも、空間が曲がると、その周りのいろんなものもひん曲がってえらいことになってしまうから、誰も気付かないなんてことあり得ないさ」

「まあ。そうだったの」

「君は何も知らないんだな」ビルが言った。

「まだ、あるわ」アリスは続けた。「この辺りには空を飛べる人が結構いるんじゃない？」

「女王陛下の庭付近は飛行禁止だ。ここの上空は常に監視されていて、空から近付くことはできない」チェシャ猫が言った。

「本当に？　信じられないけど」

突然、銃声が響いた。

一羽の小鳥がアリスたちの足元に落下してきた。

ばたばたと暴れまわるたびに大量の血が飛び散り、アリスたちを赤く染めた。

小鳥は突然動かなくなった。大きな穴が腹から背中にかけて貫通している。まだ時折、ぴくぴくと痙攣を続けている。

「ほら。信じただろ」頭のおかしい帽子屋が言った。

「酷いわ」

「いや。いい腕前だと思うけどね」

「酷いのは銃の腕のことじゃないの」

「突然、関係ない話をされても答えようがないよ」帽子屋は肩を竦めた。「とにかく、白兎の目に付かないようにハンプティ・ダンプティに近付くことはできないということはわかって貰えただろう。これが何を意味するか、わかる人？」

「白兎さんが第一の容疑者ってこと？」

「どうして、そうなるんだ？」

「でも、白兎さんに殺人の機会があったのは確かだわ」

「それについては調べてあるよ」チェシャ猫が言った。「ハンプティ・ダンプティが落下した瞬間、大きな音がした。ぐしゃ！ってね。その時ちょうどハンプティ・ダンプティのいる庭の前をトランプの兵隊たちが通っていたんだ。クロケーの準備に呼ばれたそうだ。そして、その音がしたまさにその瞬間、白兎は庭の入口に立っていたのを目撃されているんだ。残念ながら庭の中は塀に囲まれていて見えなかったらしいが」

「つまり、その前に庭に入り、その後で庭から出てきた人物が犯人である可能性が高いということね」アリスが言った。

「それについての異論はない」頭のおかしい帽子屋は断言した。「もし白兎が誰かを目撃していたら、もうそれは事件が解決したと言っても過言ではない」

「そうかしら？　もし、その人物が認めなかったら？」

「自白がなくても状況証拠から見てそいつが犯人で決まりだろう。少なくとも裁判では勝ち目がない」

「裁判官は誰？」

「女王陛下だろ。ひょっとすると、国王陛下かもしれないが、女王陛下の言いなりだろうから、実質的には同じことだ」

「女王様だったら、それだけの証拠で有罪にしてしまいそうね」

「それで、白兎は誰かを目撃してたの？　それとも、誰も見なかったの？」ビルが尋ねた。

「白兎さんが誰も見ていないとすると、一種の密室殺人になる訳ね」

「白兎が誰も見ていなければね」チェシャ猫はあくびをした。「でも、そんなややこしいことにはならない。なぜなら、白兎は庭に入ってくる人物がいたと証言したからだ。そして、その人物は国王の家来や馬たちが現場に到着する前に現場から逃走している」

「それじゃあ、ほぼその人が犯人で決まりじゃない」

「そういうことになるね」

「白兎さんの知っている人だったの？」

チェシャ猫はアリスを見た。「その通りだ。そして、その人物は我々もよく知っている」

「わたしも知っているの？　わたしってそれほど知り合いは多くないんだけど」

「君の知る人物だ。それだけは間違いない」

「それで誰だったの？　教えてよ」

「そんなに知りたいのかい？」

「ええ。そこの帽子屋さんがわたしを疑っているみたいだから、早く誤解を解きたいのよ」

「わたしが不当に疑っているような言い方はよせ。わたしが犯人しか知りえない情報を持っていたあんたを疑うのは当然のことだよ」

「それこそが誤解よ。犯人しか知りえない情報なんて、わたしは何一つ知らないのに」

「で、誰だったの？」ビルがもう我慢できないという表情で尋ねた。

「一度しか言わないから、よく聞くんだ」チェシャ猫が言った。

「それって、最近、流行(はや)りの言い回しなの？」アリスが言った。

「アリス、君だ」

「えっ？」アリスはぽかんと口を開けた。

「白兎は『ハンプティ・ダンプティの落下音の後、アリスが庭から逃げ出した』と証言したんだよ」

4

亜理と井森はしばらく無言で向き合っていた。

「ええと」最初に言葉を発したのは亜理だった。「わたし、今物凄く怖いんだけど」

「僕はかなり興奮している」井森が言った。「世の中にまだこんな凄いことがあるなんて驚きだ」

「つまり、どういうこと？　ええと、あなたが驚いている理由とわたしが驚いている理由は同じよね？」

「なんでそんな持って回った言い方をするんだい？」

「もし、わたしの勘違いだったりしたら、そして、わたしが思っていることを口走ったりしたら、きっとわたしは頭がおかしいと思われてしまうわ」

「君は偶然、合言葉が一致したと思ってるのかい？」

「やっぱり合言葉なんだ」

「僕はそう言ったよね」

「ということは、つまり……駄目。やっぱり言えないわ」

「どうして言えないんだよ？　理由がわからない」

「だって、おかし過ぎるもの。意味が通らないわ」

「理論は後で考えればいい。とりあえず現象を分析しなければ、理論は生まれないんだ。知ってるかい？　どんな状況下でも光の速度は常に一定であるという不可解な現象から相対性理論は生まれたんだよ」

「でも、わたしは言わないわ。言った後できっとおかしいと笑われるんだから」

「じゃあ、僕が言おう。こんなところで堂々巡りしていても埒が明かない」井森は亜理の目を見詰めた。「僕たちは不思議の国にいた。その時、僕はビルで、君はアリスだった」

亜理は悲鳴を上げた。

周りの人々が二人を見た。

「おい。悲鳴を上げるってのは酷いじゃないか。まるで、僕が君に何かしたみたいに思われている」

「あんまりびっくりしたものだから」亜理が言った。

「大方、想像が付いていただろ」

「ええ。でも、ひょっとすると妄想なんじゃないかと思ってたから……。あっ。ひょっとすると今、あなたが言ったということ自体がわたしの妄想なのかも」

「そこまで疑ったら、自分の精神を信頼できなくなるよ」

「今、まさに自分の精神が信頼できない状態なんだけど」

「君はあの世界ではかなりまともな方だと思ってたけどね」

「つまりどういうことなの？　これは催眠術か何か？」

「どこがどう催眠術なんだ？」

「つまり、あなたがわたしに変な夢を見せたんでしょ」

「いいや。そんなことはしていない」

「じゃあ、どういうことなの？　なぜあなたはわたしの見た夢の内容を知っているの？」

「だから、僕も君と共通の体験をしたからだよ」

「二人の夢が繋がっていたということ？　どうしてそんなことが起きるのよ？」

「理由はわからない。それから、単に二人の夢が繋がっていただけという訳ではないように思うよ」

「じゃあ、やっぱりわたしの気が変になっているの？」

「広い意味ではそうかもね」

「やっぱり……」

「だが、そう心配する必要はないと思う。客観的な現象は存在すると仮定してみて、矛盾が生じた時に初めて自分の正気を疑えばいいんだから」

「客観的な現象って何よ？」

「不思議の国は実在するって仮定するんだ」

「自分の頭よりまずあなたの頭が心配になってきたわ」

「オッカムの剃刀(かみそり)って知ってるかい？」

「海外メーカーの髭剃り？」

「不必要な仮定は立てるべきではないという原理さ。つまり、物事を説明できる最も単純な理論を採用すべきということだ」

「最も単純なものが正しいってこと？」

「そうじゃない。必要もないのに複雑な仮説を取り扱うのは、思考の無駄だという意味だ」

「どう違うの？」

「今は意味を厳密に分析している時じゃない。僕が言いたいのは、不思議の国があると考えた方がすっきり説明が付くってことだ」

「もしあの世界が実在するとして、いったいどこにあるの？　地面の下？　海の底？　それとも他の惑星？」

「君はどこだと思う？」

「地面の下。だって、なんだか穴に落ちて到着したように思うから」

「たぶん地面の下にあれだけの空間は存在しえない。それにあの世界には日が射していただろ」

「じゃあ、海の底？」

「海の底だとしても、地面の下とほぼ同じ問題があるね」

「じゃあ、やっぱり別の惑星なの？」

「その可能性が最も高い。だが、それでも、どうして僕たちがここ とあそこの間を移動できるのか説明は難しい」

「本当に移動しているの？　寝ている間に？　夢遊病者みたいに？」

「単なる夢遊病じゃない。僕たちは変身していた」

「寝ぼけているから、そう思い込んでいるだけなんじゃない？」

「眠っている間に僕たちが家を抜け出し、どこかで出会って、そこで夢を見たまま話し合っているって？」

「そうとしか思えないわ」

「そんなことをしていたら、とっくに誰かが気付いて、今頃二人とも治療を受けていることだろう」

「じゃあ、どうやって夜中に出歩けるのよ？」

「出歩いてなどいないのでは？　二人とも自宅にいて、身体は眠っていたとしたら？」

「じゃあ、やっぱり夢なんじゃないの？」

「単なる夢じゃない。二つの世界の特定の人物同士がリンクしているんだ」

「どういうこと？」

「この世界には、僕――井森建が存在し、向こうの世界には蜥蜴のビルが存在している。そして、その二人はリンクしており、一方の夢が一方の現実と重なっている」

「結局、夢なの？　夢じゃないの？」

「精神の健康が最優先課題なら、夢だということにするのが、最もてっとり早い」

「じゃあ、そうしようかしら？」

「それでもいいが、このまま事態を放置するなら、向こうの世界で、君に不幸がふり掛かることは避けられないよ」

「何の話？」

「アリスはハンプティ・ダンプティ殺人の犯人だと思われている」

「そうだったわね。でも、あれは頭のおかしい帽子屋と三月兎の勝手な思い込みよ」

「だが、彼らは証拠を示した」

「証拠って、白兎の戯言（たわごと）のこと？」

「この世界では白兎が何を言おうと証拠とは扱われないが、向こうの世界では立派な証言になるんだよ」

「アリスは逮捕されるかもしれないってこと？」

「そうなる可能性は高い」

「どうせ夢の中の話だわ」

「それで割り切れるのかい？　もし、終身刑になって、牢獄に閉じ込められたら、君の人生の半分は失われることになる」

「半分？　夢は覚めたら、終わりよ」

「半年前まで、僕もそう思っていた。だけど、同じシチュエーションの夢を見ることに気付いてから、夢日記を付けることにしたんだ」

「わたしも今日から始めたわ」

「それはいい習慣だ。人は夢の内容はすぐに忘れてしまう。印象に残っている夢以外にはね。夢日記は僕にとてつもないことを教えてくれたんだ」

「どんなこと？」

「僕はこの半年間、毎日、あの不思議の国の夢を見ていたんだ」

「まさか……。でも、言われてみればわたしもそんな気がするわ」

「あの夢をどのくらい前から見始めたか、覚えているかい？」

亜理は首を振った。「ごく最近のような気もするし、何年も前からのような気もする」

「じゃあ、質問を変えよう」井森は言った。「不思議の国以外の夢を何か覚えているかい？」

「当たり前じゃないの」

「例えば、どんな夢？」

「どんな夢って……。えっ？」

「どんな夢だい？」

「急に言われても、思い出せないわ」

「でも、不思議の国の夢はすぐに思い出せる」

「それは最近見たからだわ」

「じゃあ、時間を掛ければ他の夢を思い出せるって言うんだね？」

「ええ。当然よ」

「じゃあ、いくらでも待つから思い出してご覧」井森は口を閉ざした。

亜理は目を瞑って深呼吸した。

焦らずに、ゆったりとした気持ちになれば、きっとすぐに思い出せるわ。

三分が経過した。

亜理は眉間に皺を寄せた。

井森は何も言わない。

さらに一分が過ぎた。

亜理はゆっくりと目を開いた。

井森はにやにやと亜理を見ていた。

「何よ」

「思い出したかい?」

「ど忘れよ。そういうことってあるじゃない」

「ど忘れで、今までの人生で見た夢を何一つ思い出せないって?」

「何一つ思い出せない訳じゃないわ」

「じゃあ、何を思い出せる」

「……不思議の国……」亜理は消え入りそうな声で言った。

「何だって?」

亜理は溜め息を吐いた。「ええ。わたしは今まで一種類の夢しか見たことがないようだわ」

「信じられないかもしれないが、これから毎日夢日記を付けていれば、どんどん信じられるようになるさ」

「つまり、あなたはこれから毎晩わたしが牢獄の夢を見るようになるだろうっていうのね」

「その通りさ」

「なるほどね。毎晩、寝るのが楽しみになる類の夢じゃないわね」

「そうだろ。だったら、それを回避するための方法を探さなくっちゃ」

「でも、夢なんてそんなにはっきり覚えてないんだから、現実に懲役くらうよりははるかにましなんじゃない？」

「日本の刑務所の方が不思議の国の牢獄よりはるかに待遇がいいと思うけどね」

「いずれにしても現実のわたしには何の問題もないわ」

「ふむ」井森はじっと亜理の顔を見詰めた。

「顔に何か付いてる？」

「言うべきかどうか悩んでる」

「まさか、歯に青海苔（のり）とか付いてる？」

「そうじゃなくて、君の心の強さを推（お）し量（はか）っているんだ」

「あなた、外見だけで、他人の心の強さがわかるの？」

「わかるかなと思ったんだが、無理そうだ」

「じゃあ、推し量っても無駄じゃないの？」

「そうだね。じゃあ、直接訊くけど、君の心は強い？」

「そんなのわからないわ。他人の心と較べたことがないんだから」

「わかった。躊躇(ちゅうちょ)していてもしようがない。今までの調査で、極めて重要なことがわかったんだ」

「調査？　何の調査」

「世界の調査だ。この世界と不思議の国の両方を調べて、そして少しずつ二つの世界の関係がわかってきた」

「それだけ聞いたら、病院に行った方がいいんじゃないかと思えてくるわね」

「どうして？」

「普通だったら、自分の妄想だと思うでしょ」

「君も自分の妄想だと思う？」

「いいえ。もう一人同じ体験をしている人がここにいるから。もっとも、あなた自身がわたしの妄想じゃなかったらね」

「僕も同じだ。同じ体験をしている人がいたから、妄想でないと信じることができたんだ」

「わたしが仲間だってわかったのはついさっきでしょ？」

「いや。そうじゃないんだ。仲間はもう一人いたんだ」

「何ですって？」亜理は目を見開いた。「なぜ、それを早く言わなかったの？」

「まず君が本当にアリスかどうか確認したかった」

「それで誰なの、そのもう一人の仲間って？」

「王子さんだ」

「えっ？」

「王子さんも不思議の国の住人だったんだ」

「でも、さっき王子さんはただの知り合いだったって」

「そうだよ。ただの知り合いだ。特に強い友情で結ばれていた訳じゃない」井森は続けた。

「たまたま彼が誰かと話しているのを聞いてしまったんだ。最近変な夢を見るって」

「不思議の国の夢？」

井森は頷いた。「最初は聞き流そうとしたんだ。だけど、どうしても気になった。夢の内容が僕の知っているのとそっくりだったから」

「偶然だとは思わなかったの？」

「そう思おうとしたさ。だけど、彼の言葉がとても気になり、それが切っ掛けで夢日記を付けることになったんだ」

「それで、確信に至ったのね」

「僕の見ている夢の世界は実在する」

「そして、王子さんにそのことを言ったのね」

「最初はとても気味悪がっていた。何かの嫌がらせだと思ったらしい」

「普通そうだわ。わたしも気味悪かった」

「だから、僕は提案したんだ。じゃあ、次の夢であなたに話し掛けますよ。その内容を現実世界で確認できれば、それが即ち証拠になるって」

「その試みは成功したのね」

「とてつもない驚きだった。だが、事実が明らかになるにつれ、研究者としての興味が湧いてきたんだ。いったいこれはどういった原理で起きている現象なんだろうかと」

「わかったの？」

「いいや。ようやく仮説ができあがりつつあったところだ」

「どんな仮説？」

「まだ不完全だ。教えるほどのものじゃない」

「構わないわ。不完全であっても、何も情報がないよりましだわ」

「いいだろう」井森は唇を舐めた。「僕らはこれをアーヴァタール現象と呼んでいる」

「アーヴァタール、何？」

「インド神話における神の化身のことだ。つまり、実体はあくまで神なのだが、一時的に地上に化身を送ることだ。例えば、ヒンズー教では、釈迦はヴィシュヌ神のアーヴァタールの一つであると考えられている。それと同じように、『不思議の国』という仮想世界に我々のアーヴァタールが存在しているとしたらどうだろうか？」

「ネット人格とか、ネットゲーム上のキャラみたいなものね。自分自身じゃないけど、限りなく自分を反映した存在」

「僕はツイッターとか、ネットゲームとかはやらないんで、よくわからないんだが、その喩えで君が理解しやすいなら、それで構わないよ」

「その仮想世界は誰が作ったものなの？」

「皆目見当も付かない。そもそも誰かが作ったのかどうかも判然としない」

「仮想世界が自然にできたりするものかしら？」

「絶対にないとは言い切れない」

「だって、仮想世界の構築には、コンピュータが必要でしょ」

「人間の脳なら、コンピュータの代わりになる。所謂普通の夢や空想だって、一種の仮想現実と言える」

「知らない間に、わたしたちは誰かの脳にアクセスしてるってこと？」

「むしろ、我々の脳が相互に接続してネットワークを構成している可能性の方が高いだろうね」

「どうしてそんなことが起きるの？　わたしたちの脳はケーブルで繋がってなんかいないわよ」

「そこが謎なんだ。なんらかの未知の信号で結び付いているのかもしれないし、案外微弱な電磁信号が鍵かもしれない」

「これだけ、いろいろな電磁波が飛び交っていたら、脳波なんかまともに届かないでしょ」

「ノイズの中から意味のある情報を拾い出すのはそれほど複雑な技術じゃない。ただ、人間の脳にそんな機能が備わっているかというと、わからないとしか言いようがない」

「備わってないでしょ。そんな機能必要ないし。もしあったとしたら、逆に音声でのコミュニケーション手段は発達しなかったと思うわ」

井森は肩を竦めた。「さっきも言ったように今は単なる仮説に過ぎない。もちろん、特定の人間の精神を人工的な仮想現実とリンクさせるという陰謀じみた計画が密かに進行している可能性も排除できない」

「知らない間にわたしたちの脳に何か埋められているとか？」

「その可能性もある」

「だったら、犯罪じゃない。警察に行かなくちゃ」

「そして、『わたしの頭の中に何かが埋められているので、犯人を捕まえてください』って言うのかい？」

「まともに相手にされる訳がないわ。まず証拠よ。レントゲンかエコーで脳の中を調べればいいんじゃないかしら？」

「その方法もあるね。病院に行って、『とてつもなく頭が痛いから脳の検査をしてください』って言う。そっちの方が現実的だ」

「じゃあ、今からでも病院に行ってくるわ」亜理は立ち上がった。

「ちょっと待ってくれ」

「何？　まだ話があるの？」

「君に話さなければならない重要なことがあるって言っただろ」

「今の話じゃないの？」

「今までの話も充分重要だ。だが、これからする話は今までの話が前提でなおかつ君にとって極めて重要になる」

「もったいぶらずに早く言って。病院が閉まってしまうわ」

「もしアリスがハンプティ・ダンプティ殺害の犯人だと断定されたら、どうなるか」

「さっきも言ったけど、牢獄に閉じ込められるって言うんでしょ」

「裁判官が女王だったら？」

「首をちょん切られるかもね。女王は誰かれなしに『首をちょん切っておしまい！』って言うから。でも、実際にちょん切られた人は……」

「彼らは実際には犯罪者と認定された訳ではなかった。だから、誰も刑を執行する気がなかった。だが、もし殺人犯だったとしたら」

「アリスは死刑になるというのね。でも、夢の中……仮想現実の中で死んだとしても、それがなんだというの？　ゲームのキャラクターが死んだとしても、誰かに『死んでしまうとは情けない』となじられる程度じゃない」

「一つ大事な情報を伝えよう。君の心は充分に強いと判断したからだ」井森は深呼吸した。

「王子さんの不思議の国でのアーヴァタールはハンプティ・ダンプティだった」

「えっ？」

　亜理は井森の言葉の意味が把握できずにしばらく混乱した。そして、徐々にその言葉の意味するものが理解できると、がたがたと身体が震え始めた。それは自分ではどうしても止められない今まで体験したことのない戦慄だった。

「そう。二つの世界の死はリンクしている可能性がある」井森は静かに言った。「その場合、アリスの死刑は現実世界の君の死を意味する」

5

「お願いわたしを助けて」アリスはビルに懇願した。

「助けたいのはやまやまなんだけど、どうしていいかわからないんだ」ビルは自信なさそうに言った。

「あなた本当に井森君なの？」

「たぶんね。地球で井森だったことは覚えているもの。なんというか、あんまり現実感はないけど」

森の中は人目――もしくは獣目――が多いので、アリスとビルは海岸にやってきていた。

とは言え、ここも無人――無獣――という訳ではない。

少し離れた砂山の陰からグリフォンと偽海亀が覗いているし、そのすぐ横では海象(せいうち)が牡蠣(かき)の子供を騙(だま)しているところだ。

だが、そんなことを一々気にしていては、不思議の国では正気を保つことはできない。

もっとも、そもそも誰も正気を保っていないとも言えるが。

「今、地球って言ったけど、やっぱりここは地球じゃないのね」

「まあ、そうと決まった訳じゃないけど。まあここはあんまり地球っぽくないからさ」

「やっぱり、あなた井森君っぽくないわ。井森君、もっと冴えてるもの」

「じゃあ違うのかもね」

「でも、井森君の記憶があるんでしょ？」

ビルは頷いた。「だから、君に合言葉を教えたんだ」

「どうしてわたしを栗栖川亜理だと思ったの？」

「ハンプティ・ダンプティと僕が立てた仮説だと、不思議の国の住民と地球の人々はリンクしているんだ」

「それは聞いたわ」

「ハンプティ・ダンプティはこっちとあっちで夢の話をして回った。僕のように誰かが反応しないかと思ったんだ」

「成果はどうだったの？」

「はっきりしないけど、何人かからは微妙な反応が得られた。一瞬驚いたような顔をしたりとか、夢の内容を詳しく聞きたがったり」

「その人たちに話さなかったの？」

「いきなり公(おおやけ)にしていいかどうかわからなかったんだ。ひょっとして本当に何かの陰謀だったりしたら、大変なことになるかもしれない」

「僕たちはとても慎重にリストを作ったんだ。こっちとあっちで繋がっていそうな人のリストとリンク関係の推定図」

「それ、見せてくれる？」

「こっちには持ってきてない。地球にあるんだ」

「持ってこようにも方法がないか」

「完全に暗記するしかないよ」

「じゃあ、今度地球で目が覚めた時に見せて貰うわ。それでそのリストにわたしも挙がっていたのね」

「いいや。君はリストにはなかったよ」

「じゃあ、どうしてわたしに合言葉を教えたの？」

「賭けだよ」

「賭け？」

「アリスと栗栖川亜理のイメージはとても似ていたんだ。それに君は陰謀家のタイプじゃない」

「何か根拠はあったの？」

「特にないよ」

「じゃあ、たまたま？」

「たまたまだ。今まで何十人も試してきたけど、当たったのは君が初めてだ」

「えっ？　わたしが初めてじゃなかったの？」

「だから、初めてだよ。合言葉を返してくれたのは」

「そうじゃなくて、わたしより前に何人もに合言葉を教えてたってこと？」

「だいたい四十人ぐらいかな」

「それで当たったのはわたし一人？」

「そうだよ」

「じゃあ、さっき言ったリストって全くの見当違いだったってこと？」

「まあ、そういうことになるね」

「いろんな人に突然『スナークは』って言ったの？」

「この合言葉は君専用さ。他の人には他の合言葉を教えた」

「でも、似たような突拍子もないフレーズなんでしょ」

「そりゃ、当たり前の言葉じゃ合言葉にならないからね」

「相手は変な顔しなかった？」

「その場合は何ごともなかったかのように会話を続けるんだ。そうすればだいたい気のせいだと思ってくれるみたい」

「そうじゃない人もいるでしょ？」

「『今の何だったんだ？』ってしつこく訊く人はいるよ。そんな時は逆に『そんなことは言ってない』って言って、気味悪そうに相手の顔を見るんだ。そうすればだいたい引き下がってくれる」

「それは酷いわ」

「いや。しつこく食い下がるやつはめったにいない。多少は鬱陶しいけど、酷いとは思わないね」

「酷いのは相手じゃなくて、あなたの方よ」

「えっ？　どうして？」

「どうしてって、突然、目の前の人が変なことを言い出して、そのことを尋ねると、まるでこっちが悪いみたいな開き直った態度をとるんでしょ。そんなことあり得る？」

「不思議の国では、いつもだいたいそんな感じだよ」

「ええ。そうね。ここではそれが普通よね。ごめんなさい。わたしが悪かったわ」

「別に構わないよ。人は誰でも、間違いを犯すから」

「とにかく見つかったのはわたし一人なのね」

「怪しいのは何人かいるけどね」

「本当？　どうして怪しいって思うの？」

「合言葉を聞いた後の態度さ。俯いたまま、物凄く悩んでいるような感じなんだ」

「それ、わかるわ」

「僕はよくわからない。せっかく合言葉を教えて貰ったんだから、ちゃんと使えばいいのに」

「合言葉を返すと、もう引き返せなくなるからよ」

「どこから引き返せなくなるの？」

「このおかしな世界からよ」

「だから、合言葉を知っているやつはそもそもこの世界の住人だから、引き返すも何もないんだよ」

「それでも、地球にいる間はこの世界のことを忘れているはずよ」

ビルは頷いた。「うんうん。見事なぐらい忘れている。たまに思い出しても単なる夢だと思っていたし」

「だから、ただの夢が夢じゃないとわかるのが怖いのよ」

「でも、ここにいる間は誰も自分が夢を見ているなんて思わないよ」

「そう。そこが奇妙なところよ。むしろ地球の方の現実感が希薄な気がする」

「そして、こっちでは、地球が夢だと感じるんだ」

「そうだ。逆にしたらどうかしら？」

「何を逆にするの？」

「こっちで合言葉を教えるんじゃなくて、向こうで合言葉を教えるの」

「う〜ん。変な人だと思われないかな？」

「こっちでは変だと思われてもいいの？」

「こっちでは、みんなが変だから別に構わないんだ」

「そう。だから、合言葉を聞いた時、気軽に答えられると思うのよ」

「なるほど」ビルはぽんと手を打った。「なんでそんなことに今まで気付かなかったんだろう? でも、地球で合言葉なんて言い出したら、変に思われるんじゃないかな?」

「そこはなんとか工夫するのよ」

「なんとかって?」

「何かのゲームのパスワードだってことにしたら?」

「大人同士であまり親しくない人にいきなり『ゲームの合言葉だから、これを覚えて』って言うのかい?」

「思い切って、こうするのはどうかしら? こっちの世界で怪しいと思っている人――もしくは獣――に近付いて、『やあ。こんにちは、実は僕は井森なんだ。君は○○君じゃないか?』って訊くの」

「そんなことしたら、変なやつだと思われ……ても別にいいか。こっちの世界では」

「今まで、こんな簡単なことも思い付かなかったの?」

「思い付かなかった。井森はこっちの世界のことは実感を伴って記憶してなかったし、ビルはこんな調子だし」

「こんな調子?」

「かなり間抜けなんだ」

「自分で認識してるのね」

「地球の記憶が明確になってから気付いたんだよ。向こうとこっちでリンクしている人物同士でもその性格や能力にはかなり違いがあるみたいだ」

「だから厄介なのよ」

「でも、アリスと亜理はかなり似た雰囲気だよ」

「そうかしら？　でも、そうだとしても……」

「あっ!!」

「突然どうしたの？」

「思い付いたんだ。今、君が言った正体を確かめる方法を試すのにうってつけの人物を」

「誰？」

「白兎だよ」

「白兎さん？」アリスは顔を歪めた。「わたしを目撃したって嘘の証言をした人じゃない」

「でも、地球での彼の正体がわかれば、彼がどういうつもりかわかるよ。それに、彼が嘘を吐いていると決まった訳じゃないし」

「わたしが犯人だってこと?!」

「それもまだ決まった訳じゃない」

「その言い方は相当疑ってる？」

「君と白兎と、どっちを信じるかってことだろ？　君とは確かに友達だよ。でも、白兎は僕の雇い主だしね」

「個人的な繋がりはこの際関係ないでしょ」

「じゃあ、君を信じなくてもいいんだね」ビルは屈託なく言った。

「わかったわ。とにかく、白兎さんに会いに行きましょう。歩いている間に、地球にいる白兎っぽい人物を思い出しながらね」

二人は海岸を離れ、森へと向かった。

芋虫が二人を見付け、何かを喋り掛けてきたが、二人は無視して白兎の家へと向かった。

芋虫は有意義な助言をくれることも多いが、話がまどろっこしいという欠点がある。今は無駄話に付き合っている時間が惜しいのだ。

白兎の家に着くと、ちょうど玄関から両手に分厚い本を抱えた中年の女性が出てくるところだった。

「あら。おはよう、ビル」

「おはよう、メアリーアン。白兎はいるかな?」

「ええ。ただ、少し機嫌が悪いわよ。昨日遅くまで、頭のおかしい帽子屋と三月兎から取り調べられたんだって」

「そうなの? アリスも容疑者になっていて、取り調べで大変なんだ」ビルはちらりとアリスを見た。

アリスはつい舌打ちをしてしまった。

ビルはしまったという顔をして、下を向いた。

メアリーアンはそんな二人の様子を見て微笑んだ。「アリスさん、難しい立場になっちゃったみたいだけど、きっと身の潔白を立証する方法はあると思うわ。頑張って」

「ありがとう。そんなことを言ってくれたのはあなたが初めてよ」アリスは握手を求めた。

「そんなことないでしょ。ビルだって、あなたに協力してくれてるようだし」メアリーアンは素直な様子で握手に応じてくれた。

「メアリーアン、毎日そんなにたくさん本を読んでいるの？」ビルはすっとんきょうなことを尋ねた。

「えっ？　これ？　これはわたしの本じゃないのよ。白兎さんが公爵夫人から借りた本を返しに行くの」

アリスはちらりと背表紙を見た。ネクロなんとかとか、エイボンなんとかというラテン語らしき奇妙な題名の本ばかりだった。

「白兎さんはこの世界の秘密をいろいろ調べてるのよ」

「僕も秘密には興味があるんだ。だから、アリスと一緒にいる。殺人事件の秘密がわかったら、きっと凄いと思うんだ」ビルが言った。

「こんな調子よ」アリスは肩を竦めた。「ビルは単に好奇心でわたしに付き纏っているだけなの」

「それでも、誰もいないよりはいいわ。彼はきっとあなたの力になる。そう感じるわ」メアリーアンはもう一度アリスの手を握ると、公爵夫人の屋敷に向かって歩き出した。

アリスはドアを開けると、ずんずんと白兎の家へと入っていった。

ビルも慌てて後を追う。

「ここって、なんだか懐かしいね」ビルが言った。

「懐かしいって、あなた、ここの使用人なんでしょ？」

「そうじゃなくて、君と一緒にここにいると懐かしいんだよ」

「そう？」

「だって、僕たちが初めて会ったのって、ここじゃないか」

「会ったというか、互いに顔を合わせてないけどね」

「あの時、君は一キロメートルぐらいあったしね」

「そんなにあるわけないでしょ。せいぜい十メートルかそこらよ」

白兎が椅子に腰掛け、机に向かって何かを書いていた。

「こんにちは」ビルが呼び掛けた。

白兎は顔を上げた。

「戻ってきたのか」また顔を下げた。

「ねえ、訊きたいことがあるけど、いいかな？」ビルが白兎の傍に立った。

「もう少し待ってくれ。今、大事な報告書を書いとるんだ」

アリスとビルはたっぷり三十分は待った。

だが、白兎は延々と書き物を続けている。

ついに我慢ができなくなったのか、ビルが話し掛けた。「ねえ。まだだいぶ掛かるの？」

白兎は驚いたような顔をしてこっちを見た。「はあ？　おまえ誰だ？」

ビルを忘れたの？　ひょっとしてボケがきてるのかしら？

「またかい」ビルは溜め息を吐いた。「よく嗅いでご覧よ」

白兎はくんくんと空気を嗅いだ。「ああ。ビルか。どうも爬虫類は臭いが薄くて困る」

「だから、臭いに頼るんじゃなくて、ちゃんとした眼鏡を掛ければいいんだよ」

「眼鏡なんぞに頼ったら、目に見えるものしかわからなくなる。人間も同然だよ」

「ああ。それで思い出した。地球じゃ、あんたもきっと人間だよね」

「はあ。地球？　何のことだ？」

「地球だよ。ここじゃない世界さ。僕はそこでは井森建なんだ。君は誰なんだい？」

白兎は目を見開いた。そして、椅子からがたんと滑り落ちた。

「おやおや。大丈夫かい？」

「何を言っとるんだ？」白兎が呟くように言った。

「大丈夫かいって言ったんだよ。今、椅子から滑り落ちたから」

「そうじゃない。その前に言ったことだ」

「ああ。ちゃんと眼鏡を掛ければいいいって」

「違う。その間だ」

「どこの間？」

「大丈夫と眼鏡の間だ」

「そりゃまた厄介な場所だね」ビルは白兎の眼鏡を指差した。「ここが眼鏡だ。これは間違いない。あとは『大丈夫』を探さなくっちゃならない。それから、その間を見付けるんだ」

「もういい。今、井森がどうのこうのと……」

「ああ。僕は地球では井森なんだ」

「おまえは蜥蜴だ。断じて蠑螈(いもり)なんかではない」

「そういう意味じゃなくて、苗字が『井森』だって言ってるんだよ。井戸の『井』に木が三つの『森』だ」

「この世界に漢字なんかない」

「そう言えばそうだね。ねえ、今、僕、何語喋ってる?」

「確かに。日本語でないことは確かだわ」アリスが言った。「あなた、日本語喋れる、ビル?」

「う〜んと。……ワタシ、ニホゴ、シャベレマス……ちゃんと喋れるよ」

「思いっきり片言だわ」

「おかしいな。僕、日本生まれなのに」

「いいえ。ビル、あなたは不思議の国で生まれたのよ。日本生まれなのは井森建の方。やっぱりビルと井森建は同一人物じゃないのかも」

「僕は井森建のアーヴァタールで意識はリンクしているけど、言語も含めて能力は同一じゃないってことだね」

「おまえたちが言っていることは無意味だ。あれは全部夢の話だ」

「いいえ。地球は実在しているわ。わたしたちはそう考えている」

「どこにそんな証拠がある？」

「夢だとしたら、どうしてわたしやビルが地球を知ってるの？」

「それはきっと夢で見たからだ」

「あなたとわたしたちが夢を共有しているのなら、それは現実と呼んでもいいんじゃないかしら？」

「共有しているはずはない。たまたま三人が偶然同じ夢を見ただけだ！」

「そんな偶然あり得ないわ。それも何年も続くなんて」

「なんと言われてもわしは信じないぞ」

「じゃあ、証明してあげるわ」

「できるもんならやってみろ」

「まず、あなたの名前を教えて」

「名前？　まあ名前なのかどうかは別にして、普段は白兎と呼ばれておる」

「そうじゃなくて、個人名よ。ここじゃなくて、地球での」

「そんなのは夢なんだから意味がない」

「意味がないのなら、言ってもいいんじゃないの？」

「なんでそんなことが知りたいんだ？」

「地球が夢でないことの証明をするためよ。さあ言ってみて」

「えっ？」アリスは耳を疑った。「今、なんて言ったの？」

「……李緒……」

「李緒……田中李緒」

「田中李緒！」

「そう。だけど、何の意味もない言葉だ」

「知ってるの？」ビルが尋ねた。

アリスは頷いた。「栗栖川亜理の一年先輩の女子よ」

「えっ？　白兎って地球では女の子だったんだ」ビルは驚いているようだった。「性別が違うこともあるんだ」

「夢の中で性別が変わることもあるだろ！」白兎はむっとして言った。

「あなた、井森君のことは知ってるのね」

「でも、ビルは李緒のことを知らないようだぞ」

「わたしは知ってるわ。あなた、栗栖川亜理を知ってるわね」

「同じ研究室の後輩だ。だが、なぜ、その名を？」

「この子は地球では亜理なんだよ」ビルが言った。

「嘘だ‼」

「嘘なもんか。これではっきりしただろ」

「いや。わしは信じないぞ」

「じゃあ、続きは地球でやりましょう。向こうの方が頭がすっきりしていると思うから」

「だけど、向こうじゃ、こっちの記憶があやふやになっちゃうよ」ビルが言った。

「じゃあ、訊くべきことは訊いておきましょうよ」アリスが言った。

「ねえ、ハンプティ・ダンプティが殺された時のことだけど……」ビルが言った。

「その話はもう何度も頭のおかしい帽子屋に話してある!!　何度もだ！」

「ハンプティ・ダンプティの殺害前に庭に入った人物がいたって話だったけど」

「ああ。いたよ。そして、犯行の後、そいつは庭から逃げ出した」

「そいつは誰だい？」

「何度訊かれても答えは同じだ。入ったのはアリス一人だった」白兎はちらりとアリスを見た。

「わしは決して嘘は言ってない」

「落ち着いて思い出して」アリスは努めて冷静でいようとした。「それはとても重要な発言だわ。それは絶対に思い違いじゃないって言える？」

「今言ったことは絶対に間違いない。これだけは自信を持って言える」

「だけど、そうだとしたら、アリスがハンプティ・ダンプティ殺しの犯人だということになってしまうよ」

「だから、何だ？　それが真実ならどうしようもない。それとも、わしに何かアリスを庇(かば)わなければならない理由があるとでもいうのか？」

「古い知り合いじゃないか」ビルが言った。「ええと、あれはいつだったかな？」

「わしがアリスに初めて会ったのは……。よく覚えとらんが何かの手違いで遅れそうになっていたんだ。確か公爵夫人の家に行こうとして」

「手袋と扇子を忘れたんだったわ」

「そうだ。あの時は世話になったな」白兎はしみじみとアリスの顔を見た。

「やっと思い出したのかい」ビルが尋ねた。

「ふむ」白兎は何かを考えているようだった。「ビル、少し席をはずしてくれないか?」

「いいよ。どの席だい?」ビルはきょろきょろと部屋の中を見回した。

「こいつ、本当にあの井森なのか?」

「井森君にしては間抜け過ぎるけど、そうみたい。あなただって、あまり李緒さんに似てないじゃない」

「ビル、この部屋からしばらく出ていってくれないか?」白兎はわかりやすく言い直した。

「いいよ。でも、どうしてだい?」

「彼女に一つ言っておきたいことがあるんだ」

「へぇ? どんな話?」

「ここで、それをおまえに教えたら、部屋を出ていかせる意味がないことぐらいわからんか?」

「だから、それはどんな話か聞かせてくれないと判断できないよ」

「つべこべ言わずに、さっさと出ていけ」白兎はドアを指差した。「もちろんドアのすぐ外で話を聞くのもなしだ。廊下の一番端まで行って待ってるんだ」

「わかったよ。出ればいいんだろ」ビルはしぶしぶ了承した。そしてアリスに向かって言った。

「後で何の話か聞かせてね」

その時、玄関のドアが開いた。

どかどかと頭のおかしい帽子屋と三月兎が乗り込んできた。

「おい。ハンプティ・ダンプティが殺された件については、もう話は済んだはずだぞ」

「ああ。ハンプティ・ダンプティについてはな」帽子屋はじろりとアリスの方を見た。「今回は別件だ」

「また、公爵夫人が何か言ってきたのか？　あの方の我儘にはもうほとほとうんざりだよ」白兎が嘆いた。

「わたしもそれには同意するが、今回はそれとも別件だ。そもそもあんたに用があって来たわけじゃない」

「じゃあ、僕に用があるの？」ビルが尋ねた。

「間抜けな爬虫類にも用はない」

「じゃあ、誰に用なの？」

「ここにいる人間は限られている。白兎でもないし、おまえでもない。じゃあ、残りは誰だ？」

「わかった!!」ビルが叫んだ。「三月兎だ!!」

「えっ！　俺?!」三月兎が自分を指差した。「俺じゃねぇ!!　信じてくれ、俺は殺しなんかしちゃいねぇ!!」

「殺し？　また殺人があったの？」アリスが尋ねた。

「そう。だから、ここに来た。あんたを取り調べさせて貰う」帽子屋はアリスを指差した。

「ついさっきグリフォンが殺されたんだ」

6

「篠崎教授が死んだそうよ」田中李緒が言った。

「じゃあ、彼がグリフォンだったんですか？」亜理が尋ねた。

二人は学生室の隅で声を潜めて話していた。

「タイミング的にみて九分九厘間違いないわ」

「死因は何だったんでしょう？」

「牡蠣中毒ってことらしいわ」李緒が言った。

「じゃあ、事件性は？」

「たぶんないと判断されると思う。もっとも誰かが故意に傷んだ牡蠣を食べさせた可能性はあるけど」

「妙ですね。牡蠣を騙していたのは海象だったのに」亜理が言った。

「でも、実際に食べたのはグリフォンだった」

「世間話をしているうちに偽海亀と海象は互いの共通点に気付いて、意気投合してグリフォンを置いて二人で飲みに行ってしまったのよ」

「いったいあの二匹にどんな共通点があるというんですか？」

「あの日、二人とも非誕生日だったらしいわ」

亜理は溜め息を吐いた。

「どうして、グリフォンは行かなかったのでしょう？」

「残念ながら、あの日はグリフォンの非誕生日じゃなかった」

「誕生日だったのね。不運な獣」

「グリフォンもだけど、アリスも不運なのよ」李緒が言った。

「えっ？　どうしてですか？」

「ハンプティ・ダンプティに続いて、グリフォン殺しの疑いも掛けられているから」

「ちゃんとアリバイがあります」

ちょうどそこに井森がやってきた。

「やあ。お二人さん。おや。栗栖川さん、今日は随分眠そうじゃないか」

「昨日、夜遅くまで話し込んでたから」

「夜遊びはほどほどにね」

「夜遊びじゃないわ。ずっと家にいたのよ」

「えっ？　てっきり一人暮らしだと思ってたよ。実家から通ってるの？　それとも、彼氏？　まさか、結婚してるとか……」井森の顔は心なしか曇ったように見えた。

「わたしは一人暮らしよ」

「じゃあ、昨晩はたまたまお客さんが来てたんだ」

亜理は首を振った。「違うわ。家族よ」

「君、さっき一人暮らしだって言ったよね」

「ハム美はわたしの家族よ」

「名前からするとハムスターかい？」

「ええ。そうよ」

「ハムスターと何時間ぐらい話をしてたのかな？」

「さあ。二、三時間ってとこじゃない」

「それっていつもなのかい？」

「何が？」

「ハムスターと話し込むのは」

「毎日よ」

「ここは不思議の国じゃなくて、現実世界だよな？」井森は確認した。

「何恍けたことを言ってるのよ！」亜理が口を尖らせた。「あなたが頼りないから厄介なことになってるんじゃない」

「頼りない？　僕が？」

「なぜ『ずっとアリスと一緒にいた』ってアリバイ証言をしなかったの？」

「何のことかな？」

「グリフォンが殺されたのよ」

「それは知ってる。不運な獣だ」

「篠崎教授も死んだの」

「そうらしい。死因も同じだね」

「グリフォンは篠崎先生のアーヴァタールだったってことよね」

「状況から考えておそらくそうだろうね」

「同じ犯人による連続殺人の可能性があるわ」

「探偵もそう考えてたよ」

「探偵って頭のおかしい帽子屋のこと？」

「それと三月兎だ」

「話の途中で悪いけど」李緒が言った。「わたし、実験の予定があるから、失礼させて貰うわ」

「はい。もし、何か思い付いたら、また教えてください」

「うん」李緒は部屋を出ていった。

「それで、帽子屋は連続殺人犯を誰だと考えているの？」亜理は話に戻った。

「もちろん、アリスだ。まあ、ハンプティ・ダンプティ殺しの容疑者だから、疑って当然と言えば当然だけどね」

「でも、今回は完全なアリバイがある」

「それが本当なら、犯人は他にいることになる」

「他人事みたいに言ってるけど、アリバイの証人はあなたなのよ」

「それはあり得ない。あくまで僕は現実世界の人間だ。不思議の国で起きたことの証人にはなりえない。なりえるとしたら、僕のアーヴァタールである蜥蜴のビルだ」

「じゃあ、あなたのアーヴァタールの責任よ」

「どんな責任があると？」

「ビルにはアリスのアリバイを証言する責任があったってことよ」

「つまり、どういうこと？」

「グリフォンが殺された当日、アリスとビルは海岸で相談をしていたのよ」

「それはなんとなく覚えているね」

「そして、二人は海岸でグリフォンを目撃した」

「それは覚えている。確か偽海亀と海象もいた。聞いた話だと、偽海亀と海象もそれと同じ供述をしているそうだ。海岸にはグリフォンとアリスとビルと牡蠣の子供たちがいたって」

「牡蠣の子供たちの証言も必要なんじゃないかな？」

「それは無理だ。グリフォンに食われちまったから」

亜理は額を押さえた。「可哀そうに。そっちの方は立件されそうなのかな？」

「牡蠣を食べたからって立件？　馬鹿なこと言うなよ」井森は鼻で笑った。「そんなこと言ってたら、料理なんかできないぞ」

「でも、牡蠣の子供たちとリンクしていた現実世界の誰かにも死が訪れたはずだわ」

「それはたぶん篠崎先生が食べた牡蠣とリンクしていたのだろうな。それで？」

「アリスとビルはそのまま二人で白兎の家へと向かったのよ」

「なんとなく覚えているような気がするよ」

「なんとなく？」

「ああ。なんとなくだ」

「信じられない。なんとなくってどういうことよ？」

「文字通りの意味だよ。ビルを見くびっちゃあいけない。あいつの記憶力はほぼ皆無に近いと言っても過言ではない」

「……とにかくアリスとビルは白兎の家に到着して、そこで白兎に話を聞いたの」

「それも覚えている」

「そこに頭のおかしい帽子屋と三月兎がやってきて『グリフォンが殺された』と教えてくれたのよ」

「そこも覚えている」

「ほら。完璧でしょ」

「何が？」

「アリバイよ」

「そうかな?」

「これ以上、完璧なアリバイがある? 二人は生きているグリフォンを目撃した。そして、そのままずっと一緒にいて、グリフォンの訃報を聞いた。アリスがグリフォンを殺すチャンスは全くなかったのよ」

「ずっと一緒にいたって? 本当かな?」

「現に一緒にいたじゃない」

「う〜ん」井森は自分の頭をこつこつと叩いた。「一緒にいたような気もするし、そうでないような気もする」

「何よ、それ?」

「いや。二人で海岸にいてグリフォンを目撃したのは覚えているし、二人で白兎の家にいたのも覚えている。だけど、その間の出来事がどうも曖昧なんだ」

「曖昧も何も二人で森の中を白兎の家へと向かったに決まってるじゃない」

「まあ、それが自然だろうね。だけど、そうでない可能性もある。アリスがビルに『白兎の家で落ち合おう』と言って、その場で別れたのかも」

「そんな記憶あるの?」

井森は首を振った。「全然」

「だったら、そんなことなかったのよ」

「そうとも言い切れないんだよ。なにしろ、ビルは物凄く間抜けだから、いつも何かを見落としているんだ」

「そんな人と一緒に事件を捜査していて解決できるのかどうか、とても不安になるわ」

「心配しなくてもいいよ。僕はビルみたいに間抜けじゃないから」

「でも、アリバイとなるべき記憶はないんでしょ？」

「井森建が存在しているのは、あくまで現実世界だけだからね」

「だったら、役に立たないじゃない」

「確かに、そうかもしれないね。ところで、気休めかもしれないけど、君に一つ教えておいた方がいい事実がある」

「どんな気休め？」

「仮にビルが君のアリバイを完璧に記憶していたとしよう。でも、その場合でもたいして役には立たないんだ」

「どうして？」

「ビルが間抜けなのは、みんなが知っているから、彼の証言は誰も本気で取り合わないんだ」

「どうでもいい気休めをありがとう」

「どういたしまして」

「とにかくビルの記憶も証言も役に立たないってことだから、新たな証拠を集めに篠崎研に行きましょう」

「本当にどうしたらいいのかしら？」広山衡子准教授は眉を八の字にしていた。「篠崎先生が突然亡くなってしまうなんて、全くの想定外だわ」

「とりあえず、明日の葬儀に出席しなくてはなりません。それから、来月の学会の準備が必要です」田畑順二助教がメモを見ながら言った。

「まあ大変。葬儀に、それから学会もあるのね」広山准教授はますます眉を下げた。

「あの、葬儀と学会は全然別のカテゴリーです。親族でもなんでもないので、葬儀には喪服を着て香典を持って挨拶に行けばそれで問題ありません」

「そうなの？　葬儀は問題ないのね」

「問題は学会の方です。篠崎先生は招待講演をされる予定でした」

「どうすればいいの？　断ればいいの？　それとも、誰かが代理で講演する？」

「招待されたのは篠崎先生なので、勝手に代理を立てるのはおかしいかもしれません。学会の事務局に問い合わせてはどうでしょうか？」

「どう答えると思う？」

「さあ、どうでしょう。篠崎先生と同じクラスの別の方を新たに招待されるのかもしれませんし、こちらに代理講演を依頼してくるかもしれません」

「代理講演を依頼されたら、どうすればいいの？」

「広山先生が代理講演されるのが順当なんじゃないですか？」

「わたしが？　いったいどうすればいいの⁈」

「落ち着いてください。篠崎先生はパワーポイントですでに資料を作っておられたかもしれません。秘書の久御山さんに訊いてみましょう」

「もし作ってなかったら、どうするの？」

「すでに予稿は提出されているようですから、それを元にプレゼン資料をでっち上げればいいんじゃないですか？」

「そのでっち上げは誰がするの？」

「構成を考えれば、久御山さんがなんとかしてくれると思います」

「その構成は誰がするの？」

「先生がされるのが一番だと思います」

「えっ？」広山准教授は目を瞬いた。

「構成されますよね」

「あ……ああ。そうするのがいいわね。でも、まああなたも考えておいて。わたしはほら、忙しいから」

亜理は咳払いをした。

「そうだわ。まずあなたが原案を考えて。わたしがそれを見て、修正案を出すから」広山准教授は亜理の咳払いには気付かないようだった。

「ぶわっくし‼」井森が大きなくしゃみをした。

広山准教授はちらりと横目で一瞥した。だが、特に気にしていない様子だった。

「事務局への連絡は誰がしてくれるの？　あなた？　それとも久御山さん？」

「ぶわっくし!!　ぶふぇっくしょ!!」井森は二度続けてくしゃみをした。

広山准教授の言葉が止まった。そして、今度は井森をはっきりと見た。「何？　風邪？」

「誰かに噂されているのかもですよ」井森はにこやかに言った。

「うつさないでね。わたし、忙しいのよ」そして、田畑助教に向かって言った。「この子、四年生？　院生？」

「さあ」

「さあって何？　自分の研究室の学生の学年もわからないの？」

「この子たちは篠崎研の学生じゃありませんよ」

「えっ？　違うの？……この子たち？」広山准教授は初めて亜理に気付いたようだった。

「誰？　あなたたち？」

「こちらは中沢研の栗栖川さんです。僕は石塚研の井森です」

「あらそう。うちの学科の学生なのね。誰か友達を捜しに来たの？」

「そうじゃなくてですね。篠崎先生のことをお伺いしたいと思いまして」

「篠崎先生は死んだわ」

「知ってます」

「それ以上言うべきことは何もないけど」

「先生の死因はご存知ですか?」

「牡蠣の食べ過ぎって聞いたけど」

「広山先生」田畑助教が口を挟んだ。「食べ過ぎた訳ではありません。食中毒です」

「何か不審な点はなかったんでしょうか?」

「どういうこと?」

「牡蠣にあたったのは偶然だったのかということです」井森はいきなり核心を突く質問をした。

「ますます訳がわからないわ」

「誰かに牡蠣を食べさせられたということはないですか?」

「傷んだ牡蠣を無理やり篠崎先生に食べさせたってこと? まあできないことはないでしょうけど、そんなことされたら普通吐くでしょ。そもそも誰がそんな嫌がらせをするの?」

「嫌がらせではなく、殺人です」

「殺人?! 牡蠣を食べさせて殺人?! いくらなんでも、そんな手の込んだ殺人はないでしょ」

「手が込んでいる割には不確実ですしね」田畑助教も信じていないようだった。

「確かに信じがたい話ですね」井森は堂々と言い放った。「でも、ここではないどこかなら、それは普通のことなのです」

「ここじゃなかったら、どこだというの?」広山准教授が尋ねた。

「どこだと思いますか?」井森は広山准教授の目を見詰めた。

「どこかしら?」広山准教授は井森の瞳を見詰め返した。

「思ったまま答えてください」

「きっと外国ね。何か牡蠣に対する迷信がある国だわ……。ちょっと待って、どうしてわたしがそんなクイズに答えなくっちゃならないの？」

「僕は蜥蜴のビルです。さあ、何か心当たりはありませんか？」

一瞬、広山准教授の顔色が変わったように見えた。

「何？　蜥蜴？　何かのクイズ？　それともただの悪ふざけなの？　わたしは今忙しいの。ドッキリの真似事だったら、別の人にして頂戴」

「ちょっと待ってください」田畑助教が言った。「おかしいな。変なことを思い出してしまった」

「何ですか？」亜理が尋ねた。

「ドードー」

「馬を宥めているの？」広山准教授が尋ねた。

「そうじゃなくて、わたしの名前です」

「あなた、田畑ドードーなんていう名前だったの？」

「いや。ドードーはここではなく、どこか別の場所での名前です」

「外国？」

「同じ場所を走り回って服を乾かすのよね。あなたが言ってた方法よ」亜理が言った。

「誰の服が濡れてるって？」広山准教授が苛立たしげに言った。

「今はもう濡れていません」田畑助教が言った。「いや。たぶんあれはただの夢だ」

「夢ならどうして僕たちが知ってるんでしょうか?」井森が言った。

「これも夢だからだ」

「これが夢の訳ないでしょ」広山准教授が言った。「少なくともあなたの夢じゃないわよ。可能性があるとしたら、わたしの夢ね。でも、たぶん違う。夢の中で夢だと気付いたら、だいたい目が覚めてしまうもの」

「現実世界の人間と不思議の国の人物はリンクしているんです。僕たちはこれをアーヴァタール現象と呼んでいます。田畑さん、篠崎先生はグリフォンでした。というか、不思議の国における篠崎先生のアーヴァタールがグリフォンだったと言うべきでしょうか」

「まさか。何か証拠でもあるのか?」

「証拠は……ありません。あるとしたら、僕たちの記憶です」

「『あなたの夢は現実です。証拠はわたしの夢です』と言いたい訳ね」広山准教授は鼻で笑った。

「信じられないかもしれませんが、僕たちの話をじっくり聞いて貰えば納得できると……」

「待って!!」何かを思い出したように広山准教授の目が輝いた。「覚えているわ!!」

「不思議の国のことを思い出したんですね」

「覚えているというか、夢だけどね。実際に体験したこととは全然違うわ」

「どんな夢でした?」

「どうもはっきりしないんだけど、男爵夫人だか、伯爵夫人だかと呼ばれていたような気がするわ」

「公爵夫人！」「公爵夫人！」「公爵夫人！」井森と亜理と田畑助教が同時に言った。

「そう。公爵夫人だったわ」

「あなたには赤ん坊がいるでしょ」亜理が言った。

「人聞きの悪いこと言わないで。わたしは独身よ。そして、未婚の母でもない」

「未婚じゃないわ。公爵夫人だもの」

「ああ。夢の話ね。……赤ん坊……。そう言えば、そんなのがいたような」

「でも、本当は豚だけどね」

「豚⁈　失礼なこと言わないで。あの子は器量よしなんだから」

「結構覚えているじゃないですか？」井森が言った。

「本当に覚えているのかしら？　あなたたちと話しているうちに思い出したような気がしただけかもしれないわ」

「じゃあ、今度は不思議の国で公爵夫人に話し掛けてみます」

「それだけはやめて。ええと、あなたはビルだったわね」

「ええ」

「そして、田畑さんはドードー」

「ええ」

「そして、そっちの子は？」

「彼女はアリスです」

「そんな訳のわからない連中に話し掛けられて、公爵夫人が返事なんかできる訳ないでしょ」

「現実世界での関係から言うと、そんなに不自然じゃないでしょ」

「いいえ。向こうでは向こうの関係を尊重して貰うわ。さもなければ、女王に示しが付かないもの」

「女王のことが気になるの？」

「当たり前よ。彼女はわたしのライバルだもの」

「向こうはたぶんあなたのことを自分の臣下だとしか思ってないですよ」

「いいえ。密かに一目置いているのよ」

「どうして、そんなことがわかるんですか？」

「わかるわ。公爵夫人にもなればね」

「自分が公爵夫人だと認めるんですね」

「ええ。依然として、単にそんな気がするだけの錯覚だという疑いは晴れないけど」

「とりあえず、暫定的に不思議の国は実在すると仮定してみてください」

「どうして、そんな仮定が必要なの？」

「グリフォンの死因が知りたいんです」

「グリフォンは知らないけど、篠崎先生は病死よ。これは間違いない」

「王子さんと何か繋がりはありませんでしたか？」

「王子？　誰？」

「この間、墜落死したポスドクの方です」

「ああ。そんな事故があったわね」

「王子さんはハンプティ・ダンプティでした」

「あの玉子の？　彼は殺されたって聞いたけど？」

「それはおそらく間違いありません」

「そして、犯人は……」広山准教授は亜理の方を見た。「アリスだというもっぱらの噂だわ」

亜理は頷いた。「そして、グリフォン殺害の容疑まで掛けられています」

「もしグリフォンが殺害されたのだとしたら、疑われるのは当然よね。すでに一人――というか、一個殺している訳だし」

亜理は首を振った。「アリスは殺していません」

「それを証明できるの？」

「今のところはできません。だから、こうやって調査しているんです」

「調査も何も王子は自殺か事故だし、篠崎先生は病死よ。そもそも事件性はないわ」

「現実世界では、そうです」井森が言った。「しかし、不思議の国ではそうではない」

「だったら、調査は不思議の国でやるべきでしょ。夢の中の犯罪の証拠が現実に存在する訳がないもの」

「単なる夢ではありません。実体のある夢です」

「実体？　そんなものがどこにあるというの？」

「我々の記憶です」

「記憶？　わたしが言ってるのは、そんな曖昧なものじゃなくて、物的な証拠よ」

「証言もまた証拠の一つですよ」

「どこかの裁判で『夢の記憶』が証拠として採用されたことがあって？」

「それは……」

「確かにあなたたちの言うことには、思い当たる節があるし、仮説としては面白いわ。だけど、夢は夢よ。いくら記憶があっても、現実とはなんら関係ない。そんなことは忘れて、現実を生きればいいのよ」

「ただの夢として、忘れろと？」

「それ以外、どうしろというの？　夢の世界の殺人罪であなたを訴えろというの？」広山准教授は亜理を指差した。

「わたしは犯人ではありません」

「そうだったわね。でも、そんなことはどっちでもいいわ。夢の国の話だもの」

「現実と無関係ではありませんよ」井森が言った。「王子さんとハンプティ・ダンプティ、そして篠崎先生とグリフォン。この二つの死はリンクしている」

「後付けよ。そもそもその二組が本当にリンクしていたのかどうかも怪しいわ」

「少なくとも、王子さんとハンプティ・ダンプティのリンクは明らかでした」

「どうしてわかったの？」

「本人がそう言ってました」

「本人はもう死んでるわ。死人に口なしね。さっきの話しぶりだと、篠崎先生の方に至っては完全に推測よね」

「推測だと言われれば、そうだとしか言いようがありませんが……」井森は唇を嚙んだ。

「じゃあ、推測よね」

「もし、アリスが二人の殺害容疑で処刑されたりしたら、栗栖川さんの命が危険です」

「知ったこっちゃないわ。現実世界での出来事なら、多少は関係があるかもしれないけど、夢の世界の殺人事件をまともに取り合う人間なんていない。じゃあね。わたしはこれから田畑さんと打ち合わせがあるから帰ってくれる？」

「ちょっと待ってください。広山先生」田畑助教が言った。「助けを求めているのに、無下にするのはどうでしょうか？　それに、この子の命が懸かっているということですし」

「じゃあ、あなたがなんとかしてあげて。もちろんわたしの方の仕事が優先よ。それが終わってからなら何をしようと自由よ」

「じゃあ、今日の五時以降に話を聞かせて貰おう」田畑助教が言った。

「駄目よ。そんな暇と余力があるなら、わたしを手伝って。葬儀と学会で大変なんだから」

「でも、先生の仕事が終わってからなら手伝ってもいいと……」

「わたしの仕事は全然終わってないわ。少なくとも、来月の学会が終わるまでは。もっとも、それからの仕事も山積みだけど」

「それじゃあ、この子たちを助けることができない」

「そうなるわね。さあ、さっさと資料作りを始めて頂戴」

「待ってください！」突然、亜理が叫んだ。「あなたにも、関係があることです、公爵夫人！」

「現実世界では公爵夫人じゃないわ」

「あなたは女王からあの庭の管理を任されています」

「女王に命令されてやった訳ではないわ。わたしは好意でやってあげているだけよ」

「だけど、殺人事件が起きるなどという不始末をしでかしてしまったのです」

「全くわたしの関与するところではないわ」

「でも、女王はそう考えないかもしれません」

「何ですって⁈」

「女王はあなたの責任だと考えて叱責するでしょう。あるいは、斬首刑を命ずるかも」

「あれは女王の口癖で、実際に斬首を執行された者はいないわ」

「叱責ぐらいなら、甘んじて受けるということですか？」

「う〜ん。叱責はないでしょうね。友人間で叱責はおかしいもの。ただ、まあ、文句ぐらいは言われるかもしれないわ。それはそれで鬱陶しいかも」広山准教授は眉間に皺を寄せた。

「もし調査に協力していただき、事件が解決できれば、それをあなたの功績だと報告しても構いません」

「あら。そう？」広山准教授の表情が緩んだ。「少し話をするぐらいなら、特に問題はないかもしれないわね」

「現実世界で時間がないとのことでしたら、向こうの世界でお話を聞かせて貰っても構いませんが」

「公爵夫人が下賤の者と親しげにしたりすると、それこそ女王が不審に思うわ。今ここで、話をしましょう。そして、それっきりでお願いするわ。何度も同じ話を繰り返すのは、うんざりだから」

「もちろん、それで構いません」亜理は言った。「じゃあ、井森君お願いね」

「えっ？　僕が訊くの？」

「悔しいけど、分析力も直感力も、わたしよりあなたの方が上よ。だから、あなたにお願いするのが得策だと思うわ」

「ビルの時に言ってくれれば、小躍りして喜ぶんだけどね」

「言わないわ。そもそもビルにはこんなことお願いしない。彼には無理だから」

井森は肩を竦めた。「じゃあ、先生、少しだけお話をお伺いします。最近、篠崎先生に関して何か気になったことはありますか？」

「特にないわ。敢えて言うなら、最近また少し太ったことぐらいかしら？」

「そう言えば、篠崎先生は肥満体型でしたね」

「物凄く太ってた。牡蠣にあたらなくても、遠からず脳梗塞か、心筋梗塞で、逝ってしまったと思うわ。王子という人より、むしろ篠崎先生の方がハンプティ・ダンプティに相応しいぐらいだわ」

「本人とアーヴァタールの間で、体型や性格はかならずしも一致しないようです。王子さんとハンプティ・ダンプティはかなり似通った特徴を持っていましたが、グリフォンと篠崎先生はそうでもなかったということでしょう」

「あなたとビルもあまり似てないわよ」

「ありがとうございます。褒め言葉ととっておきます。……次の質問です。篠崎先生は王子さんについて何かおっしゃってましたか?」

「特に何も言ってなかったと思うわ。そうよね、田畑さん」

「はあ。わたしも特に記憶には残っておりません」

「そうですか。ええと。向こうの世界で、グリフォンやハンプティ・ダンプティとは面識がありましたか?」

「グリフォンなどという怪物とは全く縁がないわ。ハンプティ・ダンプティには一度か二度、会ったことはあると思うけど、特に言葉を交わしたりはしなかったわ。もし何か言いたいことがあったとしたら、白兎を介したはずよ」

「白兎とは親しいのですか?」

「親しいと言えば親しいのかしら? まあ、自分があいつにどんな感情を持ってたかはよく覚えてないけど、召使としては結構使えるんじゃないかしら？　忘れ物は多いけど」

「忘れ物が多かったら、駄目なんじゃないですか？」

「メアリーアンが白兎のフォローをしてくれるから大丈夫よ。彼女は結構使えるわ」

「知り合いの中に不思議の国の住人らしい人物はいますか？」

広山准教授は首を振った。「全然。もっとも、そういう目で見てなかったというのはあるかもしれないけど」

「現実世界の白兎と会ってみる気はありますか？」

「まっぴらごめんよ」

「どうしてですか？　向こうでは親しいのに？」

「こっちと向こうの関係性が微妙に違うとぎくしゃくするかもしれないじゃない。例えば向こうでは主従関係があって、こっちではただの友達だったりしたら、どう接していいかわかる？あなたたちみたいに元々関係が薄ければ逆に問題は起こらないのよ」

「我々と一緒に捜査をする気はないですか？」

「ないわ。わたしは忙しいの。夢の世界の殺人事件なんか、どうだっていい」

「公爵夫人としてはどうですか？」

「事件が解決したら、女王に公爵夫人のお手柄だと言ってくれるんでしょ？　ちゃんと約束は守ってね」

「公爵夫人がご自分だという認識はお持ちなんですね」

「自分というよりは、自分の延長って感じかしら。記憶はあるんだけど、意識の連続性は曖昧だわ」

「他に何か思い出したことはないですか?」

広山准教授は少し首を傾げた。「ないわ。これで全部よ」

「何か思い出したら、連絡いただけますか?」

「しないわ。そんな暇はないって言ったでしょ。たぶん、何も思い出さないと思うし」

「わかりました。そういうことなら結構です。ただ、捜査の結果、何かわかった場合、お知らせしてもいいですか?」

「そうね。それなら、別に構わないわ。その時は連絡して頂戴。できればメールでね。電話には出る気にならないから」

7

「グリフォン殺害の犯人を捜しているの」アリスは言った。

「それはつまり自分探しってことか?」頭のおかしい帽子屋がにやにやと笑った。

「いいえ。わたしは自分を探している訳じゃない。犯人を捜しているの」

「あくまで自分は犯人じゃないという体裁でいく訳だね」三月兎がへらへらと言った。

「あなたたちはわたしを犯人だと決め付けているのね」

「まあ、ハンプティ・ダンプティを殺った犯人だからね」帽子屋が言った。

「わたしはハンプティ・ダンプティも殺していない」

「こっちは確実だ。目撃者がいる」

「わたしがハンプティ・ダンプティを手に掛けるところを目撃した訳じゃないでしょ」

「ああ。確かに。ただ、殺人が起きた時間に殺人が起きた場所にいることができたのは、あんたとハンプティ・ダンプティだけだ。証拠としては充分だろ」

「わたしはあの場所にいなかった」

「そんなに言うのなら、証明してみせてくれ」

「確信があるのなら、今すぐわたしを逮捕しないのはなぜ？」

「泳がせてるのさ」三月兎が言った。「余罪の証拠が摑めるかもしれないし」

「余罪って？」

「取り調べ中の罪とは別の罪のことだよ」

「単語の意味を知りたいんじゃなくて、余罪ってグリフォン殺しのことかって訊いているの」

「えっ。あんた、グリフォンを殺ったのか⁈」三月兎の目が飛び出した。

「だから、殺ってないって」

「でも、今確かに余罪はグリフォン殺しだって言ったよ」三月兎が食い下がった。

「えっ？　自白したのか⁈」頭のおかしい帽子屋が歓声を上げた。「これで見事事件解決だ‼」

「そんなこと言ってないわ。わたしはハンプティ・ダンプティもグリフォンも殺していない！」

「これじゃあ、堂々巡りだ。もう観念したら？」三月兎がぼやいた。

「やってもいない罪を告白するなんてまっぴらごめんよ」

「事態を打開しなくっちゃ」ビルが言った。「難しい言葉を使っちゃった？　かっこいい？

それから今の使い方合ってた？」

「合ってるけど、言うだけじゃ何も進展しないわ」

「じゃあ、君が何か提案してよ」ビルが唇を尖らせた。

「そうね」アリスは考え込んだ。「とりあえず、グリフォンが死んだ時の様子を聞かせて頂戴」

「それはこっちがあんたに訊きたいことだ」帽子屋が言った。「目撃者がいないんだから、その時の様子は犯人しか知りえないんだ」

「わたしが言いたいのは、死体の様子はどうだったかってことよ」

「『死んだ時の様子』と『死体の様子』はまるで違うよ」ビルが言った。

「そうね」アリスはがっかりした様子で言った。「今のはわたしが悪かったわ」

「聞いたか、三月兎⁉」頭のおかしい帽子屋は絶叫した。「ついにアリスが自白したぞ‼」

「何度も言うけど、わたしは殺人など犯してないし、自白もしないわ」

「でも、今確かに自分が悪かったと言ったぞ」

「言ったけど、それはハンプティ・ダンプティ殺しとも、グリフォン殺しとも関係ないわ」

「なんだ。がっかりだよ」三月兎がつまらなそうに言った。

「とにかく死体の様子を教えて頂戴」

「教えるも何もたいしたことは何もないぞ。グリフォンが海岸でのたれ死んでただけだ」帽子屋が言った。

「何か特徴はなかったの?」

「さあ」

「あなた、死体を調べたんでしょ」

「調べたけど、ちゃんと見なかったんだ。面倒でね」

「やる気がないなら、なんで捜査を引き受けたのよ?」

「えっ?! 誰が捜査を引き受けたって?」

「あなたたち二人よ」

「そうなのか?」

「そうじゃないの?」

「さあ」

「考えてみたら、あなたたち警官でもなんでもないじゃない」

「違うよ」三月兎が言った。「決まってるじゃないか。兎の警官なんか見たことあるのかい?」

「帽子屋の警官なんか見たことあるのか?」帽子屋が言った。

「じゃあ、どうして、捜査なんかしてるの?」

「面白そうだからに決まってるだろ」頭のおかしい帽子屋と三月兎は肩を組んだ。

「なんだ。じゃあ、何の権限もないんだ」アリスは呆れて言った。「だったら、二人に目を付けられても逮捕される心配もないのね」

「そうとは限らないね」アリスの目の前三センチのところにチェシャ猫の顔が現れた。

「わっ！　びっくりした。突然現れるなら、現れると言って頂戴」

「そんなこと言ったら、君を驚かすことができないじゃないか」

「どうして、わたしを驚かしたいのよ？」

「面白そうだからに決まってるだろ」帽子屋と三月兎とチェシャ猫は肩を組んだ。

「楽しそうだねえ。僕も仲間に入れてよ」ビルが言った。

「駄目だ！」帽子屋は即答した。

「どうして？」

「蜥蜴なんかと肩が組めるか！　気味が悪い」

「酷いなあ。アリス、なんとか言ってくれよ」

「わたしを驚かす仲間になんかならなくていいのよ」

「だって、面白そうだよ」

「面白いかどうかだけで行動を決めては駄目よ」

「そんなことより、君にとって一大事だ、アリス」チェシャ猫が言った。

「何かあったの？」

「いいニュースと悪いニュースがある」

「悪いニュースから言って」

「女王陛下が頭のおかしい帽子屋を正式に連続殺人事件の捜査官に任命しようとした」

「えっ？　俺は？　俺は？」三月兎が騒ぎ出した。

「おまえはなしだ。発情した兎なんかは騒がしいだけで役立たずに決まっている」

「帽子屋だって、頭がおかしいんだよ」

「ここではだいたいのやつがそうだから、たいした問題じゃない」

「ねえ。三月兎が捜査官じゃないっていうのがいいニュースなの？」

「まさか、それはどうってことないニュースだ」

「よかった。じゃあ、まだいいニュースがあるのね」アリスは目を輝かせた。「どんなニュースなの？」

「公爵夫人が女王陛下の決定に異を唱えたんだ。頭のおかしい帽子屋は最初からアリスを疑ってかかっている。そのような人物に公正な捜査ができるはずがないって」

「まあ。彼女なかなかいいとこあるじゃない」

「公爵夫人と親しいのかい？」チェシャ猫が尋ねた。

「ここの公爵夫人とはあまり親しくないけど、別の方の彼女と最近話をしたんだよ」ビルが言った。

「どういうことだ？　詳しく言ってみろ」帽子屋が言った。

「あのね……」ビルが話し始めた。

「ビル、あの話はまだ言わないで」

「構わない。言ってみろ」帽子屋がアリスを睨んだ。

ビルは躊躇した。「どうして言っちゃいけないんだい、アリス?」

「この人たちに言うことで事態がどっちに転ぶかまだわからないもの」

「だから、何の話だ?」帽子屋は苛立たしげに言った。

「その時が来れば言うわ」

「正直に言っておくのが身のためだぞ」

「気に掛けてくれてありがとう。だけど、事件とは何の関係もないことなの。気にしないで。それにあなたは捜査官になることを却下されたんだから……」

「いや。却下なんかされてないよ。却下されたのは公爵夫人の進言の方だ。女王陛下は公爵夫人を一喝すると、帽子屋を特命捜査官に任命した」

「どうして、それがいいニュースなの?」アリスは泣きそうになった。

「帽子屋にとってはいいニュースだってことだ。彼はずっと捜査官に憧れていたからね」

「やったー! これで晴れて本物の捜査官になれた!!」

「『いいニュースと悪いニュース』っていうのは、帽子屋さんにとってのいいニュースとわたしにとっての悪いニュースってことなの?」

「そうだよ」

「そんなの酷いわ。それだったら、『悪いニュースと悪いニュース』じゃない!」

「『悪いニュースと悪いニュース』なんて語呂が悪いじゃないか」チェシャ猫は膨れた。

「僕もそう思うよ」ビルが同意した。「『いいニュースと悪いニュース』の方が絶対語呂がいい」

「じゃあ、もうそれは気にしないことにするわ。あなたが捜査官だということも認めることにする、帽子屋さん」

「ついに観念したのか？」

「観念して欲しいの？」

「そりゃそうだ」

「だったら、まずわたしの質問に答えて」

「答えたら、観念するのか？」

「答えを聞いてから考えるわ」

「何が訊きたいんだ？」

「さっきも訊いた質問。グリフォンの遺体の状況よ」

「それはもう答えた。のたれ死んでただけだ。何の特徴もない」

「特徴のない死体なんてないわ。特徴のない人がいないように。思い出してみて。何か気付いたことは？」

「そうだな。強いて言うなら……」帽子屋は顎を擦った。「牡蠣だ」

「牡蠣がどうしたの？」

「まだ口の中にいた」

「グリフォンは牡蠣にあたって死んだんじゃなかったの？　だとしたら、まだ口の中にあるのはおかしいわ。それとも、食中毒が発症するまでの間、ずっと食べ続けていたの？　それだけたくさんの牡蠣があったってこと？」

「正確に言うなら、牡蠣にあたって死んだのではなく、牡蠣が原因で死んだんだな。いっきに口の中に突っ込んだんで、喉が詰まって息ができなくなって死んだんだ」

「それは誰かが解剖してわかったの？」

「いや。聞いたんだ」

「死んだグリフォンから？」

「馬鹿なことを。死人に口なしだ」

「グリフォンは人じゃないけどね」三月兎が言った。

「じゃあ、目撃者がいたのね」

「どっちかというと、目撃者じゃなくて、凶器なんだけどね」

「何を言ってるのか、わからないんだけど」

「心配しなくていいよ。たぶん、こいつも自分が何を言ってるのか、わかってないさ」三月兎が言った。

「自分が何を言ってるかぐらいはわかってるぞ」頭のおかしい帽子屋は憤慨した。「ただ、何を考えているのかはからきしわからないが」

「結局、誰が証言したの？　その証人はとても重要だと思うけど」

「いや。とるに足りないやつさ」

「だから、誰？」

「こいつさ」帽子屋はポケットからぐちゃっとした塊を取り出した。

じゅるじゅると粘液を滴らせている。

「何、これ？」

「牡蠣さ。ほら。ここに割れた貝殻がちょっと残ってるだろ。生のままグリフォンが飲み込もうとして、喉が詰まって息ができなくなった。それで、苦し紛れに噛み砕いたんだが、この一匹だけはなんとか生きて喋れる状態だったんだ」

「何を言ったの？」

「グリフォンは騙されたって。『両手いっぱいの生きたままの牡蠣をいっきに頬張って飲み込んだら、それはもう至上の美味だ』とかなんとかそんなことを言われて」

「誰が言ったの？」

「だから、牡蠣さ」

「そうじゃなくて、グリフォンに言った人物よ」

「何を言ったって？」

「『両手いっぱいの生きたままの牡蠣をいっきに頬張って飲み込んだら、それはもう至上の美味だ』」

「それ、本当？　アリスにいいこと教えて貰っちゃった」ビルが言った。「今度やってみよう」

「やらないで、ビル。死んでしまうから」

「えっ⁉　どういうこと？」

「なるほど。あんたは、『両手いっぱいの生きたままの牡蠣をいっきに頰張って飲み込んだら死ぬ』ということを知ってた訳だ、アリス。これは犯人だけが知りえる事実とは言えないかな？」帽子屋はメモをした。

「そんなこと誰でも知ってるわ」

「いや。グリフォンとここにいる間抜けな蜥蜴は知らなかったよ」チェシャ猫が言った。

「えっ⁉　間抜けな蜥蜴がいるの？　どこ？」ビルはきょろきょろと間抜けな蜥蜴を捜した。

「間抜けな蜥蜴は放っておいて。それより、グリフォンにそのことを教えた人物は誰なの？」

「そんなことは知らん」

「どうして訊かなかったの？」

「そんなことはわたしの勝手だろ」

「訊けば簡単に犯人がわかったのに」

「そんなことしなくても、犯人はあんただと思ったんだよ」

「ああ。牡蠣が生きていれば、わたしが訊くことができたのに」

「じゃあ訊けばいいだろ」帽子屋は掌（てのひら）の牡蠣を差し出した。

「死人に口なしなんでしょ」

「死牡蠣だけどね」三月兎が言った。

「いや。死牡蠣じゃない。生牡蠣だ」帽子屋が言った。

「えっ？　どういうこと？」ビルが尋ねた。

「まだ息があるんだよ」

「まさか……」アリスは息を飲んだ。

「牡蠣さん、喋ることができるの？」

「……ああ。アリス、僕は喋ることができるよ」牡蠣は言った。

「犯人を見たの？」

「アリス、僕は犯人を見たよ」牡蠣はとても苦しそうに言った。

「名前もわかるの？」

「犯人はあなたの知っている人？」

「アリス、僕は犯人を知っている」

「アリス、犯人の名前も知っている」

「今ここで犯人の名前を言って頂戴」

「アリス……」

「生牡蠣、貰い！」ビルは頭のおかしい帽子屋の掌から、ちゅるんと牡蠣を吸い取った。

アリスは何が起こったのか理解できず、呆然とビルの顔を見詰めた。

ビルの唇から液が溢れ出た。

「う～ん。最高！」ビルはうっとりと言った。

「ビル、何をしてるの⁈」アリスは悲鳴を上げた。

「えっ？　生牡蠣を食べてるんだよ。僕の大好物さ」

「何やってるんだ⁈」帽子屋が怒鳴った。「急に手を舐めるんじゃない！　べとべとじゃないか」帽子屋はズボンで手を拭った。

「最初から生牡蠣の汁でべとべとだったよ」ビルが言った。

「そうか。すまなかった」帽子屋は素直に謝った。

「今、犯人の名前を言うところだったのに」アリスは呆然と言った。

「いや。はっきりと聞こえたよ」帽子屋が言った。「牡蠣は食われる前に『アリス』とはっきり言った」

「あれは犯人の名前じゃないわ」

「あんたは牡蠣に犯人の名前を訊いた。そして、答えは『アリス』だった」

「だから、あれは答えなんかじゃなくて、わたしへの呼び掛けの言葉よ。あの後に犯人の名前を言うはずだった」

「何か証拠でもあるのか？」

「それは……」

「死牡蠣に口なしだね」ビルが言った。「でも、牡蠣の口ってどこ？」

「何言ってるの？　あなた大変なことをしてしまったのよ！」アリスは小刻みに震えていた。

「僕何かした？」

「彼に殺意はなかったのよ」アリスは帽子屋に訴えかけた。「あなたもビルのことはよく知ってるでしょ」

「何の話をしているんだ？」帽子屋はきょとんとしていた。

「ビルを殺人罪で捕まえるつもりなんでしょ？」

帽子屋は三月兎とチェシャ猫の方を見た。「アリスが何を言ってるかわかるやついるか？」

三月兎が手を挙げた。「アリスは『ビルを殺人罪で捕まえるつもりなんでしょ？』と言ったんだと思うよ」

「それは知ってる。そうじゃなくて、なんでそんなことを言ったのかってことだ」

「それはあれだ。アリスはあんたがビルを殺人罪で捕まえるつもりだと思ったんだ」

「それは知ってる。そうじゃなくて、なんでそんなことを思ったのかってことだ」

三月兎は考え込んだ。そして、肩を竦めた。「それは俺じゃなくて、アリスに訊いた方が早いんじゃない？」

「おまえにしてはまともな答えだ」頭のおかしい帽子屋は頷いた。「という訳だ。いったい全体どうして、そんなことを思い付いたんだ、アリス？」

「どうしてもこうしても、今目の前でビルは牡蠣を殺したわ」

「正確に言うと、食い殺したんだろ？」

「ええ。正確に言うと、食い殺したのよ」

「生牡蠣を食って逮捕されたりしたら、そもそもめしなんか食えないだろ」

「ええ。まあそうだけど、牡蠣は人語を解していたし……」

「人語ってなんだよ？　それって人間の思い上がりじゃないのか？」三月兎が言った。

「そうだ。少なくてもここでは、人間が少数派だぞ」ビルが三月兎を応援した。

「つまりここでは、だいたいの動物が言葉を喋るのよね」

「失礼ね。動物だけを贔屓（ひいき）するつもり？」アリスの足元で鬼百合（おにゆり）が文句を言った。

「そう。ここでは植物も喋るんだったわ。じゃあ、そもそも何かを食べるってことは言葉を喋るものを食べるってことになる」

「当たり前だ。言葉を喋るものを食ったからって、殺人罪になったりしたら、今頃この世界の全員が死刑になっとる」

「つまり、ビルは無罪ってこと？」

「何も罪を犯してないんだから、無罪に決まってる」帽子屋は断言した。

「まあ。よかったわ」アリスはほっと一息吐いた。「でも、牡蠣が死んでしまったのはよくなかったわ」

「君も少しは常識を身に付けるべきだね」

気が付くと、チェシャ猫が真横にいた。

「食べれば罪にならないんだよ」

8

「大事な証人を食べてしまうなんて、全く話にならないわ」亜理は憤慨していた。

食堂の中は人が疎(まば)らで、そのため余計に亜理の声は響き渡った。

「そうだね。あと一分食欲を抑えていれば、事件は解決したかもしれないね」井森はすまなそうに言った。

「どうして、我慢しなかったのよ？」

「思い至らなかったんだ。牡蠣の発言がすべてを解決するだなんて」

「そんなことがわからないなんて、自分でもおかしいと思わない？」

「おかしいと思うよ。だけど、ビルはとてつもなく間抜けだから仕方がなかったんだ」

「『自分は馬鹿だから何をしても許される』って言ってるの？」

「いや。僕は馬鹿じゃないし、何をやっても許されるとは思っていない」

「じゃあ、仕方なくないわね」

「君が割り切れないと思うのは理解できるが、ビルのやったことの責任を僕に押し付けるのはフェアじゃない」

「どうして？　あなたはビルなのに」

「僕はビルであって、ビルでない」

「あなたはビルだわ」

「記憶を共有しているという意味ではビルだけど、意思や思想は共有していない。アーヴァタールは同一人物とは言い切れない側面があると思うんだ。そもそも君は特異な例だ」

「わたしが？」

「栗栖川亜理とアリスはほぼ同じ外見と能力を持っている。だから、君は他の人物より人格の継続感が強いとしても不思議ではない」

「それはあなたの誤解だわ」

「何が誤解なんだ？」

「そもそも、わたしは……」

「お話し中申し訳ないが、少し時間をいただけないですか？」中年の男性が二人の会話に割り込んできた。

「はあ。どなたでしょうか？」井森は尋ねた。

「わたし、こういう者でして」男は警察手帳を見せた。

「谷丸さんですか？」

その傍らには若い男が立っている。

「僕は西中島と申します」

「何か御用ですか？」

「実は例の事件を調べてるんですよ」西中島巡査が言った。

「事件ですか?」井森の顔に警戒の色が見えた。

「西中島、事件というのはちょっとあれだろ」

「でも、事件でしょ、警部」

「つまり、ここではまだ事件ではない」

「ここでも、あっちでも、事件は事件でしょう」

「それはあくまで君の主観であって……」

「申し訳ありません」井森が口を挟んだ。「本当に僕たちと話す必要があるんでしょうか?」

「まあ、必要があるかどうかはまだわからないんですけどね」西中島が言った。

「つまりですな」谷丸警部は汗を拭いた。「最近、あなたたちの学科で続けざまに人が亡くなってますな」

「ええ」井森は頷いた。「王子さんと篠崎先生ですね」

「その辺りをちょっと調べてるんです」西中島が言った。

亜理が小さく声を上げた。

谷丸警部の目が鋭く光った。

「どうかされましたかな?」

「いえ。少し驚いたもので」亜理は答えた。

この人たちもそうなんだわ。不思議の国にアーヴァタールがいるのね。

「警察の方が捜査されているということは事件なんですね」

「いや。誤解なさらないように」谷丸警部がフォローした。「二つの事例とも、事件性は全くないというのが警察の正式な見解です」

「じゃあ、どうして調べておられるんですか?」

「そのなんというか、この二つの事例には符合するものがあるというか、繋がっているというか」

「リンクしている?」

西中島は頷いた。「そう。それがうまい表現ですね」

「そう。そういうことなんで、何か心当たりはありませんか?」

「心当たり?」

「今、わたしたちが言った言葉を聞いて、ふと思い付くものはないかということです」

「随分、漠然としたお話ですね」

「まあ、具体的な言い方ができない訳ではないんですが」

「具体的に言ったりしたら、我々の正気が疑われてしまう可能性があるということです」西中島が言った。

間違いない。この人たちは不思議の国にもいるんだ。だけど、誰?

亜理は谷丸警部たちに見えないように、井森に目配せをした。

この人たちに言っちゃっていいんじゃない?

だが、井森は小さく首を振った。

どうして？　味方だとは限らないってこと？

確かに、味方だとは限らない。不思議の国での捜査関係者だとしたら、こっちでアリスを犯人と断定するための証拠を探しているのかもしれない。

「すみません。おっしゃっていることが理解できないのですが」井森が言った。

谷丸警部はじっと井森と亜理の顔を見ている。

「どうですか、警部？」

「わかりづらい。わかりづらいが……」

「僕たちが何をしたって言うんですか？　はっきり言ってください」

「ここは別の世界でどんな犯罪が行われようと、我々には何の権限もないし、物理的にもどうしようもない」谷丸警部は独り言のように呟いた。

「じゃあ、あなたがたは何をしようとしているんですか？」亜理が尋ねた。

「おい、何を言い出すんだ？」井森は慌てているようだった。

構わない。できるだけ情報を引き出すのよ。

「ほお。やはりそうだったか」谷丸警部の目が輝いた。

「彼女はあくまで仮定の話をしてるんです」井森が言った。「彼女、そういうファンタジーとか、ＳＦが大好きなんですよ」

「じゃあ、仮定の話で結構。我々も仮定の話をしているだけだ」谷丸警部は言った。「我々は真実が知りたい。彼らは誰に殺されたのか?」

「仮定の事件に対して、現実世界の警察の力を利用して捜査をしてるんですか?」

「まあ、警察手帳を使ったんだから、そういうことになるか」

「それってルール違反じゃないですか?」

「それを言うなら、異なる世界の記憶を使って行動を起こすこと自体がルール違反だということになる。君たちはルール違反していないと言い切れるのかね?」

「そんなルールはないですよ」

「じゃあ、こっちもそんなルールはない」

「警察力を異世界の犯罪捜査に使ってるんだから、明確にルール違反でしょう」

「それって、証明できるのかね?」

「証明する必要はありません。二人の刑事が妄想の事件の捜査を行っているって告げ口するだけです」

「君たちにとっても損な話ではないと思うよ。自分が誰かを我々に教えてくれれば、現実世界の警察が味方に付く訳だ」

「逆のパターンもあり得ますよね」井森が言った。

「どういうことだ?」

「我々が正体を明かした途端、敵同士になる可能性もあります」

「それはない。我々の目的は真実を知ることだけだ。誰も困ったりしないだろう」

「いや。可能性としてはありますよ」西中島が言った。「この二人がまさに犯人だった場合です」

「なるほど」谷丸警部がまた呟いた。「だとしたら、いっきに事件が解決するかもな。そうなのかね、お二人さん？」

「残念ながら違いますよ」井森は言った。「そもそも事件は一度解決しかけたんじゃないですか？　目撃証人をみすみす死なせてしまったんでしょ」

「ああ。あれは確かに捜査の不手際だな。まず犯人が誰かを聞き出しておくべきだった。だが、捜査側のミスだけではない。証人を食っちまうような間抜けが野放しになっていること自体が大きな問題だろう」

この人たち、井森君がビルだという確証があるのかしら？　それとも、本当に馬鹿正直に本体とアーヴァタールの関係を調べているのかしら？　もし前者だとしたら、今のは皮肉ということになるけど……。

亜理としては、この二人の刑事に自分たちのアーヴァタールを教えてもいいんじゃないかと思えた。

彼らの言う通り、警察の情報収集力は魅力的だ。仮に、刑事たちが敵になったとしても、現実世界では、なんら手を出せるはずがない。一方、不思議の国ではそもそも捜査員に目を付けられている。これ以上、状況が悪化することはないはずだ。

「あの……」亜理は決心した。

「仮定の話はもう終わりです」井森が言った。「だから、話すこともありません。お引き取り願えますか?」

谷丸警部と西中島は顔を見合わせた。

「どうやら警戒させてしまったようですね」谷丸警部が残念そうに言った。

「このやりとりがまどろっこしすぎるんですよ」西中島が不平を言った。「いきなり、自分の正体を明かすのが一番じゃないですか?」

「ここでは、やめてくれ。やるなら、あっちの世界でやるべきだ」

「でも、あっちじゃ、我々の能力が限定的ですよ」

「能力というより、性格の問題だ。常にふざけていて、まともな会話すらできないんじゃ、どうしようもない」

「どうされます? 何か別の情報をくれるんですか? それとも、この話はこれで終わりですか?」井森は言った。

「これで終わりです。……今日のところは」谷丸警部が言った。

「日を改めて続けるつもりですか?」

「わたしたちは接触を続ける。こちらか、向こうかは明言できないが」

「向こうじゃ、ふざけ続けてるんでしょ?」

「困ったことにね。だけど、意思の疎通が不可能という訳ではない。ただ、君たちの正体がわからなければ、接触することもままならない訳だが」

「まあ、考えておきましょう。あなたたちに正体を明かすのが得策だと確信が持てたら、お話しします」

「それで、結構ですよ。西中島、今日のところは退散しよう」

二人はとぼとぼと食堂を出ていった。

「わたしたちのアーヴァタールを明かしてもよかったんじゃない?」亜理は二人の姿が見えなくなると同時に話し始めた。

「そんなことをしたら、不思議の国では、向こうにはこっちの正体が知られ、こっちでは、向こうの正体がわからない状態になってしまう」

「相手のアーヴァタールも聞き出しておけばいいんじゃない?」

「本当のことを教えてくれるとは限らない。現に今だって、本当に僕らのアーヴァタールを知りたいのなら、自分のアーヴァタールを先に教えるのが礼儀というものだろう」

「そんなこと言ってたら、永久に互いに牽制をし続けることになってしまうわ!」

「じゃあ、君は勝手に自分のアーヴァタールを教えればいいだろう。だけど、僕のアーヴァタールは秘密だ」

「いったい何を恐れているの?」

「君はいいよな。頭のいいアーヴァタールで。僕のアーヴァタールはとても間抜けなんだ。証拠を食っちまうぐらいにね。向こうでは、僕は弱者なんだ。無防備に正体を曝(さら)す訳にはいかないんだ」

「そんなことを気にしていたの？　わたしのアーヴァタールだって、強者じゃない」

「もういい。少し独りになって、頭を冷やしてくる。どうすれば一番いいのかはその後で話し合おう」井森も二人の後を追うように食堂を出ていった。

なるほど。井森君はビルのことを弱点だと思ってたんだ。まあ、あれだけ間抜けだと仕方がないか。でも、アリスがサポートすれば、そんなに酷くはないんじゃないかしら？　問題はビルがアリスの味方だとは言い切れないところだわ。そう言えば、井森君はわたしの味方だと言い切れるのかしら？　ひょっとしたら、心の奥底ではビルのように疑っているのかも。

「彼と喧嘩でもしたの？　随分無愛想な顔をして出ていったけど」話し掛けてきたのは李緒だった。

「ずっと見てたんですか？　因み(ちな)に、彼じゃないですけどね」

「ついさっきからよ。井森君が出ていくのと入れ違いに来たの」

「わたしたちと話していた二人組は見ませんでしたか？」

「窓の外からちらりと見えたけど、あの人たち何者？」

「刑事さん」

「えっ？　なんで？」

「王子さんと篠崎先生の死について調べているようですよ」

「だって、事故と病死でしょ」

「現実世界ではね」

「その刑事さんたち不思議の国を知ってるってこと?」

亜理は頷いた。

「いったい誰なの?」

「教えてくれませんでした。だいたいの想像は付きますけど」

「あなたたちは不思議の国での名前を教えたの?」

「いいえ。井森君が嫌がったから」

「あら。どうしてかしら?」

「刑事さんたちを信じてないようです。自分たちだけ情報を与えたら、不利になると思ってるみたい」

「随分用心深いのね。彼って本当にビルなの?」

「不思議の国でビルだからこそ、現実世界で用心深いんですって」

「どういうこと?」

「ビルは間抜けだから、自分が守ってやる必要があるって思ってるんじゃないですか?」

「自分自身なのに?」

「井森君の考えは少し違うみたいです」

「わたしはアーヴァタールを自分自身だと思うわ」

「自分が白兎だという自覚があるのですか?」

「はっきりと白兎の感覚や感情を思い出せるわ。あなたたちもそうだと思ってた」

「どこで何をやったかは覚えているけど、感情となると、どうもはっきりしません」

「個人差があるのね。いったい原因は何かしら？」

「単なる錯覚という可能性も含めて検討すべきかもしれませんね」

「わたしが錯覚してるというの？」

「そうとは言ってません。そもそも他人がどのように感じているか、自分の内的体験と比較することなんかできないし」

「わたしは不思議の国であなたやビルと過ごしたことをはっきりと実感できるわ」

「まあ、そういう人がいてもおかしくはないですけど」

「二人とも大切な友達よ。昨日だって……あっ！」

「どうしたんですか？」

「昨日のどたばたで、すっかりパーティーの準備を忘れてたわ」

「パーティー？」

「びっくりパーティーの件、井森君には絶対秘密にしておいてね。当日までは二人だけの秘密よ」

そう言うと、李緒は風のように走り出していった。

びっくりパーティー？

誰かにした話をわたしにしたんだと勘違いしてるのね。でもまあ、白兎だとしたら、そのぐらいの天然振りは不思議ではないわ。

亜理は走り去る李緒の後ろ姿を見ながらそう思った。

9

「もう一度時系列について、考えてみて」アリスはビルとチェシャ猫に言った。

「なんでそんな必要があるんだい?」チェシャ猫が尋ねた。

「わたしのアリバイを証明するためよ」

「だったら、僕たちじゃなくて、頭のおかしい帽子屋に言うべきなんじゃないかな?」

「彼らに提示する前に、完璧にまとめておきたいのよ。論理的に一分の隙もないように」

「帽子屋は頭がおかしいから、論理なんて気にしないよ」

「だからと言って、こっちまで論理を捨てたら、獣同士の喧嘩になっちゃうわ。……おっと失礼」

「別に気にしてないよ。僕らが獣なのは本当だもの」ビルが寂しそうに言った。

「アリスが失礼なのはわかったから、とりあえず時系列について考えてみよう」チェシャ猫が言った。

「グリフォンが殺されたのはいつかというと、わたしとビルが目撃したあの時間以降よね」

「そうだね」チェシャ猫が言った。「海象(せいうち)と偽海亀も覚えてたそうだよ。君たちが海岸を離れた約三十分後に彼らもグリフォンから離れたそうだ」

「それから、わたしたちは白兎さんの家に向かって森の中を進んだ。そうよね、ビル」

「うん。そんな気がしてきたよ」

「ビルの証言はあてにならない」チェシャ猫が断言した。

「そうだわ。思い出した。途中で芋虫さんに会ったのよ」

「芋虫か。あいつは変わり者だけど、証言は信用できるな」

「海岸から白兎さんの家までだいたい三十分ぐらいかしら。そして、白兎さんの家に着いてから、三十分以上たった後で、帽子屋さんたちがやってきてグリフォンが殺されたと言ったのよ。つまり、どういうことかわかる？」

「帽子屋は告げ口が好き？」ビルが言った。

「君たちが白兎の家に到着した頃にグリフォンが殺されたと言いたいのか？」

「その通りよ。わたしには完璧なアリバイがある」

「残念なお知らせがある、アリス」チェシャ猫はさほど残念そうではなかった。「君のアリバイは穴だらけだ」

「白兎さんがわたしたちが訪ねてきた時刻を覚えてないとか？　でも、家に着いた時、わたしたちはメアリーアンに会ったわ。だから、彼女が証言してくれるはずよ」

「そういうことではないんだよ」

「じゃあ何だというの？」

「君たちが白兎の家に到着したと主張している時間帯に……」

「僕はそんなこと言ってないよ。言ってるのはアリスだけだ」ビルが訂正した。

アリスは心の中で舌打ちをした。

「アリス一人が白兎の家に到着したと主張している時間帯にスペースワープが発生したんだ。ちょうど白兎の家と海岸を結んでいた」

「つまりどういうこと?」アリスは眩暈を感じた。

「ビルが目を離した隙に、君がスペースワープを潜って海岸でグリフォンを殺し、また帰ってくることは可能だったということになる」

「ビルは目を離してないわ」

「証拠は?」

「わたしが証言するわ」

「君のアリバイを証明するために、君の証言を採用する訳はなかろう。そんな論理は頭のおかしい帽子屋にだって、通用しそうにない」

「ああ。本当に歯痒いわ」

「掻いてあげようか?」ビルが言った。

「いいえ。結構」アリスは答えた。「わたしにアリバイがないのはわかったけど、アリバイがない人なんてごまんといるわ。なぜわたしが疑われるの? わたしにグリフォンを殺す理由がある?」

「さあ」チェシャ猫は面倒そうに言った。

「理由が言えないのなら、わたしを疑うことはできないわ」

「帽子屋は理由を推測していたよ」

「どんな理由？」

「君がシリアルキラーだから、らしいよ、アリス」

「それこそ何の根拠もないわ」

「ハンプティ・ダンプティとグリフォンを続けて殺しているのだから、シリアルキラーに決まってると言っていた」

「わたしはどちらも殺していない」

「どうしてそう言い切れる？」

「だから、理由がないでしょ」

「理由は君がシリアルキラーだから」

「だから、その根拠は？」

「ハンプティ・ダンプティとグリフォンを続けて殺しているから」

「殺してないって言ってるでしょ」

「どうしてそう言い切れる？」

「だから、理由がないでしょ」

「理由は君がシリアルキラーだから」

「ちょっと待った‼」

　ビルとチェシャ猫はアリスの顔を見た。

「どうして怒ったような顔をしているの？」ビルはぽかんとした様子だった。

「怒ってるからよ、ビル」アリスの鼻息は荒かった。「チェシャ猫さん、それって循環論法になっているわよ」

「知ってるさ」チェシャ猫は空中に浮かぶ見えないハンモックに乗っかっているようだった。

「じゃあ、どうして続けるの？」

「続けちゃいけないのかい？」

「意味がないわ」

「どうして？」

「循環論法だからよ。それは何も証明しないし、何も生み出さない」

「どうしてそう言えるんだい？」

「いつになっても解に辿りつかないからよ。真か偽か永久に定まることはないわ」

「頭のおかしい帽子屋によると、永久に証明し続けているんだから、これほど確かなことはないらしい」

「それは証明じゃないわ」

「証明じゃないって証明してご覧」チェシャ猫はにやにや笑った。

　本気で言ってるのかしら？　それとも、馬鹿にして楽しんでいるだけ？

いいわ。挑戦に乗ってあげる。

「じゃあ、こう考えてみて。わたしはシリアルキラーじゃないって」

「わたしはシリアルキラーじゃない」チェシャ猫は言った。「いつもそう考えているよ」

「そうじゃなくて、アリスはシリアルキラーじゃない、って考えるの」

「根拠は？」

「そう。そこが大事よね。根拠はあるの。アリスは誰も殺していないから」

「どうして、そう言えるのかな？」

「それには、理由があるのよ。アリスはシリアルキラーじゃないからよ」

「それは循環論法だ!!」突然、頭のおかしい帽子屋が割り込んできた。「それは何も証明しないし、何も生み出さないぞ!!」

アリスはチェシャ猫を見た。「話が違うようよ」

「何の話？」チェシャ猫が空惚けた。

「頭のおかしい帽子屋さんは循環論法を信奉してるって話よ」

「誰の頭がおかしいって?!」帽子屋が喚いた。

「頭のおかしい帽子屋だよ」ビルが言った。「頭のおかしい帽子屋は頭がおかしい」

「あっ！　それって循環論法だ！」三月兎が嬉しそうに言った。

「少し違うね。むしろこれは同義語反復(トートロジー)だろ」チェシャ猫が冷静に訂正した。

「とにかく、帽子屋さんには言っておくわ。わたしはグリフォンを殺してなどいないから」

「殺したのはハンプティ・ダンプティだけという訳か？」

「もちろん、ハンプティ・ダンプティも殺してなぞいないわ」

「じゃあ、誰がハンプティ・ダンプティを殺したんだ？」

「さあ？　わたし以外の誰かだわ」

「自分が犯人でないと言うのなら、真犯人を提示してくれ。それがあんたの義務だ」

「わたしは勝手に殺人の嫌疑を掛けられているというのに、自分で真犯人まで見付けなければならないの？」

「仮説は証明しなければ、ただの世迷言と変わらない」

「それを言うなら、あなたの仮説も同じよ」

「仮説？」

「わたしがハンプティ・ダンプティを殺した、という仮説よ」

「それは仮説ではない。むしろ定説と言える」

「どうして、そんなくだらない言説が定説になるの？」

「証明されているからだ」

「証明？　誰がいつ証明したの？」

「犯罪の証明は数学の証明と訳が違う。定義と公理から出発して推論を組み立てたものだけが正しい、という訳じゃない。犯罪の証明は一個の物的証拠、もしくは一証言で、こと足りることすらあるんだ」

「だから、証拠は？」

「白兎の証言だ。あんたはあの庭から抜け出したところを目撃されている」

「今のところ、唯一の証言ね」

「一つで充分さ。白兎に何か嘘を吐かなくてはならない理由があると思うかい？」

「今のところないわ」

「ほら。やっぱり」

「今のところはね」

「わたしたちは何度も白兎に尋ねた。いつも、答えは同じだ。『犯人はアリス』」

「わたしなら、きっと違う答えを引き出せる」

「白兎はあんたを警戒している。だから、まともな証言を引き出せるとは思わない方がいいぞ」

「大丈夫。もう一人の白兎さんに訊くから」

「言っておくが他の白兎の証言には殆ど意味がない。他の人間の証言がわたしやあんたの証言の代わりにならないのと同じだ」

「別の兎の証言なんかじゃないわ。彼女自身の証言よ」

「彼女じゃなく彼だろ」三月兎が耳打ちをしてくれた。「君、性別を間違えているよ。物凄く間抜けか、もしくは頭がおかしいと思われちまうぜ」

「ええ。確かに、ここでは、男性よ。だけど、地球ではそうじゃないの」

「何を言ってるのか、全くわからない。わたしもそれほど気が長い訳じゃない。そろそろ覚悟をしておく必要があるぞ」

「何の覚悟？」

「わたしはあんたが犯人だという報告を女王陛下に対して行う」

「証拠は白兎さんの証言だけよね」

「何度も言うがそれで充分なんだ。わたしが女王陛下に報告したら、次に何が起こるか、わかるか？」

「わたしの首がちょん切られるのね」

「まあ。わたしだって鬼じゃない。あと一週間だけ待ってやろう。その間、納得するまで調査すればいいだろう。だが、一週間後、真犯人が見つからなかったら、わたしは女王陛下に報告する。それでいいか？」

「できれば、調査期間は無制限にして欲しいわ」

「駄目だ。そんなことが女王陛下にばれたら、わたしの首が飛ぶ。女王陛下の忍耐が続くのがだいたい一週間だ。それ以上は無理だと思え」

「わかったわ。じゃあ、すぐにでも調査を始めるわ」

まずは、白兎の人間体から調査よ！

10

「ええと。何の話だっけ?」李緒は眠そうな目で言った。

昼下がりのキャンパス。学生や職員たちはけだるそうに歩いている。

数日前に王子の落下事件という大惨事があったとはとても思えない長閑（のどか）な風景だ。

「だから、ハンプティ・ダンプティ殺人事件の日のことを思い出して欲しいんです」亜理は李緒と肩を並べて歩いていた。

「ハンプティ・ダンプティ? ああ。不思議の国での王子さんの名前ね」

「厳密に言うと、本人じゃなくて、アーヴァタールですけど」

「アーヴァタールというのは井森君の仮説でしょ。ひょっとすると、わたしたち自身かもしれないじゃない」

「だとしたら、現実世界から肉体が消えないのはおかしくないですか?」

「本当に消えてないの? 眠ってる間って、自分がどうなってるか、わからないじゃない」

「わたしたちは一人暮らしですけど、そうでない人は姿が消えたりしたら、大騒ぎですよ」

「精神が同一なのかもしれないわ。生まれ変わりみたいに」

「日々あっちの世界に生まれ変わるってことですか?」

「そうじゃなくて、生まれ変わりは一回だけで、でも生まれ変わった後に前世を徐々に思い出しているだけかもしれない」

「わたしたちは不思議の国の住民の生まれ変わりってことですか？　でも、おかしいわ。だったら、どうして、不思議の国の住民は現実世界のことを覚えているんですか？」

「何度も繰り返し、生まれ変わっているのかも、現実世界と不思議の国で」

「それって本気で言ってるんですか？」亜理は李緒の目を覗き込んだ。

「いいえ。でも、すべての可能性を排除すべきじゃないってことが言いたいだけ」

「でも、井森君の仮説が一番、納得がいくんじゃありませんか？」

「そうでもないわ。わたしも一つ仮説を考えているの。まあ、仮説というか、推理に近いんだけど、いろいろと証拠集めも進んでいるの」

「あら。全然知りませんでした」

「もちろんメカニズムが解明できたとかそういうことではないんだけど、二つの世界の関係がかなり明確化できると思うのよ」

「よかったら、聞かせてくれませんか？」

「ええ。いいわ。一つの世界を丸ごとシミュレートするのはとてつもなく、メモリとCPUパワーが必要になるのはわかるでしょ。つまり、世界をシミュレートする装置は世界そのものと同じスケールになってしまう。……えっ？」李緒は亜理の背後の空間に気をとられたようだった。

亜理は振り向いた。

だらしない恰好をした男がへらへら笑いながら近寄ってくる。服は薄汚れており、長く伸ばした髪はべとべとに固まっていて、髭も野放図に伸ばしている。

亜理は李緒の腕を摑んで後退（あとずさ）った。

何かの冗談でありますように。

亜理は祈った。キャンパス内では相当の悪ふざけが行われても不思議ではない。大学生とはそうしたものだ。

だが、今回は悪ふざけにしては度を超していた。

男は手に包丁を握り締めていたのだ。手から離さないように、しっかりテーピングしている。冗談でないとしたら、充分に殺意があることになる。

誰でもいいのか、それとも亜理と李緒を狙っているのか？

後者だとしたら、何か不思議の国に関係があるのかもしれない。

だが、いずれにしても黙って殺される訳にはいかない。

「あはああ」男はがくんと口を開けた。真っ赤な喉の奥が丸見えだ。

二つの目はそれぞれ二人とは関係のない別々の方向を見ている。

まずは、わたしたちを狙っているのかどうか、確かめなくっちゃ。

亜理は李緒の腕を摑んだまま、男の視線から外れるように移動した。

男は二人を正面に見るように身体をずらした。

まずい。わたしたちを狙っているみたい。

でも、何のため？

もし、この男が不思議の国の誰かだとしたら、わたしたちを殺すと何か得があるってこと？

だとしたら、誰？

真犯人？

わたしが真犯人を捜しているって知って、自分が見つかる前に逆にわたしを殺しておこうってこと？

じゃあ、李緒さんは？

彼女はおそらく標的じゃない。白兎はアリスを犯人だと主張しているのだから、真犯人にとっては生きていた方が都合がいいはず。

だったら、彼女まで道連れにしてはいけない。

亜理は李緒の腕からそっと手を離した。

「じっとしてて」亜理は囁いた。

男に動きはない。

亜理は呼吸を整えると、真横に跳躍した。

男は慌てて、亜理に向かって走り出した。

「李緒さん、逃げて！　そして、助けを呼んできて!!」亜理は男に背を向けると走り出した。

大丈夫。捕まりさえしなかったら、なんとかなる。それどころか、これはチャンスだわ。犯人の方からのこのこ姿を現すなんて。こいつを捕まえれば、それで事件は解決だわ。アリスの無実が証明できる。

問題は自分と男との現在の距離だ。走りにはそれほど自信はない。助けが来る前に追い付かれたら……。

亜理は走りながら振り返るのは不利だと知りながら、誘惑に駆られて、つい背後を見てしまった。

驚くべきことに、犯人の姿は見当たらなかった。

わたしって、そんなに速かった？

亜理は立ち止まった。

そして、犯人の姿を捜す。

ほんの数秒で見つかった。

犯人は李緒の前に立ちはだかっていた。

まさか。

亜理は二人の方へと走り出した。

ひょっとして、これが目的だったの？　わたしが標的だと見せ掛けて、そして二人を引き離し、李緒さんを狙う。

でも、どうして？

李緒の姿は男の陰に隠れた。そして、次の瞬間、男が李緒から離れた。

李緒は青ざめた表情でこちらを見ていた。

鳩尾(みぞおち)を両手で押さえている。

血が白い服を赤色に染めながら、滝のように流れ出した。

亜理は男に体当たりした。

男は地面に倒れた。

亜理は男には目もくれず、李緒に走り寄った。

亜理が到着する直前、李緒は地面に倒れ伏した。

「李緒さん！」

李緒は目を見開いていた。

「ごめんなさい！」亜理は李緒の肩を摑んだ。「まさか、狙われてるのがあなただなんて……」

李緒はぱくぱくと口を動かしていた。

「何？　何なの？」

「あなたは誰……」李緒が言った。

「わからないの？　わたしよ。亜理……」

「アリス？　あなた、アリスなの？」その瞳には何も見えていないようだった。

亜理は李緒の手を強く握った。

「あなたに警告しておかなくちゃいけないわ。絶対にこれ以上、深入りしては駄目」

「李緒さん、何を知っているの？」

「何に勝てないの？　何に勝てないの？」

「レッドキングには誰も絶対に勝てない」李緒は一段と目を見開いた。

「まさかそんな……」亜理は李緒の胸に手を置いた。

鼓動があるかどうかわからない。

「誰か！　誰か救急車を呼んでください‼」

その声に反応した者がいるのかどうかはわからなかった。

亜理は混乱する頭でやらねばならないことを必死に纏めようとした。

そう。心肺蘇生法を施さなくっちゃ。心臓マッサージと人工呼吸だわ。

両手を李緒の胸に置き、全体重を掛ける。

体重を掛けるたび、少し出血した。

一分程心臓マッサージを続けたが、李緒が動く気配はなかった。

亜理は泣きながら、李緒の鼻を摘み、そして自らの口で李緒の口を覆った。

息を吹き込む。

唇の間から息が漏れる。

亜理は強く唇を押し付け、再び息を吹き込んだ。

ぷうぷうと摩擦音を立てながら、息が漏れていく。

一分程続け、口を離す。

亜理の唾液と鼻水が二人の顔の間に糸を引いた。

やはり自発呼吸をする兆候は見られない。

「誰か、救急車を呼んでくれましたか?!」亜理は周囲を見回した。

近くには誰もいなかった。
二、三十メートル程離れた場所にちらほらと人がいたが、果たして救急車を呼んでくれたのかどうか。何人かは携帯電話を掛けているが、救急車を呼んでいるのか、知り合いと話しているだけなのか判断は付かない。
他人に頼っては駄目なんだ。

いったい自分は何分間無駄にしたのだろう?

亜理は携帯電話を取り出し、ボタンを押した。

手が震えて、うまく操作できない。

「どうかされましたか?」電話の向こうから落ち着いた女性の声が聞こえた。

「救急車をよこしてください。友人が息をしていないのです」

「まず場所を教えてください」

亜理は大学名を教えた。

「今、そちらに救急車が向かっています。それでは、状況を教えてください」

「友人が刺されました」

「誰かに刃物で刺されたということですか？」

「はい」

「警察に連絡はされましたか？」

そう言えばしていない。だけど、救急車より警察への連絡を優先なんてあり得ない。

「いいえ」

「警察にはこちらから通報しておきます。これから大事なことを言います。周囲に刺した人はいますか？」

亜理はどきりとした。

そうだ。あいつはどこにいるの？

亜理は振り向いた。

そいつはそこにいた。

距離は一メートル。

「ここにいます」

「まずは、あなたの身の安全を確保してください」

男の手には血でぎらぎらと光る包丁がまだ握られていた。

亜理を見ながら肩で息をしている。

大丈夫。落ち着いて。わたしを殺すつもりなら、いくらでもチャンスはあった。この男はわたしを殺すつもりはないんだ。

「包丁を渡して」亜理は言った。

「犯人との交渉は警察に任せてください！」電話の向こうで女性の声が響いた。

「できないのなら、ここから離れて」亜理はゆっくりと言った。「もうすぐ警察が来るわ」

男は首を振った。

「だったら、絶対にわたしを傷付けないと約束して」

男はしばらく無言で亜理を見詰めた後、目を瞑った。

これは傷付けないという意思表示？　それとも、わたしを騙そうとしているの？

「傷付けるつもりがないのなら、もう少しだけ離れて頂戴。気が散って手当てができないわ」

男は包丁を持ち上げた。

何？　やっぱり刺すの？　どうすればいい？　逃げる？　でも、たぶん足が竦んで、うまく走れない。きっと追い付かれて、後ろから刺されてしまう。じゃあ、戦う？　もっと無理。

亜理は息を吸い込んだ。

もうすぐ警察と救急車が来るはずだわ。できるだけ、時間稼ぎをするの。万一刺されても、すぐに手当てを受けられる可能性が高い。

「ここで刺しても、あなたに何の得もないわ。それより、捜査に協力するのが得策よ。あなたの目的は何？　なぜ、李緒さんを刺したりしたの？」

男は目を瞑ったまま、微笑んだ。

包丁の切っ先がくるりと向きを変えた。

そのまま自分の喉へ向けて動かす。
「ちょっと何をする気?」亜理は狼狽えた。
刃の先端が喉と胸の間に当たった。
皮膚が押されて凹んだ。
「危ないわ。もうやめて」
ぷつ。
血が滲み出した。
男の手は止まらない。表情が苦痛のそれへと変わる。
「何考えてるの!」
止めるべきだわ。この男のためにも、自分のためにも。
だけど、身体が動かない。亜理の肉体は恐怖に圧倒されたのだ。
ぼたぼたと血が滴り落ちる。
「あがはあああ!!」男が悲鳴を上げた。
「きゃあああ!!」亜理も悲鳴を上げた。
男の手ががたがたと震えた。
包丁を持つ右手に左手を添えた。
目を見開き、無理やり押し込んでいく。
大量に血が噴き出した。

大きく息を吸い込もうとしているようだが、がががががとノイズのような音が聞こえるだけで、うまく息ができていないようだった。

全身が痙攣を始めた。

ばたりと地面に倒れた。

どうすればいいのかしら？　包丁を抜けばいいの？　でも、抜いたら出血が酷くなるんじゃなかったかしら？　じゃあ、放っておく？　でも、気管に到達していたら、窒息して死んでしまうわ。抜いた方がまだ気道に空気が入るんじゃないかしら？

ああ。全然わからない。

男は動かなくなった。

目を見開いてじっと亜理を凝視している。

亜理はただ、動かない二つの肉体を呆然と眺めるしかなかった。

やがてサイレンの音が遠くから聞こえてきた。

11

「白兎が死んだよ」頭のおかしい帽子屋がアリスに言った。

アリスはトランプカードの兵士たちがクロケーの準備をしているのを漫然と眺めていた。元元がカードなので、個々の区別が難しく、彼らがぱらぱらと集まったり、散ったりしている様子は本当にゲームかトランプ占いをしているようにしか見えない。

「そうでしょうね」

「知ってたみたいな言い方だな」

「たぶんそうじゃないかと思ったの」

「なぜ？」

「地球で彼の分身が死んだから」

「地球？」

「本当に知らないの？　それとも、知らないふりをしているだけ？」

「その質問に答える前にまずあんたの口から地球とやらの説明をして貰おうか？」

「じゃあ、今の質問はやめるわ。忘れて頂戴。それで、誰が殺したの？」

「わからない」帽子屋は肩を竦めた。「あんたなんだろ？」

「また、わたし?!」アリスは叫んだ。

「今度ばかりは動機が十二分にある」

「逆よ。彼女は最後の希望だった」

「彼女？　誰の話をしている？　もし、それが白兎のことで、あんたが性別を勘違いしているのなら、こう答えておこう。彼は君に対して不利な証言をしていた。彼が死ねば、その証言をする者がいなくなる」

「白兎さんが自分の間違いに気付いてくれたら、わたしにとって有利な証人になれたかもしれない。だけど、死んでしまったら、永久にわたしにとって不利な証人のままだわ」

「本気で言っているのか？　だとしたら、あんたほど楽観的な容疑者は見たことがない」

「そもそも今までこの世界に容疑者なんていなかったでしょ」

「だから、見たことがないんだ。理屈は合ってるじゃないか」

「死因は？」

「死因は知らないというのか？」

「本当に知らないのよ」

「白兎の家に新しい草刈り機が届いたんだ」

「彼が買ったの？」

「いいや。メアリーアンによると、彼は買った覚えはなかったらしい。だけど、きっと誰かがプレゼントしてくれたんだと思ったそうだ」

「どうして、そう思ったのかしら？」

「彼には人望があったから……と本人は思っていた」

「それで、草刈り機が原因で彼は死んでしまったの？」

「ところが、それは草刈り機などではなかったんだ」

「けど、白兎さんは草刈り機だと思ったのよね」

「もちろんそうだ」

「じゃあ、草刈り機と紛らわしいものだったってことよね」

「その通りだ」

「何だったの?」

「もちろんスナークだよ」

「スナーク?」

「ああ。草刈り機と紛らわしいと言ったら、スナークに決まっとるだろ」

「そのスナークは羽があって嚙み付く方? それとも、髭があって引っ搔く方?」

「どちらでもない。そのスナークはブージャムだった」

「まさか……」

「白兎はいきなり消え失せてしまった。もう二度と会うことはできないだろう」

「どうして、ブージャムだとわかるの?」

「ビルとメアリーアンが証人だ」

帽子屋の背後から、ビルとメアリーアンが現れた。

「あなたたち、どこから来たの?」

「頭のおかしい帽子屋の背中の後ろに隠れてたんだ。狭いから結構苦しかったよ」

「なんでそんなことしたの?」

「だって、そうしないと、君を驚かせられないじゃないか」

「別に驚きはしなかったわよ」

「えっ？　全然？」

「ええ。ただ、呆れはしたけど」

「ああ。よかった。じゃあ。全然意味がなかった訳じゃなくて、半分ぐらいは意味があったんだね」

「それで、何があったの？」アリスはビルを無視して、メアリーアンに尋ねた。

「白兎さんは『誰かが新しい草刈り機をくれた』と言って、嬉しそうに箱を見せびらかしてたの。赤と白のリボンがぐるぐる巻いてあって、大きな字で『くさかりき』と書いてあったわ。ビルが『早く草刈り機を見せてよ』と言ったら、白兎さんは『これはわし宛てに来たんだから、わしが最初に見る権利がある。わしが見た後なら、いつでも見せてやる』と言って、それを自分の寝室に持って入った。そしてほどなく、寝室の中から声が聞こえたのよ。

『なんてことだ！　これは草刈り機なんかじゃない！　スナークだ!!』

ビルはその声を聞いて大喜びだったわ」

「当然だよ。スナークにはめったにお目に掛かれないからね」ビルは言った。

「それから何があったの？」アリスはビルを無視して、メアリーアンに尋ねた。

「ビルが尋ねたの。『そのスナークは羽があって噛み付く方？　それとも、髭があって引っ掻く方？』って」

「アリスもさっき同じことを訊いたよね。僕たち発想が似てるよね」ビルは言った。

アリスはさっきつまらないことを衝動的に訊いたことを激しく後悔した。

「そしたら?」

「白兎さんの声が聞こえたの。『ブー……』それっきりよ。しばらく待っても白兎さんは出てこないので、思い切ってドアを開けたの。そこには誰もいなかった。テーブルの上に空き箱はあったけどね」

「箱の中身がブージャムだって、どうしてわかるの?」アリスは頭のおかしい帽子屋に尋ねた。

「それは間違いないだろう。もしブージャムでなかったとしたら、密室から白兎が消失した理由がわからない」

帽子屋の言うことには一理ある。状況から見て箱の中身はブージャムで間違いないだろう。そして、それは犯人が残した手掛かりでもある。

「箱の差出人は誰だったの?」

「わからない」

「差出人が書いてない郵便が届いたの?」

「郵便?」ビルが尋ねた。「そんな郵便があったの?」

「郵便じゃないとしたら、誰が届けたの?」アリスはビルを無視して、メアリーアンに尋ねた。

「わからないわ。白兎さんはドアの前に置いてあったって言ってたわ」

「誰かがブージャムを箱に詰めて、そして白兎さんの家の前に置いていったってことね。でも、どうやってブージャムを箱に詰めたりできるの?」

「それは簡単だよ」三月兎がビルの背後から現れた。「ブージャムは日に三分間だけ、普通のスナークになるからね。その時に箱詰めしてしまえば、何の問題もない」

「あなた、どこから来たの？」

「ビルの背中に隠れてたんだ。狭いから結構苦しかったよ」

「なんでそんなことしたの？」

「だって、そうしないと、あんたを驚かせられないじゃないか」

アリスは三月兎も無視しようと決心した。

「つまり、犯人は完全な密室殺人に成功して、なおかつ証拠は何も残さなかったってことね」

「物的証拠は何もないに等しい。だけど、方法は明確だ」

「ブージャムを使った殺人ってよくあるの？」

「いや。初耳だよ。だけど、ブージャムでないとすると、密室殺人の説明が付かない。メアリーアンとビルの両方が嘘を吐いているのなら別だが」

「ビルが嘘を吐くことはあり得ないわ。嘘を吐くには、想像力が必要だから」

「わたしらもそう考えている。ビルに嘘は無理だ」

「ねえ。僕のこと、褒めているの？」

「どちらかというと、褒めている。安心しろ」帽子屋が言った。

「ありがとう。褒めてくれてとても嬉しいよ」

「ビルが嘘を吐いていないとしても、絶対にブージャムだとは言い切れないんじゃないかしら？　ビルは故意に嘘を吐いたりはしないけど、なんらかのトリックで騙すのは容易(たやす)いわ」

「殺害方法がブージャムでなかったら、どうだと言うんだ？　殺害方法がそれほど重要か？」

「今のところ、重要じゃないわね」アリスは溜め息を吐いた。

「だったら、方法ではなく、やはり動機が重要だ。白兎が死んで得をするのは一人だけだ」

「そうあなたに思わせることが目的だとしたら？」

「それで得をするのは誰だ？」

「真犯人よ」

「あんた以外に真犯人がいれば、そうだろうよ。だけど、そんな人物がいるという証拠はどこにもない。それとも、もう真犯人を突き止めたとでもいうのか？」

「残念ながら、犯人にはまだ全然近付けていないわ。でも、今回のことで、犯人にも弱みがあることがわかったわ」

「弱み？　どんな弱みだ？」

「それはわからない。だけど、犯人は危ない橋を渡ってでも白兎を殺さねばならなかったのよ。犯人にとって、白兎殺害は避けては通れなかったということ」

「あんたへの容疑を増すためというのは動機としては弱いんじゃないか？」

「だから、それ以外の理由があったのよ」

「ずばり訊くが、それは何なんだ？」

「それがわかれば苦労はないわ。わかりさえすれば、犯人に辿りつけそうな気がするんだけど……」

「全く話にならない。わかってるだろうが、あと五日以内に真犯人とやらを見付け出せなかったら、あんたの首はちょん切られることになる」

「ええ。わかってるわ」アリスは静かに答えた。

12

「こんなことになるのを恐れていたんだよ」谷丸警部は残念そうに言った。「君たちの協力が得られていたら……」

「わたしたちの協力があったら、李緒さんは死なずに済んだんですか?」亜理は問い質した。

「うむ」谷丸警部は頭を掻いた。

ここは警察の一室。取り調べ室ではなく、ただの会議室のような場所だ。少なくとも亜理になんらかの容疑が掛けられている訳ではなさそうだった。

「確かに、絶対に助けられたとは断言できないが……」

「あの男はわたしたちとは何の接点もありませんでした」

「今までの捜査の結果ではそういうことになるね」

「だとしたら、今回の事件を予防することはまず不可能だったんじゃないですか? それとも、わたしたちが協力したら二十四時間警護を付けてくれたんですか?」

「まあ、そういう処置も場合によっては……」

「警部、嘘はよくないですよ」西中島は言った。「よっぽどの確実かつ緊急の理由でもない限り一般人の二十四時間警護なんてあり得ないですよ」

谷丸警部は咳払いをした。

「あの男は何者だったんですか？」

「武者砂久という男だ。覚醒剤使用の前科がある」

「今回も覚醒剤を打ってたんですか？」

「遺体からは反応が出ている」

「無差別殺人だったんですか？」

「表面上はそういうことになる」

「何か裏があるということですね」亜理は問い詰めるように言った。

「現実的に裏はない」

「はっきり言ってください」

「現実の裏に真実が隠れているということだ」

「現実の裏って何ですか？」

「非現実だ。幻想世界と言ってもいい」

亜理は笑った。「警察の人がそんなことを言ってもいいんですか？」

「今の言葉は警官として言ったのではない。共通の不可解な体験を共有する同志として言ったんだ」

「幻想の中の話だったら、通常の捜査では何も出てこないんじゃないですか？」

「ああ。何も出てこないだろうね」

「だったら、捜査する意味はないでしょう」

「可能性は残っている」

「どんな可能性があると言うんですか？」

「幻想の中での捜査だ」

「幻想の中で捜査する？　本気で言ってるんですか？　幻想の中で捜査してもその結果は証拠にはならないでしょう」

「ああ。そうだね」

「じゃあ、どんな意味があるんですか？」

「現実世界での捜査と照らし合わせることによって真実に到達することができる」

「それで犯人がわかったとして、現実世界ではどうしようもないんですよ」

「でも、幻想の世界では首をちょん切ることができるのかもしれませんよ」西中島が淡々と言った。

「おい。西中島、不謹慎だぞ」谷丸警部の顔色が変わった。

「それがあなたたちの目的なんですか？」亜理の唇は微かに震えていた。

「目的？」谷丸警部が尋ね返した。

「恍けないでください。あなたたちは犯人の首をちょん切りたいのでしょ?」

「そんなことは不可能だ」

「今、西中島さんがおっしゃいました」

「彼はあくまで幻想の中の話をしている。現実の日本では、そのような刑罰は行われていない」

「幻想の中で死んだ人は現実でも死にます」

「それは証明された事実ではない」

「経験則ではそうでしょ」

「幻想は客観的な事実ではないから、経験則なんてものも成立しない」

「では、幻想世界で誰かの首がちょん切られて、それに呼応して現実世界の誰かが死んでも構わないと言うんですか?!」

「そんなことは言っとらんよ」

「じゃあ、何がしたいんです?」

「さっきも言ったように真実の追究だ」

「追究の結果、誰かの首がちょん切られてもいいんですか?」

「真実を追究しなければ、誰か別の人間が殺され続けるかもしれないんだよ」

亜理は口を噤んだ。

「幻想世界にいる殺人鬼が現実世界に影響を与えているとしたら、その殺人鬼を幻想世界のルールで処罰することを検討すべきだとは考えないかね?」谷丸警部は言った。

「その人物が真犯人だと確信できたら、それもありうるかもしれません」

「そう。だから、我々は真犯人を確定するための情報を集めたいんだ」

「残念ながら、犯人に繋がる何の情報も持っていません」

「それは君たちがそう思っているだけだろ？　我々に君たちの知るすべての情報を提供してくれたら、我々がそこからなんらかの真実を摑むかもしれないとは思わないのか？」

「なんらかの真実を摑むかもしれませんね。あるいは、わたしたちからの情報をヒントに本来あってはならない冤罪を作り上げることになるかもしれません」

「冤罪？　何のことを言ってるんだ？」

「あなたたちはてっとり早く犯人を捕まえたいんでしょ？」

「もちろんそうだ。警官なら誰でもそう思うだろう」

「真犯人かどうかなんか関係なくて、ただ誰かを犯人だということにしたいんでしょ？」

「いや。それは違う。無実の人間を犯人などにはしたくない」

「じゃあ、どうして執拗にアリスを追及するんですか？」

「今、君『アリス』って言ったよね」西中島が会話に入ってきた。

しまった。ついうっかり口を滑らせてしまった。

「君は誰がアリスか知ってるんだね？」西中島は目を輝かせた。

「知ってるとしたらなんですか？」

「現実世界で、アリスの本体から話を聞きたいんだ」

「どうして？」

「アリスは事件に近いところにいた。だったら、何か知ってるかもしれないんだ」

「単に事件に巻き込まれただけで、何も知らないという可能性もあります」

「それでも、彼女の話を聞く価値はある。さっきも言ったように、本人は気付いていなくても、我々なら彼女の証言から何かを引き出せるかもしれない」谷丸警部は今にも涎(よだれ)を垂らしそうな様子だった。

　亜理は谷丸警部の刑事にしてはやや派手でぶかっこうな帽子に目をやった後、言った。「残念ながら、現実世界でアリスから証言を得るのは、難しいと思いますよ」

「それはアリス自身の意思でということかね？」

「まあ、そういうことでいいと思います」

　谷丸警部は肩を落とした。「これ以上、足止めをする理由はなさそうだね。もう帰っていいよ」

「では、失礼します」亜理は席を立った。

「もし気が変わったら、いつでも連絡していいからね」

「わかりました。気が変わる可能性は極(ご)小(く)さいと思いますが」

　会議室から外に出ると、廊下に井森が待っていた。

「あなたも警察に呼ばれたの？」

二人は外に向かって歩き出した。

「警察に呼ばれたというよりは、谷丸警部に個人的に呼ばれたんだ。今回の事件と僕には特に接点がないから、捜査の一環で僕を調べることはあり得ない」

「谷丸警部に何を訊かれたの？」

「たいしたことじゃない。今回の事件について何か心当たりはないかと訊かれただけだ」

「なんて答えたの？」

「不思議の国で起きている連続殺人の一つだろうって答えた。もちろん、現実世界では相互に何の繋がりもない三件の死亡だけど、とも言ったよ」

「今回の件は、他の二件とは少し意味合いが違うけどね」

「意味合いが違う？　どういうことかな？」井森は不思議そうな顔をした。「両方の世界で明確に殺人事件だったのは、今回が初めてだということ？」

「それもあるけど、今回の事件で状況が大きく変わったってことよ」

二人は警察署の外に出た。

「どんな状況？」

「説明するまでもないでしょ。一連の事件の犯人が死亡したのよ。これで少なくとも連続殺人は打ち止めよ。後は不思議の国で死亡した犯人を突き止めれば、アリスの無罪も証明できる」

「ちょっと待ってくれ。一連の事件の犯人が死亡したって、武者砂久のことかい？」

「そう。そんな名前だったわね」

「どうして彼が犯人だと断定できるんだい？」

「断定も何もわたしは目の前で目撃したのよ。彼は李緒さんを殺した。犯人は彼以外にあり得ない」

「ええと。つまり、それは田中李緒殺害の犯人が武者砂久だってことだよね」

「そう言ったつもりだけど？」

「確かに、武者砂久は田中李緒を殺したよ。だけど、彼は王子玉男や篠崎教授を殺してはいない」

「だから、それは現実世界では殺人に見えていないだけで、不思議の国では誰かがハンプティ・ダンプティやグリフォンを殺したのよ」

「その通り、現実世界では、武者砂久が田中李緒を殺したように見えているだけで、不思議の国では彼とは違う何者かが白兎を殺したのかもしれない」

亜理は立ち止まった。「それは……。でも、武者が犯人じゃないとまでは言えないんじゃない？」

「もちろん、武者が犯人である可能性は完全には排除できない。だけど、今までの二件の事件では、現実世界では犯人は被害者に直接手をくだしていないんだ。今回だけ、現実世界で犯人が明示的に殺人を犯すというのは不自然だろう」

「武者が犯人でないとしたら、彼はいったい何者だというの？」

「彼は凶器に過ぎない。篠崎教授を死に至らしめた牡蠣と同じ類だ。武者砂久はブージャムだったんだよ」

「じゃあ、犯人はまだ生きているということなの？」

「そういうことになる」

「じゃあ、まだ捜査は終わらないのね」

「そういうことになる。僕も王子さんと篠崎教授の周辺を独自に調べてみたんだけどね」井森は手帳を取り出した。

「李緒さんの周辺も調べたの？」

「昨日起きた事件だからね。まだ手が回らないよ。……それで、調べたところ、篠崎研で一人だけ様子のおかしい人がいることがわかった」

「誰？」

「田畑助教だよ」

「おかしいってどんなふうに？」

「一人でぶつぶつ呟いていたり、何時間もトイレで手を洗い続けたり、誰もいない研究室で暴れまわったり……」

「誰もいないのにどうして暴れまわっているってわかるの？」

「偶然、研究室に戻った人が目撃したんだ。見られていることに気付いた瞬間、暴れるのをやめたそうだけど」

「どういうこと？」

「精神的に追い詰められていたってことだ」

「誰に追い詰められていたの？」

「そいつをこれから調べに行こうと思う」

「だったら、広山准教授に訊くのがいいと思うわ。公爵夫人は不思議の国でアリスを助けようとしてくれたもの。彼女は味方だわ」

「女王が頭のおかしい帽子屋を捜査官に任命しようとしたのに反対したんだっけ？　確かに、悪意はなさそうだ。よし、今から篠崎研に行ってみよう」


「広山先生！」研究室で頭を抱えている広山准教授に井森は呼び掛けた。

「えっ？　誰、あなたたち？」

「井森と栗栖川です。ほら先日もお話ししたじゃないですか？」

「そうだったかしら？」

「不思議の国。公爵夫人。グリフォン。ドードー」亜理が呪文のように呟いた。

「ああ。ああ。不思議の国の人たちね」広山准教授は眼鏡を外した。「あなた、ドードーだったかしら？」

「僕はビルです。ドードーは田畑さんですよ」

「そうだった。そうだった。田畑さんはドードーね」

「先日はありがとうございました」亜理が言った。

「先日、何のこと？」

「アリスを疑っている頭のおかしい帽子屋を捜査官にしないように女王に進言していただいたことです」

「ああ。ああ。あれは残念だったわ。力になれなくて。いえ。決まってしまったものは仕方がないけどね。なんだか、どうしても、帽子屋にアリスを捕まえさせたがっているようで」

「女王がですか？」井森が尋ねた。

「そうだけど？」

「女王がアリスを捕まえたがっている理由は想像が付きますか？」

「いいえ。だいたいあの人はいつも誰かの首をちょん切りたがっているしね」

「ずばり尋ねます。女王が連続殺人の犯人という可能性はありませんか？」

「えっ？　そうなの？」亜理が目を丸くした。

「確証はないが、それだと執拗にアリスを陥れようとする理由になる」

「えっと。ちょっと待って考えてみる」広山准教授はこめかみを押さえ、目を瞑った。「いいえ。違うわ。彼女にはアリバイがある」

「アリバイ？」

「ハンプティ・ダンプティが殺された時間もグリフォンが殺された時間も、公爵夫人――つまり、わたしとクロケーをしていたから」

「あなたがたは毎日クロケーをしているんですね」井森が呆れたように言った。

「わたしは別に好きでしているんじゃないわよ。彼女がしたがるから仕方なしによ」

「念のために、白兎が殺された時間のアリバイも聞いておいていいですか?」井森が言った。

広山准教授はきょとんと二人の方を見た。

「思い出しましたか?」

「えええっ?!」広山准教授が叫んだ。

「何か思い出しましたか?」

「そうじゃなくて、誰が殺されたって?!」

「白兎です。知らなかったんですか?」

「ええ。知らなかったわ。いつ?」

「昨日です。不思議の国でも話題になってましたよ」

「どういう訳か気付かなかったわ」

「頭のおかしい帽子屋から報告はなかったんですか?」

「女王には報告したかもね。でも、わたしにはなかった。誰に殺されたの?」

「厳密には殺されたのかどうかもわかりません。彼はブージャムに出会ったのです」

「まあ。そうなの? でも、彼っていい人だったのに、残念だったわ」

「そんなにいい人でした? 李緒さんはいい人だったけど、白兎の時はそうでもなかったような気がします」亜理が言った。

「李緒って、誰?」広山准教授が尋ねた。

「現実世界における白兎の本体ですよ」

「彼も両方の世界に住んでたって訳ね。彼はいい人よ。この間も、ビルのためにびっくりパーティーを開くって言ってたから」

「えっ？」井森が言った。

「あら。まだ聞いてなかったの？」

「ええ」

「そう言えば、李緒さんがそんなこと言ってた。わたしは、てっきり現実世界のことだと思ってたけど」亜理が言った。

「現実世界に不思議の国のことを区別なく持ち込んでたってこと？」

「夢だと思ってた間は、そういうことはなかったんですけどね」井森が言った。「今だって殺人のような緊急事態だからこそ、向こうの世界のことを無理にでも思い出してますが、普段なら殆ど意識に上らないでしょう。ただ、彼女の場合は自分が白兎だと強く実感していたようです。アーヴァタールと本体の間のシンクロは個人差が大きいのかもしれません」

「とにかく、白兎のことを教えてくれてありがとう。向こうに行ったら、メアリーアンを呼び付けて、対応を考えなくっちゃ。……でも、それを考えるのは向こうに行ってからでもいいわね。今は現実世界のことで手一杯だから……」

「もう一つお訊きしてもいいですか？」

「ええ。でも、あまり時間がないので、手短にね」

「田畑さんのことです」

「田畑さん？　ああ。彼は誰だっけ？　三月兎？」

「ドードーです」

「そう。ドードーだったわ。それで、田畑さんがどうしたの？」

「最近、彼の様子がおかしいという話を聞いたのですが」

「そうね。そう言えば、疲れているように見えるかもね」

「奇行が目立っているとか」

「奇行？　まあ、独り言を言ったり、派手に体操してたりするのが、奇行だったらそうかもね」

「原因について心当たりはありませんか？」

「だから、疲れてるからじゃない？」

「どうして、疲れているんですか？」

「そりゃ、研究が忙しいから」

「研究しているのはみんなですよね。田畑さんだけが特に忙しいのはなぜでしょう？」

「なぜかしら？」広山准教授は考え込んだ。「そうね。彼の場合は雑用が多いから」

「雑用？」

「雑用って言い方が悪いなら、研究支援業務よ。国に出す申請書類を作ったり、学会発表用の資料を作ったり、技官や学生に読ませる実験手順書を作ったり、非常口の案内標示を取り付けたり、薬品や材料のリストを作ったり、研究室メンバーのパソコンの設定を統一したり、セキユリティソフトをインストールしたり、メモリの管理をしたり、夜間に連続運転している装置の確認に来たり……」

「それは全部必要な仕事なんですか？」

「ええ。必要な仕事よ」

「うちの研究室では、最初の方しかしていないような気がしますが」亜理が疑問を口にした。

「まあ、うちの研究室ではちょっと多めかもしれないわね。でも、本来必要なはずよ」

「なぜ、篠崎研では、多めになっているんですか？」井森が尋ねた。

「たぶん、篠崎先生が几帳面だったからだと思うわ」

「几帳面というよりは少し神経質な気もしますね。非常口の案内は大学本部が設置しているものので充分なはずです。パソコンの設定を統一したりする必要はないはずですし、セキュリティソフトのインストールは研究室ごとにしなくても情報管理室で対応してくれるはずです。連続運転も所定の審査をクリアしているはずなので夜間の確認は義務付けられていません。それから……」

「念には念を入れるということじゃないかしら？　規則で決められた以上のことをしておけばより安全だし」

「だとしても、どうしてそれが田畑さんに集中するんですか？」

「そう言えば、どうしてかしらね？」

「篠崎先生は広山先生にはそれらの雑用をするように命じていなかったのですか？」

「多少はあったわ」

「田畑さんと較べてどうですか？」

「どうかしらね。田畑さんの仕事は多かったのかもしれない。それとも、単に対応が遅くて、仕事が溜まっただけかもしれないわね」

「田畑さんは仕事が遅いんですか？」

「ちょっと要領が悪いところがあって、一度トラブルがあるとどんどん連鎖的に仕事が溜まっていくみたい」

「つまり、篠崎研は元々雑用の量が多いうえに田畑さんは要領が悪いので、かなりの負担になっていたということですか？」

「多いと言っても、異常なほど多い訳じゃないけどね」

「田畑さんが仕事を処理しきれないのは篠崎先生も知ってたんですか？」

「どうかしらね。まあ、田畑さんとの報告会は毎日していたから、把握していたと思うけど」

「報告会を毎日ですか？」

「ええ。仕事の内容を把握するには、必要なことだと思うわ。特に田畑さんは要領が悪いから、毎日仕事の中身を管理する必要があるのよ」

「報告会自体が負担になっていたということはないですか？」

「それはどうかしらね。資料と言っても、発表用ソフト（パワポ）で十枚前後だから」

「毎日の報告会のために、パワポで資料を作ってるんですか？」

「面倒なようだけど、業務内容を把握するためには、ばらばらな様式の書類を見せるより、パワポでちゃんと纏めておいた方が効率的なのよ」

「篠崎先生にとっては効率的でも、田畑さんにとっては負担増ですよね」

「田畑さんの立場から見ればそうかもね。でも、研究室全体のことを考えれば篠崎先生の効率を優先するのは合理的だと思うわ」

「篠崎先生は田畑さんにとって負担が大きいということを知りながら、さらに田畑さんに業務を集中させていたということですね」

「何が言いたいの？　篠崎先生に非があったとでも？」

「正確な状況はわからないので何とも言えませんが、場合によってはパワハラに相当するかもしれません」

「今更、篠崎先生を訴えるつもりなの?!」広山准教授は驚いたようだった。

「そんなつもりはありません。そもそも僕らにはそんな権利はありません」

「そうよね。そんなことはしないわよね」

「僕が気にしているのは、田畑さんが篠崎先生に対し、恨みを抱いていたのではないかということです」

「恨み？　助教が教授に恨み？　そんなことは……」

「あり得ないと？」

「ええ。教授の指示は一般企業の業務命令に相当するのだから、どんな場合でも従うのが常識よ。ましてや恨みだなんて……」

「一般企業でパワハラは問題になってるんですよ。大学でも同じです」

「万が一、恨みに思ってたとして、それがどうしたというの？」

「田畑さんには篠崎教授殺害の充分な動機があったということになりませんか？」

「篠崎先生は殺害されたのではなく、病死よ」

「現実世界ではそうです。だが、不思議の国の死と現実世界の死はリンクしている」

「ドードーがグリフォンを殺したということ？」

「これは仮説です。もし田畑さんが篠崎教授を殺したいほど恨んでいたとして、その気持ちをぎりぎり抑えていたとします。もしそんな状況で、現実世界の死と不思議の国の死がリンクしていることに気付いたら？」

「不思議の国でグリフォンを殺しても、現実の世界では殺人は成立しない。だけど、篠崎先生は死ぬ。一種の完全犯罪と言えるわね」

井森は頷いた。「だが、全くのノーリスクではない。不思議の国でも、現実世界ほど優秀ではないにしても、法廷が存在し、罪の裁きが行われる」

「でも、向こうの人間や動物は間抜けか、頭のおかしいのばかりだから、こっちよりは殺人がやりやすいかもね」

「で、どうするの？　田畑さんを捕まえることはできないわよ。夢の中で殺人を犯しただけなんだから」亜理が言った。

「その通りです。仮説が正しいにせよ、間違っているにせよ、この世界で田畑さんは一切殺人を行っていないことになります。でも、彼がやったという証拠を不思議の国の捜査官に提示したらどういうことになるでしょう?」

「女王に知られたら、ドードーは首をちょん切られることになるでしょうね。そして、田畑さんにも何かが起こる。あなたは田畑さんに死んで欲しいの?」

「いいえ。そんなことは望んでいません。ただ、犯人を見付けないと、栗栖川さんが大変なことになってしまうのです」

「あの。わたしのことなら……」亜理が喋りかけた。

「そう言えば、アリスは容疑者だったわね」広山准教授は頷いた。「あなたはこの子を助けたいのね」

「犯人の命を奪いたいのではないのです。ただ、彼女の命を救いたいだけです」

「でも、結果的に誰かが死ぬことになるのよね。それも、本人ではなく、アーヴァタールの犯した殺人によって」

「できれば、二つの世界の間の死のリンクを断ち切りたいと思います。だが、その糸口すら見つからない現状を鑑みるに、次善の策として、真犯人を引き摺り出すしかないのです」

「栗栖川さんとか言ったわね。あなたはそれでいいの?」

「ええ。わたしも、まず真犯人を捜すことが優先だと思ってます。それから、法廷や女王に対し、死刑を行わないよう働きかけます」

「綺麗事だわ」

「えっ?」

「まず自分の身の安全を確保して、それから犯人に情けを掛けるふりをしようってことよね」

「そういう言い方はないいんじゃないですか?」井森は異議を唱えた。「彼女が死ななくてはならない理由はないいんですから」

「何も彼女に自己を犠牲にしろって言ってるんじゃないのよ。ただ、正直になれということよ。自分の身が第一で自分が助かるのなら、犯人が死んでも構わない。だけど、少しぐらいなら憐れみを掛けてやっても構わない。そういうことじゃないの?」

「身も蓋もない」

「だけど、それが正直ということよ。……わかったわ。わたしだって、真犯人を野放しにしたままアリスが死刑になるのは不本意だから、できるだけの協力をしましょう」

「では、ドードーと田畑さんの二面作戦でいきましょう」

「どういうこと?」

「二つの世界で田畑=ドードーを追及するんです。両方の世界で挟み撃ちになれば、ぼろも出やすいでしょうから」

「随分えげつない手ね」

「紳士的にしていたのでは、間に合わないのです。ええと、現実世界と不思議の国で手分けした方がよさそうですね」

「公爵夫人とドードーは接点がないから、わたしは田畑さんを攻めるわ」

「では、僕たちは不思議の国でドードーを追及することにします。報告は二日後ということでどうでしょうか？」

「それで結構よ。なんだかわくわくしてきたわね」

13

目の前には、ごちゃごちゃとしたものがうずたかく積み上がっている。

いったい何かしらね、これは。

アリスはうんざりしていた。

ごちゃごちゃしたものは食器や菓子だった。それも、とてつもなく汚れている。まあ仕方がないだろう。ここでは、長年お茶会が開かれているが、いっこうにやめる気配はなく、だから誰も菓子を片付けないいし、食器も洗わない。だが、お茶会が続く限り、次々と菓子やお茶が運ばれてくる。いったい誰が運んでくるのかと思うのだが、次々と運ばれてくるところを見ると誰かが運んでいるのだろう。誰が運んでくるのか、突き止めようと目を皿のようにして待ったことがあったが、ふと余所見をした瞬間にまんまと菓子やお茶が置かれていた。一度などはくしゃみをした瞬間の目を瞑った時にやられた。これほど素早く運ぶことができるのなら、同じように片付ければいいのにと思うのだが、運んでくる主は片付けには全く興味がないらしい。

テーブルの上にはもはや置き場は全くない。だから、食器の上に食器を置き、菓子の上に菓子やティーカップやポットを置くしかないのだ。ティーカップの下敷きとなったケーキは潰れ、お茶がテーブルの上に溢れ出しても、もちろん誰も片付けはしない。テーブルのあちこちに小さな水溜まりができ、それが少しずつ広がり、さらに繋がって大きくなり続ける。やがては池か小さな湖のようになり、どこから這い上がってきたのか、魚が泳ぎまわり、それを目当てに水鳥たちが降り立ち、彼らが運んできた種が根付いて、一面の水草だらけになっており、アリスはその水草を掻き分けながら、クッキーを探さなければならなかった。

「でも、どうしてこの湖はテーブルの上から零れ落ちないのかしら?」アリスはつい疑問を口にした。

「それはわたしが細心の注意を払っているからだ」頭のおかしい帽子屋が言った。

「注意していれば、水は零れないの?」

「そりゃそうに決まっているだろう。例えば、ここを見ろ。今にも水がテーブルの端から流れ落ちそうだろ?」

「ええ。あと二、三秒で確実に流れ落ちるわ」

「そういう時はこうやってテーブルクロスを少し摘み上げるんだ。ほら。ちょっとした出っ張りができただろ」

「ええ。ちょっと出っ張ってるわね」

「これがダムとなって、水を遮る訳だ」

「でも、そんなこと長くは続かないわよ」

「いやいや。わたしの名人芸を知っていれば、そんな口を叩くような真似はできないよ」帽子屋はさっさと素早く手を動かして、テーブルクロスでいくつかの出っ張りを作り、水を押し返し、大きな湾を作り出した。

ああ。昔、わたしが溺れた海も実はここだったのかしら？

「それで、何の用があってこのお茶会に？」

「わたし招待されてなかったかしら？」

「あんたのような失礼な人間を招待する訳がなかろう」

「わたしって、そんなに失礼？」

「招待されてもいないお茶会に堂々とやってくるなんて失礼に決まってるだろう」

なるほど。辻褄は合ってるみたいだけど、何かおかしいような気がする。でも、頭のおかしい人と議論するのはやめておくのに越したことはないわ。

「ここにドードーは来ていないかしら？」

「さっきから身体を乾かそうとそこをぐるぐる走っとる」

「ドードーだけに」三月兎がげらげらと笑った。「堂々巡り」

「どうして濡れているの？」

「湖に落ちたんだと。物騒なものが転がっているもんだ」

「それって、あなたのせいじゃないの、頭のおかしい帽子屋さん」

「どうして、湖がわたしのせいなんだ？」

「だって、このテーブルの上の湖なんでしょ？」

「テーブルの上に湖だって？　そんなとち狂った話があるもんか!!」

「でも、現に……」

「テーブルの上に湖なんて、そんな悪夢みたいな話があるもんか！」三月兎はテーブルクロスの上の湖に浮き輪で浮かびながら言った。

アリスは彼らを無視することにした。

「ねえ。ドードーさん」アリスはドードーに呼び掛けた。

「ドードーだって？　絶滅した鳥が見つかったのか?!」ドードーが周囲を見回しながら言った。

「ドードーが絶滅したのは地球の話よ」アリスは諭した。「不思議の国ではちゃんと生存しているの」

「でも、緩慢な死へと突き進んでいるんだろ？」

「そう思いたいなら、思えばいいわ」

「それでドードーはどこにいるんだ？」

「わたしの質問にちゃんと答えたら、教えてあげるわ」

「おい。おまえ気を付けろ！」三月兎がドードーに呼び掛けた。「すっかり騙されるところだぞ！」

「えっ⁈　どこに騙されそうな人がいるんだ？」ドードーはきょろきょろした。

「人じゃないわよ」アリスが言った。

「じゃあ、けだものかい？」

「鳥よ」

「鳥が騙されそうなのか⁈」ドードーは目を輝かせた。「それは絶対に見なくっちゃ」

「どうして、鳥が騙されるところが見たいの？」

「だって、そんな間抜けな鳥を見たことがあるかい？」

「たぶん、あると思うわ」アリスはドードーを見ながら言った。

「それで、それはどんな種類の鳥だい？」

「ドードー」

「なあんだ。つまらない」ドードーは途端に興味を失ったようだった。

「どうして、つまらないなんて言うの？　ドードーよ」

「知ってるさ」

「ドードーが騙されるところを見たくはないの？」

「ああ。だって、ドードーなんだろ？　元々間抜けに決まっているから、騙されるところを見るまでもないよ」

「どうして、間抜けだとわかるの？」

「間抜けじゃなかったら、絶滅なんてするもんか」

「一理あるけど、絶滅したのは地球のドードーよ。不思議の国のドードーじゃないわ」

「じゃあ、地球のドードーと違って、この世界のドードーは賢いのか?」ドードーはアリスに尋ねた。

「そうね」アリスはドードーを見ながら言った。「特にこっちの世界のドードーの方が賢いようには思えないわ」

「ほら。そんなこったろうと思ったよ。全く時間の無駄だった」ドードーはぷいと顔を背けた。

「じゃあ、ドードーのことは忘れて、わたしの話を聞いてくれない?」

「ああ。今は暇だから、少しぐらいならいいよ」

「おい。おまえ気を付けろ!」三月兎がドードーに呼び掛けた。「すっかり騙されるところだぞ!」

「えっ⁈　どこに騙されそうな人がいるんだ?」ドードーはきょろきょろした。

「兎の言うことなんか一々真に受けないで」

「それはちょっと酷いんじゃないか?」三月兎が抗議した。

「そうね。兎全般に失礼ね」

「訂正しろ!」

「わかったわ。三月兎の言うことなんか一々真に受けないで」

「そうそう。それなら、まあ対象が限定されているから問題ないだろう」三月兎は納得したようだった。

「三月兎の言うことなんか、はなから気にしてないね」ドードーが言った。「ありがとう。面白い話だったよ。じゃあね」ドードーはまた走り出そうとした。

「ちょっと待って。話ってのは、それだけじゃないの」

「なんだ？　まだあるのか、ひょっとしてドードーの話か？」

「田畑助教についての話よ」

ドードーはきょとんとした。

「田畑助教よ。知ってるでしょ」

「知ってるさ。だけど、どうしてあんたが知ってるんだ？」

「わたしも地球にいるからよ」

「そうだ。思い出した。確か、夢に出てきた。あんた地球では……」

アリスはちらりと帽子屋と三月兎の方を窺った。

二人ともアリスの方を見ないようにしている。

まだあの二人には知られない方がよさそうね。

「そのことはまた後で話しましょう」

「ああ。いいよ。それじゃあ、今は何の話をするんだい？」

「グリフォンのことよ」

「グリフォン？　この間、死んだ？　悪いがあいつのことはよく知らないんだ。知り合いでもなんでもない」

「だけど、地球では知ってたんでしょ」

「えっ？　あいつ誰だっけ？」

「篠崎教授よ」

「誰？」

「あなたの元上司よ」

「おお。確か、そういう名前だった」

「あなた、自分の上司の名前も覚えてないの？」

「夢の中の人の名前なんか、誰が真剣に覚えるんだ？」

「まあ、それは正論ね」

「えっ？　セイロンティーが欲しいって？」三月兎が話し掛けた。

アリスは無視した。「それであなたグリフォンのことをどう思ってた？」

「だから、グリフォンのことはあまり知らないんだよ」

「グリフォンじゃなくて、篠崎教授のことは？」

「篠崎教授なんて会ったこともないよ」

「田畑さんは会ってたんでしょ」

「ああ。だけど、田畑は僕じゃないような気がするんだ」

「田畑さんが考えたことや体験したことは覚えてるんでしょ」

「ああ。でも、それは自分のことじゃない気がするんだよ。なんとなく」

「地球の自分と不思議の国の自分の間の共感度は人それぞれみたいね。人によって、ほぼ自分と同一だと感じる人も、客観的にしか見られない人もいるみたい。あなたは後者の方なんだわ。で、田畑さんは篠崎教授のことをどう思ってたの？」

「どうって……」

「いろいろ仕事を押し付けられて鬱陶しいと思ってた？」

「いや。それはなんというか……」

「正直に言って頂戴」

「なんだい、これは取り調べか何かかい？」

「取り調べだと？」頭のおかしい帽子屋が叫んだ。「取り調べなら、わたしの役目だ。勝手に人の仕事をとるんじゃない!!」

「いったい、どういうことなんだ？」ドードーが尋ねた。

「つまり、その女はおまえさんを陥れようとしているんだ」三月兎が言った。

「『僕を陥れる』ってどういうことだい？」

「『おまえさんを陥れる』ってことだよ」

「本当なのかい、アリス？」ドードーはアリスに訊いた。

「陥れるつもりはないわ。ただ、あなた——田畑助教について、調べたいことがあるだけよ」

「田畑助教のことを犯人だと思っているのか？」

「犯人だとは思っていない。ただ、彼には動機がある可能性が出てきたから確認しているだけよ」

「それって、疑っているってことだよね」

「疑っている訳じゃない。ただ、いろいろな可能性を洗い出しているだけよ」

「全く疑ってなかったら、そもそも調べようとも思わないはずだよね」

「いいぞ、ドードー」三月兎が調子に乗って言った。

「それは……」アリスは口籠った。

「どうなんだ、アリス？」ドードーが問い詰める。

「正直に答えるべきだよ、アリス」いつの間にか、横にビルが立っていた。「こっちが正直じゃないと向こうも正直には答えてくれないよ」

「そうね。……つまり、わたしは田畑助教が犯人である可能性がゼロだとは考えていないということよ」

「持って回った言い方をしているけど、つまり僕のことを疑ってるってことだね」ドードーはショックを受けているようだった。

「田畑助教が篠崎教授を恨んでいるかもしれないという情報を得たの。わかって頂戴」

「田畑は実行犯じゃあり得ないよね」

「ええ。実際の犯行はこっちの世界で行われたから」

「ということは、つまり僕がグリフォンを殺したって言ってるんだよね」

「わたしは可能性のことを言ってるの。わかって」

「つまり、この女は見込み捜査をしているんだ」頭のおかしい帽子屋が言った。「実に許し難い」

「じゃあ、もう僕は喋らない」ドードーは臍（へそ）を曲げたようだった。

「もしあなたが犯人じゃないとしたら、ちゃんと弁明すれば、今後あなたを疑うことはなくなるわ」

「『もし』だって？　『もしあなたが犯人じゃないとしたら』？　僕が犯人じゃないのは事実なのに、どうしてそれが仮定みたいになってるんだ？」

「ほら見ろ。こいつを信じたら、酷い目に遭うぞ」三月兎が焚き付けた。

「三月兎さんは大げさなことを言っているだけ。事情を聞くなんてたいしたことじゃない。ちゃんと本当のことを教えてさえくれれば、捜査は進展して、もう二度と……」

「もういいだろ。僕は忙しいんだ」ドードーはぷいと顔を背けた。

「ドードーさん」

　だが、ドードーはアリスを無視して、ぐるぐると同じ場所を走り始めた。

「あの。もしもし」アリスは諦めきれず、さらに声を掛ける。

「これ以上は無駄だと思うよ」ビルが言った。

「でも、折角の手掛かりなのに……」

「誰でも疑われたら、嬉しくない。君が一番よくわかってるだろ」

「だけど、それじゃあ、捜査ができないわ」

「だから、捜査官というものが存在するんだよ。探偵がなかなか犯罪捜査に成功できないのは、一般市民の協力が得られないことが大きいね」

「あなた、今少し井森君、入ってるんじゃない？」

「入っているというか、なんとか呼び出そうとしてるんだ。なかなかうまくいかないけど」

「どうしてまた、そんな気になったの？」

「真犯人に至る重要な事実に気付いたような気がするんだ」

「本当？　どんな事実？」

「わからない」

「はあ？　何を言ってるの？　気付いたんでしょ？」

「だから、そんな気がすると言ってるだろ」

「意味がわからないわ。気付いたの？　気付いてないの？　いったいどっち？」

「とにかくもやもやしてるんだ」

「ますます訳がわからないわ」

「つまり、心の奥底で、井森が『わかった!!』って叫んでるんだ」

「何がわかったの？」

「犯人が偶然知ってしまった事実をぺらぺらと喋ってしまった人物がいる」

「それって誰？　偶然知ってしまった事実って何？」

「それは井森に訊いて欲しいよ。とにかく真犯人に関する大事なことだ」

「わからない訳ないでしょ。あなたと井森君は同一人物なんだから」

「今更だけど、同一じゃない気がする。繋がってはいるけど」

「でも、繋がってるんでしょ」

「繋がってるね」

「じゃあ、犯人が誰か訊いてみて」

「僕が存在している時、井森は微かな存在でしかないんだ。だから、はっきりと自分の考えを人に伝えることはできないんだ」

「なんだか歯痒いわ。じゃあ、どうすればいいの」

「井森になっている時に推理の結果だけを強く心に留めておけば、覚えていられると思う。ややこしい推理の過程を覚えるのは無理っぽいけど。もしくは君が井森に訊けばいい」

「わたしが?」

「君というよりは栗栖川亜理がだよ。井森と君は最近結構親しいんだろ」

「まだ、誤解があるようね」

「少なくとも、井森はそう思ってるよ」

「それって、井森君が心の中にしまってる秘密なんじゃない? 今、あなたが言ったことを井森君の時に思い出したら、彼、痛烈に後悔するでしょうね」

「言っちゃあいけなかったってこと?」

「いいえ。別に構わないわ。亜理もうすうす感じていたから」

「でも、誤解があるんだよね」

「ええ。誤解があるわ」

「僕だけじゃなくて、井森も誤解してるんだよね」

「まあ。そうね」

「井森はがっかりするかな?」

「さあね。そんなことより、今あなたがなんとか真犯人についての推理を意識の底から引き摺り出せばいいんじゃないの?」

「そんなことが簡単にできたら、苦労はないよ」

「もう本当に時間がないから、不思議の国と地球を何往復もしていられないの。なんとか頑張って、今ここで犯人を知りたいのよ」

「そう言われても……」ビルは困った顔をした。

「忙しいところ、悪いけど」いつの間にかメアリーアンが近付いてきていた。「ビルにメッセージがあるんだけど、伝えていい?」

「あっ。どうぞ」アリスは一歩後ろに下がった。

「何、誰が僕にメッセージをくれたの?」ビルは不安そうに言った。

「公爵夫人よ」

「ああ。公爵夫人なら大丈夫だ。彼女は僕らの味方だ」

「アリバイもあるしね」アリスが言った。

「アリバイのありなしばかり気にしていると、みんな離れていくよ」

「ああ。ごめんなさい。そもそも確実なアリバイがあるのは、あなたと女王と公爵夫人ぐらいなんで、アリバイにはあまり意味はないんだけど」

「僕？」

「グリフォンが殺された時、わたしと一緒にいたでしょ」

「そうだったかな？」

「ああ。もうそのことは気にしないで」

「それで、メッセージって何？」

メアリーアンはビルに紙を手渡した。

「何、この紙？　鼻をかめってこと？　それとも、おしりを拭く紙？」

「そこに公爵夫人からのメッセージが書いてあるのよ」

「なんて書いてあるか、読んで」

「えっ？　いいの？」

「こんなに長い文章、読めないよ」

「大学院に行ってるのに？」アリスが目を丸くした。

「それは井森のことだろ。僕はただの蜥蜴なんだから、字が読めるだけで誉めて欲しいよ」

「ええと。じゃあ、読ませて貰うわね」メアリーアンは紙を広げた。

「『親愛なるビルへ。例の件で知らせたいことがあるので、至急、公爵邸の裏庭の物置小屋の中に必ず一人で来られたし。公爵夫人より』」

「『来られたし』って何?」ビルが尋ねた。

「『来て欲しい』ってことよ」

「何か真犯人に繋がる手掛かりが見つかったのかな?」

「じゃあ、わたしも行くわ」アリスが言った。

「それはやめた方がいいんじゃないかな?」

「どうして?」

「『必ず一人で』って書いてあるからだよ」

「厳密に守る必要があるのかしら? わたしが付いていくぶんにはいいんじゃないの?」

「公爵夫人は君が付いてくるのはありそうなことだと考えるって思わないか?」

「まあ。そうね」

「つまり、これはアリスを連れてくるなってことだと思う」

「どうしてよ?」アリスは不機嫌になって言った。

「君が知るとまずいことがあるんじゃないか? 例えば犯人しか知りえない情報とか」

「わたしが知ってても知らないことにしておけばいいじゃない」

「ついうっかり喋ってしまうかもしれない。最初から知らなければ、その危険はなくなるんだ。あるいは、纏まって行動すること自体がまずいのかも」

「どういうこと?」

「当然ながら、犯人の側も僕らの行動を指を銜えて見てはいないだろう。君と僕と公爵夫人が一か所に集まるのは危ないかもしれない」

「確かに一理あるかもね」

「何かわかったら、すぐ連絡するよ。僕から君へか、もしくは井森から栗栖川亜理へ」

「わかったわ。じゃあ、できるだけ早く連絡してね」

ひょこひょこと歩き出したビルの背中を見て、なぜかアリスは軽い不安を覚えた。

14

「広山先生！」亜理は駅前で広山准教授を見掛けて手を振った。

彼女の前には二人の男子中学生が立っていた。彼らの服装は相当荒んでいて、彼女とはあまり縁がなさそうに見えた。広山准教授の手から紙幣を受け取っている。

中学生は亜理の方をちらりと見ると、地面に唾を吐いて去っていった。

「助かったわ」広山准教授は亜理に駆け寄ると、ほっとしたように言った。

「何かあったんですか？」

二人は大学に向かって歩き出した。

「突然、彼らに因縁を付けられたの。命が惜しかったら、金を出せって」

「お金、渡しちゃったんですか?」

「怪我したり、殺されたくないもの。反撃する力もないし、助けを呼ぶ隙もなかったから」

「わたしを見て逃げたみたいですけど」

「むしろ、目的を達成したから逃げたんだと思うわ。最近のかつあげってあんなにストレートに脅迫するの?」

「普通は金を貸してくれとか言うんじゃないですか?」亜理は考え込んだ。「『命が惜しかったら』というフレーズが気になりますね」

「どういうこと?」

「一連の連続殺人との関連ですよ」

「まさか、偶然でしょ。そもそも現実世界では殺人は一件だけだし」

「彼らが真犯人と繫がっていないとも限らないでしょ。これは警告かもしれません」

「考え過ぎじゃないかしら? そういう脅迫ならお金をとったりしないでしょう」

「カモフラージュのためかもしれません」

「疑い出すと、きりがないわね。とにかく今回の件について、警察に被害届を出しておくわ。彼らが逮捕——というか、補導されたら何かわかるかもしれないし」

「どうでしょうか? 未成年だと、被害者に殆ど情報は伝わらないと思いますよ」亜理は歯痒い思いで言った。「ところで、田畑さんの様子はどうでしょうか?」

「田畑さん? 何かあったの?」

「直接尋ねたんです」

「田畑さんに?」

「ドードーにです。アリスが」

「『犯人はおまえだ!』って?」

「まさか。ただ、篠崎教授のことをどう思っていたか尋ねただけです」

「それで、なんと答えたの?」

「殆ど何も」

「当然でしょうね。そんな直接動機に繋がることを尋ねたりしたら、自分が犯人だと疑われていると思ったとしても仕方がないわね」

「アリスは捜査の一環として尋ねただけなんです」

「ドードーにもそう説明した?」

「ええ。ちゃんと」

「でも、もう答えてくれなかった」

「わかります?」

「ええ。それが普通の反応じゃない?」

「困りました。ちゃんとした証言を引き出すには、謝った方がいいでしょうか?」

「何を言っても、逆効果だと思うわ。頑なになるだけ」

「そうですか。とりあえず、今回の件は井森君とも相談してみます」

「えっ？」広山准教授は小さく悲鳴を上げた。

「どうかしましたか？」

「あなた、井森君のこと、まだ聞いてなかったの？」

嫌な予感がした。できることなら、今の話は聞かなかったことにしたいと思った。

だけど、聞かない訳にはいかなそうね。

「はい。何も。井森君に何かあったんでしょうか？」

「ビルに何があったかを確認しなくっちゃならないけど、少なくともこの現実世界では事故だったそうよ」

「何があったんですか？」亜理は自分の身体ががくがくと震え出すのがわかった。

「わたしもよくは知らないのよ。ただ、井森君が事故に遭ったって聞いたの」

「誰から聞いたんですか？」

「田畑さんよ」

「どうして、彼が知ってたんですか？」

「我々が話したからですよ」ちょうど、大学の門に到着した時、後ろから聞き慣れた声がした。

亜理が振り向くと、そこには谷丸警部と西中島巡査がいた。

「井森君は大怪我をしたんですか？」

「ああ。大怪我をしましたよ」西中島が言った。

「でも、命には別条ないんですよね」

「そんなこと、誰から聞きました？」

「誰からも聞いていません。ただそう思っただけです」

「根拠は何ですか？」

「根拠はありません。ただ、そう思っただけです」

「そうですか」西中島は頭を掻いた。「警部は何か彼女に質問しますか？」

「こっちから質問する前にちゃんと彼女の質問に答えるべきだろ」

「なるほど。そう言えばそうですね」西中島は亜理の顔を見て何か言いかけたが、口の動きがぴたりと止まった。

「どうしたんだ、西中島」

「無理です」西中島は泣きそうな顔になった。「僕には無理です」

「じゃあ、わたしから言おう」谷丸警部は諦めの表情を見せた。「その前に一つだけ訊いていいかな？」

「わたしの質問に答える前にいったいいくつの質問をするつもりですか？」

「基本的にあと一つだ。さらに疑問が出てきたら、追加するかもしれないが、まずはこの質問に答えてくれ。君と井森君の関係は婚約者か恋人、もしくはそれに準ずるものかな？」

　亜理はしばらく考えて首を振った。「いいえ。違います」

「では、君たちはただの友達だと言うんだね」

「むしろ、知り合い以上、友達未満と言ってもいいぐらいです」

「つまり、彼がどんな目に遭っていたとしても、気にならない訳だ」

「友達や知り合いが酷い目に遭っていたら、心配するのが自然では？　いったいさっきから何なんですか？」亜理は痺れを切らし始めた。

「あれを直接見せるのはやっぱり無理っぽいな」警部が独り言のように言った。

「まあ、そうでしょうね」西中島が同意した。「写真にしときますか？」

谷丸警部は黙って頷いた。

西中島はポケットから写真を取り出した。「見つかった時はこんな感じでしたよ」

初め、それが何かわからなかった。

人間の服を着た何か得体のしれない赤いもの。

よく見ると、赤いものには僅かなでこぼこがあった。三つ穴があると人の顔に見えるという心霊写真の法則のような感じでなんとなく人の顔に見えなくもない。

いや。むしろ、しゃれこうべか。そう言えば、このがたがたした部分はまるで人の歯のようだし、このまばらなほこりは頭髪の残骸に見えなくもない。

だが、それは想像力を相当逞しくする必要があり、単に一瞥するだけなら、子供が赤い粘土で作った怪獣の出来損ないとしか思えない代物だった。

「で、何ですか、これ？」

「やっぱり説明しないとわかりませんか」西中島は残念そうに言った。

「そりゃ、そんなもの突然見せられて、何かわかる人はあまりいないだろう」谷丸警部が言った。「説明してあげるんだ、西中島」

「ええとですね」西中島は遠い目をして言った。「この写真に写っている服に見覚えはありませんか？」

亜理は服を見たが、こんな真っ赤な服には見覚えがなかった。

「こんな赤い服は持っていません」

「これはあなたの服でもないし、赤い服でもないのです」

「じゃあ何なんですか？」

「井森さんの青い服ですよ」

「何を言ってるのか、わからないんですが」

「いや。とても単純なフレーズですよ。『井森、さん、の、青い、服、です、よ』単語にして、ほんの七語です。終助詞の『よ』にはほぼ意味はありませんし」

「文章が難しいと言ってるのではないのです」

「では、何が難しいのですか？」

「写真とあなたの言葉の繋がりを理解することです。これは赤いですよね」

「ええ。赤いですよ」

「じゃあ、赤い服ですよね」

「まあ、この時はもう赤い服かもしれませんね。ただ、本来は青いということです」

「じゃあ、赤く染まっているんですか？」

「そう！　それです！　赤く染まっているんですよ」

「赤って、いったい何で……」亜理ははっと気付いた。「血なんですか？」

「血です」

「誰の血ですか？……あっ。いや。言わなくても……」

「井森さんの血です」

「あああ」亜理は思わず落胆の声を出してしまった。

じゃあ、やっぱり相当の怪我なんだ。

「それで、井森君の状態はどうなんですか？」

西中島は少し困ったように人差し指で鼻の頭を掻くと、ぽんぽんと指で写真の赤い塊を指し示した。

「この赤い粘土が何か？」

「いや。粘土ではないですよ」

「じゃあ、何なんですか?!　さっきからずっと勿体を付けていますが、さっさと本当のことを言ってください」

「顔です」

「はっ？」

「これ、顔です」

「赤い粘土で顔を作ったということですか？」

「だから、赤い粘土ではないのです」

「じゃあ何ですか？」

「主に千切れた筋肉ですね。あと脂肪の残り滓と……この部分は軟骨で、これは歯、これはたぶん脳髄の一部じゃないですかね」

「赤い粘土で顔を作ったということですか？」

「だから、赤い粘土ではないのです」

じゃあ、何？

いいえ。言わなくていい。

「これは井森さんです。正確には井森さんの顔だったものです」

「顔……だった?!」

「だって、皮膚と脂肪と眼球と筋肉が半ばなくなってしまったら、もう顔じゃないですよね。目鼻がない訳ですし、表情も作れない」

「冗談……ですよね」

「そんな趣味の悪い冗談なんか言いませんよ」

いやあああ!!

亜理は叫んだつもりだったが、声は出ていなかった。ただ、はふはふと空気を吐き出すばかりだった。腰から力が抜け、ぺたんとその場に座り込んだ。

「まあ。あれですね。死体としては、相当痛ましい方です」

「死体？」亜理は自分の言った言葉の意味を反芻した。

誰の死体？

「そう。もう死体です。幸運なことに」

「幸運？」

誰が幸運？

「そうです。こんな状態で生きているよりは、死体になった方がいくぶん幸運でしょう」

亜理は西中島の手から写真をもぎ取った。

赤い粘土はゆっくりと形を整え、おぞましい人の顔へと変貌していった。

皮膚は剝ぎ取られ、筋肉もぐちゃぐちゃに引き千切られていた。眼球は跡形もなく、鼻腔が開放されており、さらに奥の副鼻腔の入口までが見て取れた。眼孔と鼻腔の間の骨にはあってはならない穴が開いており、そこからふわふわとした組織が覗いていた。

ぶべっ！

不快なべちゃべちゃという音が聞こえてきた。

「おっと、気を付けてください」

「えっ？」

「写真を汚さないように気を付けてください」

そうか。わたし吐いてたんだ。

どうしてかな？　病気かな？

「すみません」亜理は口を押さえた。指の間からにゅるにゅるとはみ出すものがあった。

「警部、どうします？　こんなに吐いちゃってますよ」

「うむ。やっぱり刺激が強過ぎたか。心の強いお嬢さんだと思ったが、少々残酷過ぎたようだな」

残酷？　そうか。わたし、井森君の死体を見て気分が悪くなったのね。病気になったんじゃない。でも、どうして、自分が吐いているのに、気付かなかったんだろう？

きっと、あまりに恐ろしい事実なんで、わたしの意識が理解するのを拒否したんだわ。でも、潜在意識はちゃんと理解していて、それに相応しい反応を始めた。

だったら、どうしたらいいの？　このまま理解しない状態でいる？　いいえ。駄目よ。もうわたしは理解してしまったんだもの。

「大丈夫です……ぶべっ！」

「いや。大丈夫じゃないでしょ。まだ吐いてますよ」西中島が呆れたように言った。

「そのうち吐くものがなくなり……ますから」

「そうですね。もう胃液しか出てないですね」

「いったい。何があったんで……すか？　殺されたんですか？」

「いいえ。事故ですよ。少なくともこっちの世界では」

「向こうで……はどうなんですか？」

「それはまだわかりません。明日の朝、起きる頃にはわかるでしょうが」

「いったいどんな事故が……起こったんですか?」

「ほう。確かに何も出なくなりましたね。吐き気だけは残ってるみたいですが」

「教えてく……ださい」

「酒に酔っていたようです」西中島はポケットからティッシュを取り出すと、写真を拭い始めた。「酷く酩酊して、それで道端で眠り込んでしまった」

「目撃者はいたんですか?」

「いいえ。状況証拠からの推定です。そして、眠ったまま嘔吐した。……今のあなたみたいな状況ですね」

「それで窒息死に? だけど、窒息でこんな状態……にはならないでしょう?」

「そうです。これは窒息によるものではありません。井森さんは泥酔していたけれど、窒息はしていませんでした」

「じゃあ、なぜこんなことに?」

「野良犬です」

「えっ?」

「本当に最近は珍しいんですよ。でも、全くいない訳じゃないらしい。昨日も一匹保健所で保護されたそうです」

「保護するんですか?」

「まあ。保護と言っても飼い主が見つからない場合は殺処分するんですがね」西中島は手帳を読んだ。「それで、その犬があまりに血塗れだったために、警察に照会があったんですよ。怪我はしていないのに、血塗れの犬がいる。誰か犬に嚙まれたんじゃないかって。で、井森さんが見つかった」

「犬に襲われたんですか？」

「襲われたというか、嘔吐物の臭いに誘われて犬が食べてしまったんですよ、井森さんの顔を」

「黙って自分の顔を食べ……させるはずがないでしょ」

「それはそうです。ただ、残念なことに井森さんは泥酔していた。ひょっとすると顔を嚙まれたことには気付いたかもしれませんが、ショックと出血で、意識を失ってしまったようです」

「他殺ですか？」

「事故ですね」

「こんな事故ってありますか？」

「あるかないかと訊かれたら、ありますね。現にこういう死に方をしている訳ですし」

「殺されたんですね」

「いえ。事故です」

「事故だという証拠はあるんですか？」

「他殺や自殺だという証拠がなければ事故です」

「納得いきません」

「困りましたね。でも、あなたが納得する必要はない訳ですよ」

「わたしもこんな事故おかしいと思うわ」広山准教授が言った。

「あなたは?」谷丸警部が尋ねた。

「広山です。大学で准教授をしています」

「広山先生……最近、どこかでお名前をお聞きしたような」

「篠崎研のメンバーです」

「ああ。あの食中毒で亡くなられた……」

「あれも殺人です」

「それは聞き捨てなりませんね。本当ですか?」

「ええ。本当ですよ」

「何か証拠はありますか?」

「ええ。栗栖川さんから聞きました」

「栗栖川さん、何か証拠がありますか?」

「証拠はありません」

「では、単なる推測ですか?」

「単なる推測ではありません。事実です」

「これは困ったことになりましたね」

「恍けるのはいい加減にしてください。あなたたちもわかっているんでしょ」

「仮定の話としてね」

「仮定なんかじゃありません」

「客観的な証拠なんかなくても、実際に自分が体験していると言いたいんだね？」

「ええ。そうです」

「だが、それはあくまで主観の話だ」

「客観的に説明できない現象だから仕方がないでしょう」

「だが、証拠がなければ警察は動けない」

「自分たちは助けにならないと言いたいんですか？」

「そうは言っていない。だが、今の状況だとあなたたちを守るのは難しい」

「じゃあ、どうすればいいんですか？　黙って死ねと言いたいんですか?!」亜理はつい語気を荒らげた。

「あなたも狙われていると？」

「その子の場合はちょっと事情が違うわ」広山准教授が言った。

「事情が？」

亜理は広山准教授に首を振ってみせたが、広山准教授はそれに気付かないようだった。

「そう。その子はたぶん直接狙われてはいないと思うわ。だけど、このままだと死んじゃうのよ」

「どういうことだ？　ひょっとして……」

「わかった！」西中島が叫んだ。「その子はアリスなんだ。殺人事件の被疑者の」

「なるほど」谷丸警部の目が輝いた。

「ちょっと訊いてもいいかな？」西中島が言った。「君は本当に犯人じゃないの？」

「わたしは犯人なんかじゃありません」

「しかし、状況証拠からいって、君が一番怪しいんだ。ハンプティ・ダンプティ殺しの時は目撃者がいるし、その後の殺人でもアリバイがない。そして、白兎とビル。この二人は君の身近にいた。君と行動を共にして、何かを摑んだのかもしれない」

「つまり、白兎とビルはこの子に不利な証拠を摑んだから殺されたっていうの？」

「そんな言い方をすると、まるで栗栖川さんが犯人みたいじゃないですか？」西中島が不満げに言った。

「いや。君はずっと、そんな言い方をしとったぞ」

「どんな言い方？」

「まるで栗栖川さんが犯人みたいな言い方だ。栗栖川さん、申し訳ない」

「いいんです。疑われているのは事実ですから」

「で、どうします、警部？　この子をずっと見張りますか？」

「そんなことをしても意味がないだろう。そもそも殺人は向こうで起こっているんだから。

……あっ。いや。あなたが犯人だと言ってる訳じゃありませんよ、栗栖川さん」

「向こうじゃ、ちゃんと見張ってるから大丈夫ですね」西中島が言った。

「ハンプティ・ダンプティが死んだ時点で、本当にちゃんとわたしを見張っててくれれば、二人目以降の殺人の容疑なんか掛けられなかったのに……」

「連続殺人が起こる可能性なんて、全く思いも付かなかったんだ。申し訳ない」

「どっちなの？　この子が犯人なの？　それとも、他に真犯人がいるの？」広山准教授は不安げな様子を見せた。

「それが断言できる状況にはありません」

「もしこの子が犯人だとしたら……そして、もしわたしが、彼女が犯人であるという証拠か何かを摑んだら……」

「殺されるかもしれませんね」西中島が言った。

「そんなこと絶対にありませんから、安心してください」亜理が言った。

「じゃあ、もしこの子が犯人じゃないとして真犯人が別にいたとしたら？」広山准教授は尋ねた。

「この子に罪を着せるために、先生が真犯人に殺されるでしょうね」西中島が言った。

「ちょっとそれどういうこと?!」

「今、説明した通りです」

「そんな理不尽な話ってある？　わたしはただちょっとその子たちの話を聞いてあげただけなのに？」

「その子たち？」谷丸警部が言った。

「その子ともう一人、今日死んだ子よ」

「二人があなたに話をしたんですね」

「ええ。突然、研究室にやってきて不思議の国と現実世界の殺人がリンクしているという話をしていったの」

「なるほど。君たち二人は独自に調査をしていたということだね」

「自分の身を守るためです」

「だが、君たちはプロの捜査官じゃない」

「捜査官が信用できるんですか?」

「信用して貰うしかないな」

「信用できません。李緒さんも井森君も助けられなかったじゃないですか」

「もし君たちの協力があれば助けられたかもしれない」

「協力しようにも何も話せることはありません」

「本当に?　井森君が殺されたのには何か理由があるはずだ。井森君は何か犯人に関連することを言ってなかったかい?」

「いいえ」

「それなら、ビルが言ったことでもいい。心当たりはないかい?」

「そう言えば、『真犯人に至る重要な事実に気付いたような気がする』と言ってました」

「何だって!　それで、その事実とは何なんだ?」

「それはわかりません」

「そこまで聞いて、どうして肝心なことを聞き漏らすんだ?」

「わたしも聞きたかったんですが、ビル自身が覚えていないらしくて」

「つまり、井森君の推理だったということか?」

「そうです。ただ、その推理がビルにとっては複雑過ぎたようで」

「そいつは厄介だね」西中島が無表情のまま言った。

「井森君が真犯人に関する重大な事実に気付いたことを真犯人が察したのかもしれない」谷丸警部が言った。

「わたしは降りるわ!」広山准教授が泣きそうになって言った。「栗栖川さん、ごめんなさい。でも、怖いの。このままだと、わたしも殺されそうな気がする」

「しかし、真犯人を捕まえないと、本当の意味で危険は去りませんよ」谷丸警部が言った。

「そうね。でも、わたしにはどうしようもない」

「捜査に協力することができますよ」

「そんなこと言っても、わたしは本当に何にも知らないのよ」

「何か思い出すことはないですか?　現実世界のことでも、不思議の国でのことでも」

「そう言えば、まだ栗栖川さんに言っていないことがあるわ」

「何ですか?」

「いや。言いたくないわ」

「どうしてですか？」

「犯人にとって都合が悪いことかもしれないから」

「もしそうだとしたら、ますますお聞きしたいですな」

「無理だわ。現に四人も殺されているのよ。次はわたしでないと言い切れるかしら？」

「困りましたね。犯人が捕まれば、あなたの危険もなくなるのですが」

「どうせ現実世界での逮捕は無理だわ」

「そうかもしれませんが、誰が犯人かわかれば、それなりの対処はできます。また、不思議の国では殺人が行われているのですから、逮捕も可能です」

「夢の中で逮捕されたって、どうしようもないんじゃないの？」

「まあ、夢だと言えば、夢な訳ですが……」

「失礼ですけど、もう行ってもいいですか？　これ以上、この件に関わり合うのは、精神的に耐えられないんですが」

「そうですか。まあ、仕方ないでしょう。ただ、もし気が変わったら、お話を聞かせてくださ い」

「気が変わることはまずないと思うわ。……それから、栗栖川さん」

「は、はい」突然、呼び掛けられて、亜理はどぎまぎした。

「本当にごめんなさい。たぶん、真犯人究明の力にはなれないと思うけど、事件が解決したら、また研究室に遊びに来てね」

「ええ。こちらこそ、事件に巻き込んで、怖がらせてしまって申し訳ありません」

広山准教授は周囲に目を配りながら、小走りで去っていった。

「さて、どうしたものかな?」谷丸警部は困り果てているようだった。

「何を悩んでるんですか?」

「君の扱いだよ。このまま放っておいていいものか?」

「逃亡や証拠隠滅の可能性がありますからね」西中島が言った。

「また犯人扱いですか?」亜理はむっとして言った。

「あくまで、可能性の問題ですよ」

「わたしは彼女が犯人である可能性については、そんなに心配しとらん。それより、むしろ犯人でない場合が問題だ」

「どうしてですか、警部? 犯人が彼女を殺すとでも言うんですか?」

「その可能性は殆どないだろう。犯人は彼女に罪を着せたがっているんだから、彼女が死んだら逆効果だ」

「じゃあ、彼女は安泰じゃないですか? 何を心配してるんですか?」

「彼女の周囲の人物に危害が及ぶことだ。さっき広山先生も心配しとっただろう」

「つまり、広山先生が危ないと?」

「その通り。彼女は栗栖川さんと親しいからだ」

「いいえ。そんなに親しくないです」亜理は慌てて言った。「会ったのも合計して、ほんの二、三回です」

「実際に親しいかどうかはそれほど問題じゃない。周りがどう感じるかだ」

「それに、わたしたち不思議の国では全然疎遠です。昔は一、二度会ったことはありましたけど」

「ふむ。君たちは向こうでも知り合いなんだね」

「いいえ。元知り合いと言うべきでしょう。最近は、ご無沙汰してます」

「それで、彼女は誰なんだ？」

「あまり言いたくありません」

「情報を提供したくないという訳かね」

「これを知ったことで、あなたがたの動きがどう変わるか心配なんですよ。向こうで彼女の行動を束縛するんじゃないかと」

「そんなことには決してならないと約束しよう」

どうしようかしら？　ふたりがもし向こうでわたしたちに敵対することになったら、広山先生にまで被害が及ぶかもしれない。でも、逆に二人と友好関係を築くことができたら、広山先生を含めて強力なネットワーク態勢を構築できるかもしれない。

「彼女は公爵夫人です」

西中島のメモをとる手が止まった。「本当に？」

「ええ」

「公爵夫人か」警部が嘆くように言った。

「広山先生が公爵夫人だとまずいんですか?」亜理が尋ねた。

「まあ。まずいか、まずくないかと訊かれたら、ちょっとまずいかもしれんな」

「そうですか? そんなにまずくないでしょ」西中島が言った。

「どうしたものかな?」警部が言った。

「そんなに困ってるんですか?」亜理は尋ねた。

「ああ。まあね」警部が言った。「彼女は、あのなんというか、向こうでは実力者だから」

「そうそう。実力者なんですよね」西中島が言った。

「実力者だと困るんですか?」亜理はまた尋ねた。

「困るというか……まあ、困るな」警部は困っていた。「どうしたものかな、西中島?」

「やっぱり、あれですね。不思議の国で公爵夫人を取り調べたりはせずに、現実世界で広山先生に事情を聞くのがいいんじゃないですか?」

「ああ。そりゃそうだろうな」

「一応、こっちの世界でも取り調べするんですね」亜理は言った。

「まあ。調べない訳にはいかないからね」谷丸警部は苦々しげに言った。

「もう彼女は調べないのかと思いました」

「それができたらいいんだけどね」谷丸警部は言った。「まあ。もう少し様子を見てからということになりそうだが」

「そうですね。僕も同意します。様子を見てからにしましょう」西中島が賛成した。

何、この人たち？　権力者には手が出せないの？

亜理はさらに幻滅した。

15

物置小屋の湿った感じは結構好きだ。

ビルはそう思った。

だけど、公爵夫人の家の裏庭の物置小屋に入るのは初めてだ。

「ごめんください」ビルは物置小屋の入口で丁寧に挨拶した。

よく考えると、ここで挨拶するよりは、裏庭の入口で挨拶する方がよかったような気がした。

だが、裏庭の入口付近に人影はなかったし、そもそも門も付いていない。出入り自由の空間なんだから、挨拶なしで入るのが当然のようにも思えた。

もっとも、物置小屋の辺りにも人影はない。だけど、一応扉が付いているんだから、勝手に入ったりせず、挨拶をして開けて貰うのがマナーというものだろう。

中からの返事はなかった。

誰もいないのかな？

ビルは耳を澄ました。

何かの物音がする。人間が活動するようながさがさした感じではない。むしろ、肉食動物が腹を空かせて苛立っている時に出す音に似ている。

だけど、そんなはずはない。だって、ここは公爵夫人の裏庭の物置小屋なんだから。仮に公爵夫人が肉食動物を飼っていたとして、物置小屋なんかで飼ったりはしないと思うもの。

ああ。でも、僕だって肉食動物か。この湿った感じは嫌じゃないよな。ということは僕みたいな肉食動物を飼ってるのかな?

「ごめんください」ビルはもう一度丁寧に挨拶した。

相変わらず返事はない。そして、肉食動物の出すような音が聞こえる。

ビルは軽くノックした。

やはり返事はない。肉食動物の出すような音にも変化はない。つまり、反応しなかったということだ。

ひょっとして、中にいる動物は僕の言葉がわからないのかな?

不思議の国にいる獣は二種類いて、一方は地球の獣と同じように、人語を解さない野生動物だ。そして、もう一方はビルや三月兎やチェシャ猫のように人語を解する擬人化動物だ。

どうして、特定の獣だけが擬人化しているのか、その理由はわからない。また、厳密に言うと、人間もまた擬人化したものとしていないものの二種類いるのかもしれない。だが、擬人化していない人間と擬人化した人間の区別は付かないから、本当に二種類いるのかどうかは謎のままだった。

まあ、どっちにしても支障はないので、ビルは元より気にしていないが。

目下の課題は物置小屋に入るかどうかということだ。

公爵夫人がこの中に入れと手紙で言ってよこしたからには、中に入らなければ失礼というものだろう。しかし、誰にも許可を得ていないのに、入るのもまた失礼だ。

いや。公爵夫人に入るように言われたんだから、すでに許可は得ているということになるのかもしれない。だったら、入らなきゃ。

ああ。困ったな。少し頭がこんがらがってきたぞ。こんな時に井森の頭があれば、すっきりと考えが纏まるんだろうな。

そう言えば、犯人のことで思い付いたことがあったんだっけ。いったい何だったたっけかな?

肉食動物の出すような音が少し激しくなったような気がした。

つまり、これは僕の存在に気付いたということかな？　僕の出す臭いか超音波か赤外線か電磁波に気付いたってこと？　でも、僕の臭いは薄いから、きっと物凄く鼻がいいか、それとも臭い以外の信号をキャッチしているかだ。

ひょっとすると、この音の変化は僕に入れって言っているのかもしれないな。

結局、ビルは悩んだ末に一つの折衷案を思い付いた。

断りの言葉を発しながら中に入るのだ。これなら、少なくとも、泥棒をしようというような邪な考えのないことはわかって貰えそうだった。

「もしもし入りますよ。いいですか？　泥棒じゃないですよ。今からドアを開けますね。びっくりしないでくださいよ。さあ。入りますよ。今、ノブを回しましたよ。ドアを開けますよ。少し開きましたよ。もっと開けますよ。部屋の中が見えてますよ。誰も見えませんが、どこかにいるんですよね。今から入りますよ。一歩入りましたよ。もう一方の足も入れますよ。完全に入りましたよ。ドア閉めますね。あっ。真っ暗になっちゃった」

ビルはある程度夜目が利くし、赤外線も感知するので、身動きがとれなくなることはないが。

そう言えば、井森の知識によると地球でピット器官を持つのは蜥蜴でなく、蛇だということだったな。だとしたら、僕は蜥蜴ではなく、蛇なのかな？　でも、蛇だったら手足はないよね。ああ。でも、金蛇は足があるか。あれは蛇？　それとも蜥蜴？　どっちなのかな？　今度、井森になった時によく考えてみようっと。

とりあえず、暗過ぎるからちょっとドアを開けて明るくしよう。公爵夫人は人間だから、明るい方がいいだろうし。でも、アリスによると、公爵夫人の子供は豚だったそうだから、案外人間じゃないのかもね。だとしたら何かな？　人豕（ひとぶた）？

ビルが再びドアノブに触れた瞬間、かちりと音がした。そして、ドアはぴくりとも動かなかった。

えっ？　どうしたのかな？　鍵が掛かったの？　僕、何かした？　まあ。いいか。公爵夫人に開けて貰おう。もし公爵夫人が中にいなかったら？　そうだ。その時はここにいる肉食動物に開けて貰えばいいんだ。

……でも、その肉食動物が人語を解さなかったら？　その時はどうすればいいんだろう？　それどころか、そいつが僕より大きな肉食動物だったら？　僕のことを友達だと思わず、餌だと思うかもしれない。それは嫌だな。僕は食べられるのには、慣れていない。

「すみません。公爵夫人はいますか？　鍵が掛かっちゃったんです。閉じ込められて怖いので、開けて貰えますか？　ここには、肉食動物がいるみたいなんです」

どん！

何かがすぐ脇に飛び降りてきた。

大きい。ビルの十倍はありそうだった。

生臭い臭いがそこら中に充満した。

ぼたぼたと唾液を垂らし続けている。

「あの。すみません」ビルはその獣に話し掛けた。「言葉わかりますよね。僕、出られなくなったので、開けて貰えませんか？」

獣はじゅうじゅうと何かを焼くような音を立てた。全身から微かに煙が上がっている。

まさか、そんな。

ビルはゆっくりと後退った。

気のせいだ。そんなはずはない。

獣は咆哮した。

ぱちぱちと燃え残りが四方八方に飛び散った。

燻(いぶ)り狂えるバンダースナッチ！

ビルは楽観的な蜥蜴だった。だから、どんな時にも陽気な態度でやり過ごすことは朝飯前だった。

だが、この瞬間、ビルは絶望していた。

目と鼻の先に燻り狂えるバンダースナッチがいる。これと同じ程度の絶望はそうは思い付かない。匹敵するのは、近くにいるスナークがブージャムだとわかった時か、ヴォーパルの剣なしでジャバウォックと対峙した時ぐらいだろうか？

バンダースナッチは燻り狂っていた。これだけは間違いない。

ビルは周囲を見回した。どこか隠れるところはないかと思ったのだ。

そこらにはごちゃごちゃと荷物が置かれている。物置なのだから、それは当然だ。そして、部屋の奥には二階に上る階段があった。勾配は垂直に近く、階段というよりは殆ど梯子(はしご)に近い。だが、蜥蜴なのでビルにとっては苦にならない。問題は燻り狂えるバンダースナッチだ。ビルが走り出した瞬間に噛み殺されてしまうかもしれない。

もちろん、二階に辿りついたとしても、必ず助かるというものでもない。だが、この場にいれば命はあと数秒しかもたないだろう。

ビルは走り出した。

そして、バンダースナッチの首はその何倍もの速度で伸び、ビルの肉を食い千切った。

バンダースナッチがビルのしっぽの肉を齧っている間にビルは階段を駆け上った。

よくもまあ、自分が蜥蜴であることを思い出したもんだ。自分のしっぽを切り離すのがあと一秒遅れていたら、今頃は細かく刻まれた肉片になっていて、バンダースナッチの腹の中だ。

ビルは二階の床に立った。

……と思った時には転んでいた。

あれどうしたのかな？　腰が抜けた？

だが、腰がどうにかなったような感じはない。

ひょっとして、僕ってしっぽがないとうまく立てないのかな？

確かにありそうな話だった。カメラの三脚は三本の脚があるから立っていられるのであって、二本なら即座に倒れるだろう。

立てないのなら、どうすればいいのかな？　蜥蜴みたいにそこらを這いずるしかないのかな？　まあ、蜥蜴だからいいけど。

ビルはしっぽを探った。

思ったよりも短くなっている。もっと下の方かと思っていたが、殆ど尻の肉までがなくなっていた。酷くぎざぎざの切り口で、大量に出血していた。

違う。これは自分で切った切り口じゃない。嚙み切られたんだ。僕が自分で切り落とすよりも一瞬早く、爊り狂えるバンダースナッチがしっぽを齧り取ったんだ。

ビルは続けて足を探った。

手は右の太ももに当たった。そして、その下はなくなっていた。

しっぽといっしょに右足も齧り取られたようだ。

おどろしきバンダースナッチ！

じゃあ、左足はどうなんだろう？

左足は少しましだった。なくなっていたのは踵から先だけだった。

でも、どうせ歩けないんだから、喜んでいる場合じゃないな。ところで、しっぽはまた生えてくるけど、足はどうなんだろう？　しっぽも骨は再生しないんだっけ？　だったら、足はもっと無理だな。これはとても不便になるな。

おどろしき咆哮が聞こえた。

僕のしっぽと足を食べ終えたのかな？　満腹になっていてくれたらいいけど、きっとまだ食べたりないんだろうな。逃げた方がいいんだろうな。

ビルは腕を使ってずるずると進んだ。

駄目だ。これでは、遅過ぎる。それに血の跡で居場所がすぐにわかってしまう。

じゃあ、どうすればいいんだろう？　井森だったら、きっと何かいい方法を考えるんだろうな。いや。僕の中にも井森が少しはいるはずなんだ。それを呼び出せば、少しは足しになるはずだ。

バンダースナッチはとてつもなく巨大だった。おそらくこの物置小屋よりもずっと大きい。物置小屋よりも大きいものが無理して物置小屋に入っているんだから、簡単には身動きできないはずだ。しかも、ここは二階と言っても、実質的には屋根裏部屋だから、一階よりももっと狭い。階段だって、狭くて脆い。バンダースナッチは簡単には上ってこられないだろう。

じゃあ、ここでバンダースナッチがどこかに行ってしまうまでじっと待つか？

それはたぶん無理だ。物凄く出血しているから、僕はすぐに死んでしまう。僕が死んだら、井森も死んでしまう。きっと、亜理は悲しむだろう。僕が死んでアリスが悲しむかどうかは微妙だけど。

それに何も知らない公爵夫人がやってきて、彼女もバンダースナッチに食べられてしまうかもしれない。そうしたら、広山とかいう女の人も死んでしまうんだ。

なんとか、生きていられる間に、ここから出てみんなに知らせなければ、四人も死んでしまうことになるかもしれない。

じゃあ、どうすればいい？

バンダースナッチから逃げるか、隠れるか、戦って勝つかだ。

足が千切れているから、逃げたり、隠れたりはできない。だったら、戦って勝つしか方法はない。

でも、どうしたら、バンダースナッチを殺すことができるんだろう？

バンダースナッチの弱点ってあるのかな？

階段がばりばりと激しい音を立てた。

やっぱり上ってくるつもりなのかな？　きっと壊しながら上ってくるんだ。だとしたら、バンダースナッチを倒した後、下りられないかもしれないな。ああ。でも、今そんなことを心配している場合じゃない。とにかくあいつを倒さなきゃ。

バンダースナッチの弱点はわからないけど、強みはわかる。とにかくあいつはとてつもなく速いんだ。そして、首が伸びる。

ということは、首は伸ばした時に結構細くなるんじゃないかな？　だとしたら、わりと簡単に食い千切れるかもしれない。僕だって、肉食動物なんだ。その気になれば、相当のものが食い千切れる。

雷鳴のような音が轟（とどろ）き、バンダースナッチの山のような姿が見えた。

この物置小屋の五倍ぐらいの大きさはあるかもな。

バンダースナッチはビルの方を見た。

さあ。いつ来るんだろう？　あいつはとても速いからチャンスは一瞬だ。目の前まで首を伸ばしてきた時に、頭を押さえ付け、背後に回って、首を噛み切るんだ。切断できなくてもいい。血管を破るか、神経を傷付けられたら、御の字だ。

バンダースナッチを睨みながら、ビルは深呼吸を繰り返した。

頭はとてもすっきりと冴えている。井森になったような気分だ。

そして、はっきりと思い出した。

そうだ。公爵夫人が犯人だということはあり得ないんだ。僕はすっかり勘違いしていた。アリスや頭のおかしい帽子屋や三月兎に伝えなくっちゃ。

一瞬、バンダースナッチの姿がかすんだような気がした。

いや。まだだ。まだ動いていない。

だけど、何かおかしい。

バンダースナッチは何かを食べていた。

そして、その時になってビルは自分の口や鼻がなくなっていることに気付いた。

そうか、バンダースナッチは僕が思っていたよりもとても速かったんだ。

だったら、仕方ないね。

16

亜理はドアをノックした。

返事はない。

亜理はなおもドアをノックし続けた。

「失礼します。入りますよ」

亜理はドアを開けた。

ちょうど広山准教授が弁当を食べようと大口を開けたところだった。

「わっ！　どうして勝手に開けるのよ⁈」

「どうして、居留守を使うんですか？」

「ご飯を食べるところだったからよ」

「じゃあ、そう言えばいいじゃないですか？」

「面倒だったからよ。それより、勝手に開ける方がたちが悪いわよ」

「勝手に開けられるのが嫌だったら、鍵を掛けておけばいいでしょ」

「友達と恋人が殺されたので気が立っているのはわかるけど、めちゃくちゃな言い掛かりを付けるのはいい加減にして」

「ええ。確かにわたしは興奮気味です。でも、それは無理もないんです」

「今度はどんな嫌なことがあったの？」

「嫌なことではありません。むしろ、いいことかもしれません。そして、先生にも関係があることです」

「何があったの？」

「真犯人についての情報です」

「えっ？」箸から唐揚げがぽとりと落ちた。

「糸口を摑んだかもしれません」

「犯人がわかった訳ではないのね」

「先生のご協力がいただければ、なんとかなるかもしれません」

「どうして、わたしが何かしなければならないの？　勝手にやって頂戴。わたしは巻き込まれたくないもの」

「仲間だった二人は殺され、警察は信用できません。わたしが頼れるのは、もう先生だけなんです」

広山准教授は溜め息を吐いた。「いいわ。やればいいんでしょ？　そうまで言われては、追い返せないわね。それで、何を掴んだの？」

「ダイイングメッセージです」

「誰のダイイングメッセージ？」

「井森君のです。いや。正確に言うと、ビルのですが」

「ビルの書いたことが証拠になると思ってるの？」

「いいえ。だけど、それは重要なことでした。ビルは顔の半分をバンダースナッチに食い千切られた状態で、物置小屋の床に血で書いたんです」

「蜥蜴って生命力があるわね」

「ええ。たぶん、バンダースナッチは食べるためではなく、殺すためにビルを襲ったんです。だから、もう長くないと判断して止めを刺さなかったようです」

「食べないのなら、どうして殺したりするの？」

「人間が狩りをするのと同じです。つまり、遊びです」

「バンダースナッチって結構頭がいいのね。それで、なんて書いてあったの？」

「『公爵夫人が犯人だということはあり得ない』」

「どういう意味？」

「文字通りの意味だと思います」

広山准教授は首を傾げた。「わたしにとってなんら新しい情報ではないわね」

「でも、この言葉の意味することは明確でした。初めの二件の殺人の時、女王と公爵夫人はクロケーをしていた。だから、この二人は互いにアリバイの証人になれるんです」

「互いに証人にならなくても、トランプの兵士がやってくれるけどね」

「つまり、この二人は間違いなく犯人じゃないんです」

「そんなことビルに教えて貰うまでもないんじゃない？」

「そうです。だからこそ、このダイイングメッセージに意味があるんです」

「どういう意味？」

「当たり前だからこそ、犯人が見逃してくれた訳です。直接犯人の名前を書いたりしたら、消されてしまいます」

「確かに、当たり前のことを書いたら、犯人は見逃してくれるわ。でも、それって無意味じゃない？」

「当たり前だけど、意味があるのです。これは真犯人を捜す者の注意を何かに向けようとしているのです」

「ビルが書いたのよ。そんな凝った文章の訳ないでしょ？」

「ビルの中には井森君がいました」

「井森君とビルは別物でしょ？」

「別だけど、記憶と生命を共有していました。ビルの死に際して、井森君の知力が顕在化したのかもしれません」

「根拠が薄いけど、まあそうだとしましょうか。それで？　ビルは何に注意を向けたかったの？」

「わかりません」

「わからないの？　ずいぶん自信があるような言い方だったけど」

「わかりませんが、推定はできます。これはつまり唯一信頼できるのは公爵夫人だということではないでしょうか？」

「そうかもね。でも、女王だって無実なんでしょ？」

「女王を信用できると思いますか？」

「彼女は犯人じゃないとしても、信頼することはできないわね。まず、常に誰かの首をちょん切りたがっているし」

「だから、公爵夫人が唯一の頼りなんです」

「まあ、頼られて悪い気はしないけど、その次の展開が見えないわね」

「あなたの指示を受けろ、ということだと思います」

「そう言われても何のアイデアもないわ」

「本当に？　何か思い付くことはないですか？　何でも構いません」

「本当に心当たりは全くないわ。きっとビルの思い違いよ。もしくは井森君がわたしを買い被っていたか」

「そうですか」亜理は項垂れた。「じゃあ、わたしの早とちりだったかもしれません」

「そう決め付けるのは早いわ。わたしに会う意味はわたしの指示を受けることに限らないんじゃないかしら？　例えば二人で協力して初めて、事件の解決が可能になるとか」

「なるほど。そうかもしれません。それぞれが持っている情報を併せることで、初めて解決が可能になるとか」

「じゃあ、その線でいってみましょう。まずはあなたから情報を頂戴」

「わたしから？」

「そう」

「でも、まだ話していない情報なんかありません」

「それはわたしも同じことよ」広山准教授は残念そうに言った。

「困りましたね」

「ええ。困ったわね」

亜理は唇を噛んだ。「ダイイングメッセージに意味がないはずなんてないのに……」

「やっぱり、あなたの思い込みなんじゃないかしら？」

「いいえ。やっぱり意味はあると思います」

「だから、どんな意味なの？」

「つまり、情報ではなく……二人の推理力を組み合わせるんです」

「似たようなものね」

「でも、やってみる価値はあると思います」

「まあ、駄目元でね。それで、どうするの？　推理と言ってもわたしには何も浮かばないわ」

「まずは話を聞いてください」

「誰の話を？」

「わたしの話です。それから、何か気になったことがあったら、教えてください」

「それなら楽でいいわ。どうぞ話して」

「当初からの大きな疑問は『どうして、白兎は殺人現場にアリスが向かったと言ったのか？』ということでした」

「それは本当に見たからじゃないの？」

「そんなはずはないんです。アリスは殺人などしていないし、現場にもいなかったのです」

「それはあなたの主張ね。でも、客観的な証拠は存在しない」

「そこが大きな問題です。でも、突破口はあると思うんです」

「突破口って？」

「今から順序立てて説明します。まず大事なことは白兎がアリスを目撃などしていないということです」

「白兎は嘘を吐いていたということなの？」

「いいえ。白兎は嘘など吐いていません」

「矛盾はありません。白兎はアリスを目撃してなんかいなかった。だけど、目撃したと思い込んだのです」

「そんなことってあり得るの？」

「あり得ます。白兎は相当目が悪いんです。目の前にいるビルが誰かわからなかったんです」

「そんなに目が悪いのに、事件現場にいたのがアリスだと断言したのよね」

「ええ」

「それっておかしいわね」広山准教授は何かに気付いたようだ。「なるほど。ビルのダイイングメッセージはそういうことだったのね。あいつ、なかなかやるじゃない」

「何かわかったんですか？」亜理は期待して言った。

「ええ。わかったわ。だけど、そんなにいいことじゃないかもしれない。もう少し考えを纏めてから説明するわ。今はあなたの推理を続けてみて」

「動物たちは視覚以外のもので、他人を認識するそうです。例えば、臭いや、赤外線や、超音波や、電磁波のようなもので。白兎は臭いで他人を識別していました。だから、チェシャ猫のように姿を消すものであっても、白兎は気付いたはずなんです」

「そう。つまり、白兎は視覚でアリスを確認したのではなかったってことよ」

「白兎はいつも臭いでアリスを認識していた。……あっ！」

「どうしたの？」

「犯人がわかったような気がします」

「それはよかったわね」

「今すぐ出掛けます」

「どこに出掛けるというの？」

「犯人がわかったので、みんなに教えないと」

「ここは現実世界よ。不思議の国に戻ってからじゃないと伝えられないわ」

「だけど、犯人を野放しにしておく訳にはいきません」

「でも、方法がないわ。次に不思議の国で目覚めるのを待つしかない」

「谷丸警部さんたちに相談するのはどうでしょうか？」

「う～ん。……どうかしら？　彼らに相談するのは、そんなにうまいやり方ではないような気がするわ。彼らは何かを隠していそう」

「そう言えば、公爵夫人を恐れている様子でした」

「本当？　だとしたら、何者かしら？　公爵夫人の使用人の誰かかも？」

「他には頼れそうな人は思い当たらないですね」

「構わないわ。まずわたしたちだけで、推理を完成させるの。そして、不思議の国に戻ったら、証拠集めをする」

「証拠集め？」

「現実世界で、どれだけ緻密な推理を組み立てても、それは机上の空論に過ぎないの。不思議の国で証拠を集めて、それで初めてあなたの無実が証明される」

「わかりました」

「それで真犯人は誰なの？」

「その前に解決しなければならない言葉があるんです。『犯人が偶然知ってしまった事実をぺらぺらと喋ってしまった人物がいる』」

「何、それ？」

「井森君の残した言葉です。正確にはビルを通して間接的に聞いた言葉ですが」

「犯人しか知りえない事実ってやつ？　でも、犯人が誰かわかったんなら、それに今更意味があるの？」

「犯人しか知りえない事実とは少しニュアンスが違うような気がします。犯人が誰かがわかっている前提で、その人しか知らないはずのことを知っている人物がいるってことではないでしょうか？」

「共犯者がいるってこと？」

「そうじゃなくて、犯人とアーヴァタールの関係にある人物がいたということではないでしょうか？　犯人しか知らないはずのことを現実世界で知っている人物がいたとすると、その人物は真犯人のアーヴァタールに違いありません」

「なかなかの推理だわ。だけど、わたしには何のことだかわからない。あなたはわかるの、栗栖川さん？」

わからない。だけど、落ち着いて考えて。ビルは本当は何を伝えようとしていたのかしら？

公爵夫人は犯人ではあり得ない。

その通り。これは疑いのない事実。じゃあ、何を疑えばいいの？

疑うべき事実？

……。

「そこをどいてくれ、メアリーアン！　時間に遅れそうなんだ！　わかるだろ！」

……。

「戻ってきたのか」

……。

「公爵夫人！」「公爵夫人！」「公爵夫人！」

「そう。公爵夫人だったわ」

……。

「びっくりパーティーの件、井森君には絶対秘密にしておいてね。当日までは二人だけの秘密よ」

……。

「彼も両方の世界に住んでたって訳ね。彼はいい人よ。この間も、ビルのためにびっくりパーティーを開くって言ってたから」

……。

「犯人が偶然知ってしまった事実をぺらぺらと喋ってしまった人物がいる」

……。

なぜ、彼女はあのことを知っていたのか？　公爵夫人は犯人ではあり得ないのに。

だとしたら、それが意味することはただ一つ。

急がなきゃ。

「先生、わたしはこれで失礼します」

「駄目よ。まだ推理は終わってない」広山准教授は亜理とドアの間に入り込んだ。

「急ぎの用を思い出したんです」

「わたしも急いでいるの。さあ、推理を完成させましょう。まずは真犯人の名前を教えて」

亜理はじっと広山准教授を見詰めた。

「それはあなたですよ、メアリーアン」

「素晴らしい推理だわ」

「そこを通してください」

「通す訳にはいかないわ。今はまだ」

「大声を出しますよ」

「その前に話合いをしましょう。わたしの話を聞いて納得できなかったら、その時は大声を出してもいいわ」

「いいでしょう。ただ、少しでも変なそぶりを見せたら、大声を出します」

「さて、どうして、わたしが犯人だとわかったの？」

「まず、犯人がメアリーアンだとわかった理由から話しましょうか？」

「それはだいたい推測が付くわ。だけど、確認のために教えて頂戴」

「白兎はアリスとメアリーアンをしょっちゅう間違えていました。年恰好も全然違うのに。でも、それは無理もなかったんです。白兎は目が悪かった。だから、臭いに頼るしかなかったんです」

「わたしとあなたの体臭が似ていたってことね」

「アリスとメアリーアンの体臭がです。わたしとあなたのことは知りません」

「ああ。確かに、現実世界のわたしとあなたの体臭が似ているかどうかは、わからないわね」

「白兎はハンプティ・ダンプティが殺された時に庭を出入りしたのはアリスだけだと言いました。でも、白兎にアリスとメアリーアンの区別が付いていなかったとしたら、容疑者はアリスとメアリーアンの二人になります。そして、アリスが犯人でないことはわたしが知っています。よって、消去法により、犯人はメアリーアンということになります」

「惜しいわ」

「今の推理、何か間違っていましたか？」

「間違ってはいない。正解よ」

「じゃあ、何が惜しいんです？」

「今の推理は他人に対して証明できないからよ」

「頭のおかしい帽子屋に白兎はアリスとメアリーアンの区別ができなかったと教えればいいんですよ」

「だから、それをどうやって実証するの？　白兎はもう死んでいるのよ。検証しようがないわ」

「白を切るつもりですか？」

「そのつもりよ」

「わたし自身が証人になります」

「あなたは被告だから、証言に効力はないわ」広山准教授は微笑んだ。「じゃあ、もう一つの謎について教えて頂戴。なぜ、あなたはわたしが公爵夫人ではなく、メアリーアンだとわかったの？」

「それはあなたがメアリーアンしか知りえない事実を知っていたからです」

「あなたに何か言った？」

「ええ」

「そんな、へまをした覚えはないんだけど」

「無理もありません。失敗したのはむしろ白兎の方です」

「彼がどんな失敗をしたというの？」

「アリスとメアリーアンを間違えたということです」

「それはいつもなんでしょ？」

「はい。でも、今回は特別でした」

「それで、わたし、何を言った？」

「あなたはこう言いました。『彼はいい人よ。この間も、ビルのためにびっくりパーティーを開くって言ってたから』」

「それがどうしたの？」

「その少し前、わたしは殺される前の李緒さんに『びっくりパーティーの件、井森君には絶対秘密にしておいてね。当日までは二人だけの秘密よ』と言われました」

「どういうこと？　白兎はわたしにもびっくりパーティーのこと、言ったわよ」

「そうです。そして、わたしは不思議の国で白兎からびっくりパーティーのことは聞かされていませんでした」

「なるほど。わかったわ。白兎――田中李緒はあなたをメアリーアンだと思っていたのね」

亜理は頷いた。「アリスとビルが白兎に話を聞きに行った時、その日、会うのは初めてだったのに、白兎はアリスに向かって、『戻ってきたのか』と言いました。つまり、アリスのことをさっきまで一緒にいたメアリーアンだと誤認していたのです。そして、その直後ビルは『この子は地球では亜理なんだよ』と教えました。この時点で、白兎は『メアリーアンは栗栖川亜理である』と誤解してしまったんです。そして、その誤解は田中李緒にも継承されてしまったんです。李緒はずっとわたしをメアリーアンだと思っていたにも拘わらず、わたしはそのことに気付かなかったんです」

「井森君は気付いていたのかしら？」

「おそらく最終的には気付いていたんでしょう。そして、たぶんビルも死の間際に気付いていた」

「『公爵夫人が犯人だということはあり得ない』こんな書き方をしたのはわざとだったのね」

亜理は頷いた。「『メアリーアンが犯人』だとか、『広山先生が犯人』だとか書けば、あなたはすぐに消したでしょう」

「ええ。きっと消したわ」

「だけど、『公爵夫人が犯人だということはあり得ない』なら、あなたが消すことはないと踏んだのでしょう」

「あなたはわたしを公爵夫人だと思ってるので、却って有利だと思ったのよ」

「公爵夫人にアリバイがあるのは、わたしも知っていました。でも、それをわざわざ書くということは、なんらかの注意喚起の意図があると感じたんです。だって、公爵夫人が犯人でないなんてことを考えなくてはならないということは、公爵夫人を犯人だと疑っていたということなんです。つまり、公爵夫人が犯人であると、疑うに足る証拠があるということです」

「つまり、公爵夫人が自分のアーヴァタールだと言っているわたしが怪しいと?」

「そうです。そして、一度あなたを疑うとすべてが繋がってきたのです。白兎にはアリスとメアリーアンの区別が付かない。そして、あなたはメアリーアンしか知らないはずの秘密を知っていた。だから、殺人現場で目撃されたのは、メアリーアンであり、そしてあなたであると」

「あなた結構頭が切れるのね。驚いたわ」

「いったいどうして、こんなにも多くの人を殺したんですか?」

「わたしは誰も殺してなんかいないわ。みんな事故か病気で死んだのよ。ああ。一人だけ殺された人もいたわね。だけど、殺したのはわたしじゃない」

「ハンプティ・ダンプティは? グリフォンは? 白兎は? ビルは?」

「ああ。その人たちというか、けだものどもを殺ったのは、わたしじゃない。メアリーアンよ。夢の中の住人であるメアリーアンが同じく夢の登場人物であるけだものどもを殺したのよ。そういう夢を見たら罪になるの?」

「単なる夢でないのは、あなたが一番よくご存知でしょう」

「夢じゃないって、どうやって証明するの?」

「わかりました。不毛な論争はやめましょう。それより、気になることを質問させていただきたいと思います。あの世界のことはいつから気付いていたんですか?」

「わたしはとっくの昔に気付いていた。もう十年以上にはなるわ。あなたたちのように、自分に危機が近付いて、初めてあの世界に気付くなんて、呑気もいいところだわ。わたしは注意深いのよ。毎日見ている夢の世界が毎回設定も登場人物も同じで、ずっとストーリーが継続していることに、気付いてからはあっという間にすべての事実を把握したわ。不思議の国もこの現実世界と同じぐらいリアルな世界で、そして人々——とけだもの——が作り出した歴とした文明を持っていると」

「危機が迫らなくても、わたしだって、もう少しで気付くところでしたよ」

「さあ、どうかしら？　なんとなくおかしいとは思っても、結局二、三日もすれば、生活の中の様々なことに紛れて忘れてしまうものよ」

「でも、あなたはそうならなかった」

「ええ。毎日、目覚めたらすぐに夢の内容を書き留めることにしたから。驚くべきことにわたしはずっと同じ世界の夢を見続けていた。夢の中でわたしは、白兎に雇われている家政婦メアリーアンだったのよ。そして、ついにメアリーアンも現実世界のことを思い出し始めていた」

「あなたは自分とメアリーアンが同一人物だと認めるんですね」

「それはどうかしらね。二人は記憶を共有しているけど、それだけで同一人物と見做(みな)していいものかどうかははっきりしないのよ。とにかく、わたしは世界の秘密に気付いた。だけど、それをどう利用していいかは見当が付かなかった」

「利用するも何も大発見じゃないですか」

「でも、そんなことを言ったら、正気を疑われるだけで、何のメリットもないわ」

「まあ。確かに」

「そんな訳で、わたしは世界の秘密を知ってもただ悶々と暮らすだけだった」

「どうして、悶々なんですか？」

「それはまた後で話すわ。……そうこうするうちにわたしは二つの世界のルールがわかってきたの」

「ルール？」

「死のルールよ。不思議の国はのんびりとした馬鹿げた世界に見えるけれど、危険は潜んでいるのよ」

「女王に首をちょん切られるとか？」

広山准教授は首を振った。「本当に女王の命令で首をちょん切られた人なんか、一人もいないわ。危険なのは猛獣よ」

「バンダースナッチですか？」

「バンダースナッチだけじゃない。ジャバウォックやジャブジャブ鳥や、それにあの奇怪なブージャムもいる」

「そう言えば、結構危ないですね」

「だから、時々犠牲者が出る訳よ。人とかけだものとかがね。不幸な事故ってやつ」

「まあ、そういうこともあるでしょうね」

「でも、そんなことは全然大したことじゃない訳よ」

「死んだ本人は違うでしょうけどね」

「そんな退屈な死亡事故の陰に大事な事実が隠されていることに気付いたのよ」

「死のリンクですね」

「そうそう」広山准教授は頷いた。「不思議の国で誰かが死ぬとこっちでも、知り合いが誰か死んでいる訳よ」

「知り合いがですか？」

「ええ。向こうで知り合いが死ぬと、ほぼ同時にこっちでも知り合いが死んだの。まあ、事故とか、病気とか、その時によって死因はいろいろだけどね」

「偶然だと思わなかったんですか？」

「最初は思ったわよ。だけど、毎回確実に起こる訳よ。不思議の国で人やけだものが死ぬのは、結構珍しいし、わたしの周囲でも人が死ぬことはめったにない。だけど、この二つは必ず同時に起こる。二つの世界で、死が繋がっているとしか考えられないでしょ。これこそ、大発見だわ。しかも実用性がある」

「実用性？」

「だって、現実世界で殺したい人がいるとして、殺したらどうなる？」

「殺人罪で逮捕されます」

「それは避けたいわね。だけど、不思議の国で殺したらどうかしら？」

「同じじゃないですか？　向こうにも法律とかありそうだし」

「でも、向こうの人間は相当間抜けだから、捕まりにくそうよ。そもそも動機がない殺人は発覚しにくいし」

「動機もなしに殺したんですか？」亜理は目を丸くした。

「もちろん、動機はあるわよ。ただし、こっちでの動機よ。向こうのわたし——メアリーアンには動機はない」

「なるほど。現実世界では、動機はあるけど、殺人じゃないので捕まらない。不思議の国では動機がないので捕まらない。という訳ですか？」

「そういう訳よ」

「それで、どうして殺人を犯したんです？　動機は何ですか？」

「わたしはね、ずっと我慢してきたのよ」

「我慢？」

「わたしは我慢することが嫌いなの。だけど、みんなはわたしに我慢を強いるの」

「それはお気の毒様」

「どうして、わたしが我慢しなくっちゃならないの？　みんなが我慢をすれば、わたしは我慢しなくてもいいのに」

「その考え方はどうでしょうか？」

「わたしに我慢を強いる人はいなくなればいいのよ」

「それで殺したんですか？　王子さんがあなたにどんな我慢を強いたと言うんですか？」

「王子？　誰？」

「ハンプティ・ダンプティの本体です」

「ああ。彼？　彼はなんでもないのよ」

「なんでもない？　どういうことですか？」

「ちょっとミスっただけよ」

「やっぱり、動機もなく殺してるじゃないですか！」

「失礼ね。動機はあったのよ。ただ、ターゲットを間違えただけ」

「王子さん、死んじゃったんですよ！」

「でも、わたしは罪に問われない。これが大事なことね」

「そうじゃなくて、人の命です。人の命は掛け替えのないものです」

広山准教授は声を立てて笑った。

「何がおかしいんですか？」

「だって、本当に信じているみたいなんだもの」

「何の話ですか？」

「人の命が大事だなんて、本当に信じている訳じゃないわよね。人を殺したら、自分が罪に問われるから、大事なふりをしているだけよね」

「違います。わたしは本当に大事だと思ってます」

「あら。そう。でも、わたしは正直者だから、そんなことは言わないわ。人の命なんて、軽いものよ」広山准教授は引き出しから、銃のようなものを取り出した。「だから、奪うことにも全く抵抗がないの」

17

ハンプティ・ダンプティは遠くを眺めていた。

そよ風が吹き、芝生が緑の波を立てた。

ハンプティ・ダンプティはゆっくりと息を吸い込み、そしてまたゆっくりと吐き出した。

満足そうに頬を緩める。

「何がそんなに嬉しいの？」女の声がした。

ハンプティ・ダンプティは全身を回転させて振り向いた。彼の頭と身体は一体化しているため、首だけで振り向くことはできないのだ。

背後の芝生の上に中年の楚々(そそ)とした女性が立っていた。

「ええと。あんたは確か……」

「メアリーアンよ。白兎に雇われている」

「ああ。そう言えば、そうだった。あんたはメアリーアンだ」

「そっちに行っていい？」

「この塀の上に？　別に構わんが、気を付けないとバランスを崩して落ちるぞ」

「あなたは平気なの？」

「俺は慣れているからな。それに、もし落ちても大丈夫だ。国王との約束がある」

「それって、馬や家来を出してくれるってやつ？」

「そうだ。よく知ってるな」

「だけど、それってどういう意味があるの？」

「意味？　俺が重要な人物だってことだ」

「でも、王様の家来が来るのって、落ちた後なんでしょ？」

「そりゃそうだよ。いつ落ちるかわからんのだから」

「だったら、無駄だわ」

「無駄かな？」

「無駄よ。壊れた玉子は二度と元には戻らないから」

「玉子？」

「あなたのことよ、ハンプティ・ダンプティ」

「俺が玉子だって？　全く笑わせるよ」

「ああ。おかしいわ」メアリーアンはけらけらと笑った。

ハンプティ・ダンプティも笑った。

「ここって結構高いのね」いつの間にか、真横にメアリーアンが立っていた。

「そうかな？　慣れるとそうでもないんだけどな」

「風も吹いているし」

「そよ風だよ」

「きっとバランスを崩すわ」

「いや。こうやってどっしりと腰掛けていれば、バランスは……。おい。何してるんだ?」

「あなたの周りに油を撒いているのよ」

「ちょっと、悪い冗談はやめてくれないか?」

「冗談? 冗談は嫌いよ」

「そんなことをしたら、滑り落ちるじゃないか?」

「そうよ。落とすために油を撒いているの」

「やめてくれ」ハンプティ・ダンプティはメアリーアンの腕を掴んだ。

「何するの? 危ないじゃないの」

「それはこっちの台詞(せりふ)だ」

「もう諦めなさい。痛みは一瞬よ。たぶん、だけど」

「自分のやっていることの意味がわかってないんだろ? 俺、ここから落ちたら死んじまうぞ」

「意味はわかってるわ。わたしはあなたを殺そうとしているの」

「どうして、殺されなきゃならないんだ?」

「あなたが悪いのよ。わたしの邪魔をするから」

「邪魔も何もあんたと俺とは殆ど付き合いがないじゃないか」

「この世界ではね。でも、地球ではごく親しいのよ?」

「地球？　どうして、俺の夢のことを知ってるんだ」

「わたしも同じ夢を見ているからよ。というか、夢じゃないんだけどね」メアリーアンはハンプティ・ダンプティの背中を押し始めた。

「俺は地球で、誰かの恨みを買っているのか？」

「ご明察。その通りよ」

「あんた、誰なんだ？　秋吉か？　所沢か？」

「誰、それ？」メアリーアンの押す力が弱まった。

「俺を恨んでそうなやつらだ」

「じゃあ、その人たちのためにも、殺さなくっちゃね」再び、力が入る。

「そんな酷いことはしていない。昼飯を奢る約束を反故にしただけだ」

「そんな程度で殺すかしら？　まあ、絶対に足が付かないのなら、やるかもね」

「じゃあ、あんたいったい誰なんだ？」ハンプティ・ダンプティはじたばたと手足を動かしてバランスをとろうとした。

「あなたに出世を邪魔された者と言えばわかるでしょ」

「わからない。俺は地球では人の出世を左右できるほど偉くはない」

「今更、謙遜する必要なんてないのよ」

「ごめん。謝るから助けてくれ」

「何を謝るというの？」

ハンプティ・ダンプティの全身はほぼ壁から飛び出しかかっていて、必死に壁の端を摑んでいる。

「その。あれだ。あんたの出世を邪魔したことだ」

「じゃあ、わたしが誰かわかったのね」メアリーアンは口元を歪めて笑った。

「いや。わからない。本当なんだ。ちゃんと謝るから教えてくれ」

「じゃあ、教えてあげる。地球でのわたしの分身は広山衡子よ。これでわかったでしょ、篠崎先生」

「何を言ってるか、わからない」

「わたしの名前を忘れたとは言わせないわ」

「いや。あんたの名前は知っている。篠崎研の准教授だ」

「なんだ。思い出したんじゃないの」

「だけど、俺は篠崎先生じゃない」

「えっ？　嘘？」メアリーアンはハンプティ・ダンプティの背中から手を離した。

「嘘じゃない。俺は地球では王子玉男っていう中之島研のポスドクだ」

「だって、その体型、篠崎先生にそっくりだわ」

「メアリーアン、あんたの体型は広山先生の体型とそっくりなのかい？」

　メアリーアンはしばらく考えた。「いいえ。全然違うわ。広山衡子はもっと背が低くて、小太りよ」

「ほら。体型では決められないんだよ。だいたい体型だけの理由で、俺を篠崎先生だと決め付けるのは、大雑把過ぎるだろ」

「考えてみると、もっともね。体型が似ている人なんか山ほどいるし」

「いや。だから、体型は二つの世界で、リンクしないんだって」

「じゃあ、どうすれば篠崎先生が見つかるのかしら?」

「訊いてみるしかないんじゃないか?」

「『あなたは篠崎先生ですか?』って、訊いて回るの? そんなことをしたら、わたしが篠崎先生の分身を捜しているって、みんなにばれちゃうじゃない」

「逆だろ。篠崎先生に『あなたは不思議の国では誰なんですか?』と訊けばいい。これなら、ばれるのは篠崎先生一人だ」

「なるほど。それは名案だわ」

「じゃあ、誤解だとわかったんなら、さっさと俺から離れてくれるかな? 真横に立たれると、どうも落ち着かない」

「あら。そんなこと、駄目よ」

「どうして? あんただって、ここにいる意味はもうないだろ」

「それを今考えているところ。ところで、あなた、わたしが『篠崎先生の命を狙っていると言ったのは全部冗談だった』と言ったら、信じるかしら?」

「もちろん、信じるよ」ハンプティ・ダンプティの顔に焦りの色が見えた。「だから、誰にも言わない」

「あら。それは有難いわ。でもね」メアリーアンは再びハンプティ・ダンプティの背中に手を当てた。「あなたにぺらぺらと計画を喋ってしまったので、もう引き返すことはできないわ」

「俺は誰にも言わないって!!」

「その言葉を信じていい証拠はある?」

「天地神明に誓って誰にも言わない」

「いいえ。一点でも疑わしいことがあれば、計画はいっきに崩壊するわ。あなたを信じるなんてリスクは背負いたくない」

「じゃあ、どうすればいいか、話し合おう。互いに覚書を交わすとか、そういうことで、保証はできると思うんだ」

「さようなら」メアリーアンはハンプティ・ダンプティの背中を強く押した。

「だから、俺は絶対に言わな……」ハンプティ・ダンプティの身体は宙に浮いた。

ハンプティ・ダンプティは手をぶんぶんと振り回した。

両手の指先が壁の上端に辛うじて引っ掛かった。

「助けてくれ、今ならまだ間に合う」ハンプティ・ダンプティは懸命に説得を続けた。

「そう。今なら間に合うわ。あなたの口を封じれば、まだまだ計画の遂行は可能よ」メアリーアンはハンプティ・ダンプティの指を踏み付けた。

「やめてくれ。俺の身体は壊れやすいんだ。この高さから落ちたら、確実に死んでしまう」

「そうでしょ。だから、この殺し方を選んだのよ」メアリーアンはハンプティ・ダンプティの顔を蹴った。

ハンプティ・ダンプティの顔にひびが入った。「嫌だ。死にたくない」

メアリーアンは何も答えず、さらに顔を蹴った。

殻が飛び散り、落下した。

ハンプティ・ダンプティから目鼻がなくなり、どろりとした中身が見えた。

「あら思ってた中身と違うわ。黄身と白身がはっきり分かれている訳じゃないのね」

「しゃ、しゃ、しゃ……」ハンプティ・ダンプティの口の付近も相当割れてしまったので、うまく喋れないようだった。

メアリーアンはハンプティ・ダンプティの右肩を踏み付けた。

肩の部分の殻が砕け散った。

右腕が壁の頂上にぶら下がっている。

メアリーアンは右腕を蹴り飛ばした。

右腕はすとんと地上まで落下した。

「助けてくれ。何でもする」ハンプティ・ダンプティは左手でぶら下がりながら言った。

「何でもするの？　じゃあ、死んで頂戴」

メアリーアンはハンプティ・ダンプティの頭を踏み付けた。

ぐしゃりと潰れ、粘度の高い液体が零れ落ちた。

左腕がすっぽりと抜けた。

次の瞬間、ハンプティ・ダンプティは地面に到達した。

べちゃべちゃと汚い音を立てながら、しばらくの間、殻から溢れ出たハンプティ・ダンプティの中身は地面の上で蠢（うごめ）いていたが、すぐに動かなくなった。

メアリーアンはするすると梯子を伝って、ハンプティ・ダンプティの残骸の横に立った。

殻の中には、赤黒い組織がびっしりと詰まっており、それらが徐々に生気を失いながら、てんでんばらばらに動き続けていた。

「結構生命力強いのね」

砕け散った殻の中に微かに目のようなものが見えた。

メアリーアンは目に見詰められていると実感した。


「両手いっぱいの生きたままの牡蠣をいっきに頬張って飲み込んだら、それはもう至上の美味よ」メアリーアンはグリフォンに言った。

「本当かい？」グリフォンは問い返した。

「当たり前じゃないの。どうして、わたしが嘘なんか吐かなくっちゃならないの？」

「俺を騙そうとしているのかも？」

「だから、あんたを騙して、わたしにどんな得があるというの？」

「ふむ」グリフォンはしばし考え込んだ。「確かに得はなさそうだ」

「じゃあ、食べてみて」メアリーアンはグリフォンの両手に牡蠣を載せた。

「こりゃまた凄い量だな」

「これをいっきに頬張らないとおいしくないのよ」

「嘘だ!!」牡蠣の一匹が言った。

「おい。聞いたか？」グリフォンが目を丸くした。

「何を？」

「貝の言葉だ」

「立派な大人がたかが貝の言葉なんか気にするもんじゃないわ」

「そう言えば、そうだな」グリフォンは掌にできた貝の山に口を近付けた。

「騙されるな!!」

「おい。聞いたか?」グリフォンが言った。

「何を?」

「貝の言葉だ」

「だから、立派な大人がたかが貝の言葉なんか気にするもんじゃないって言ってるでしょ」

「ああ。そうだったな」グリフォンは再び掌にできた貝の山に口を近付けた。

「騙されるなって言ってるじゃないか!!」牡蠣の一匹が言った。

「まただ」グリフォンが言った。「騙されるなって」

「嘘っぱちよ」

「どうして、牡蠣が嘘を吐くんだ？　何の得がある？」

「あんたが嘘を信じたら、牡蠣どもは少なくとも、今回は生き延びることができるかもしれないじゃない」

「確かに、俺が食わなかったら、こいつらの命は助かることになるな」グリフォンはぽりぽりと頭を掻いた。「だとしたら、食わないのが正解かも」

「何馬鹿なことを言ってるの？　命は互いに食べ合うようになっているのよ。絶対に命を奪いたくないのなら、餓死するしかないわ。それに、この子らも無駄に死んで腐るよりもあんたに食べられた方が有意義な命の使い方ができるってものよ」

「俺たちはただ死にたくない訳じゃないぞ！」牡蠣の一匹が言った。「無駄に死にたくないだけだ」

「いいえ。あなたたちは有意義に死ねるわ」

「そんなこと、嘘っぱちだ!!」

「どうすりゃいいんだ？」グリフォンは頭を抱えた。

「食べたくないのなら、やめなさい！　せっかく人が親切で教えてあげたのに!!」メアリーアンは吐き捨てるように言った。

「怒らせたのなら、すまない。食べたくない訳じゃないんだ」

「じゃあ、食べればいいじゃない。あんたは満腹になるし、わたしも助言を聞いて貰って気分がよくなるわ」

「でも、こいつらは嬉しくないかもな」

「大丈夫よ。この子たちは死ぬんだから、もう苦しまなくて済むのよ。八方丸く収まって、誰も不幸にならないわ」

「騙されるな‼ 俺たちは幸せにはならないぞ！」牡蠣の一匹が言った。

「幸せにならないって言ってるぞ」

「ちょっと待ってね」メアリーアンは懐から瓶を取り出すと、牡蠣たちにその中身を振り掛けた。

牡蠣たちはいっせいに物凄い悲鳴を上げ出した。

「何をしたんだ⁈」グリフォンが尋ねた。

「酢を掛けたのよ。これで味が引き締まるわ」

「でも、こいつらは苦しんでいるよ」

「そりゃ、酢を掛けたんだもの。可哀そうに、彼らはこのまま苦しみ抜いて死んでいくのだわ」

「どうして、そんな酷いことを？」

「だから、味が引き締まるからよ」

「どうすりゃいいんだ？」グリフォンは両手の上で苦しみ悶える牡蠣たちを見て途方に暮れているようだった。

「楽にしてやることね」

「どうすれば楽になる？」

「死なせればいいのよ。この子たちをいっきに飲み込んでおなかの中で窒息させるの」

「助けてー!」「助けてー!」「助けてー!」「助けてー!」

牡蠣たちは口々に叫んでいた。

「本当にそれで助かるんだな」グリフォンはメアリーアンに確認した。

「ええ。助かるわ」

グリフォンはこくりと頷くと大きく嘴(くちばし)を開いた。そして、泣き叫ぶ牡蠣たちを口に入れようとした。

「こ、これは……」グリフォンは牡蠣を嘴に当てただけで、すぐに離した。

「どうしたの?」

「無理だ。いっきには入らない」

「そんな甘えたことを言ってちゃいけないわ」

「しかし、無理なものは無理だ」

「無理じゃないわ。じゃあ、わたしが入れ方を教えてあげるわ」

「そうかい。じゃあ、お願いするよ」

「まず大きく嘴を開けるのよ」

「こんな感じかい?」

「もっと大きく顎がはずれるぐらいに」

「顎がはずれたら、まずいだろ」

「まずくなんかないわ。もしはずれてもわたしが助けてあげるから」

「そうか。それなら安心だな」グリフォンはさらに大きく嘴を広げた。

グリフォンの顎が鈍い音を立てた。

「あっ……」グリフォンが声を漏らした。涙が一筋流れ落ちた。

メアリーアンは数十匹の牡蠣をグリフォンの口に押し込んだ。

グリフォンは不平の声を上げて、顔を背けようとした。

だが、メアリーアンは素早く牡蠣たちを押し込んだ。「躊躇(ためら)っていたら、おいしくないわよ!!」

「うごうごご」グリフォンは呻(うめ)いた。

両手いっぱいの牡蠣の殻ががっちりとグリフォンの嘴を塞いだ。

グリフォンの喉の奥からぎゅううと音がした。

グリフォンはメアリーアンの手を払いのけようとした。

メアリーアンの目が吊り上がった。左手でグリフォンの頭を摑み、右手で牡蠣を押し込もうとした。

グリフォンは目を白黒させ、逃げ出そうとした。

だが、メアリーアンはグリフォンの身体に抱きつくように飛び乗り、さらに牡蠣を押し込んだ。

本来、グリフォンの力は相当強いはずだった。だが、全く予想外に窒息してしまったため、パニックでうまく力を出せなかったうえ、すでに酸欠になりかかっていて、筋肉が機能しなくなりつつあった。

グリフォンは恐怖の眼差しでメアリーアンを見た。膝から力が抜け、座り込んでしまった。

メアリーアンは高笑いをした。「どうしたの？　驚いているの？　そうよ。あんたは死ぬの」

グリフォンは力なく、両手を振った。

「わたしに何かの間違いだと言っているの？　残念でした。わたしは間違ってなんかいないわよ、篠崎先生」

グリフォンの目は何かを伝えようとしているようにも見えたが、すでにとろんと瞼（まぶた）が垂れ下がり、光を失いかけていた。

「自業自得なのよ。せっかく研究室が増えたのに、わたしを新しい教授に推薦しないから。若い助教にいきなり研究室を任せるって、あんたどうかしているわよ」

グリフォンはもごもごと何かを言おうとしているようだった。

「何？　牡蠣が詰まってもごもごとしか聞こえないわ。もっとはっきり喋って頂戴」メアリーアンはまた高笑いをした。

グリフォンの喉が大きく波打った。

牡蠣のかたまりが少し動いたが、メアリーアンは全力で押し戻した。

今度はグリフォンの腹が波打った。

だが、メアリーアンは押し続けた。

牡蠣の間から黄色い液が滲み出した。おそらく胃液だろう。

メアリーアンの服を濡らしたが、彼女は気にしなかった。

グリフォンは目を見開き、何度も身体をくねらせた。

「どうやら、気管に胃液が入ったらしいわね。だから、今咳をしてるのね。でも空気を吸えないから、肺が痙攣しているだけで、空気の出入りがないから、こんな静かな咳なのね」メアリーアンは美しく幸せそうに微笑んだ。

グリフォンは天を仰ぎ、そのままどうと後ろに倒れた。

メアリーアンは胸の上に跨り、牡蠣を圧迫し続けた。

グリフォンは白目を剥き、弱々しくいやいやの動作をした。

メアリーアンは力を緩めなかった。

ここで一息でも息を吸われたら、いっきに力を取り戻すに違いないわ。そうなったら、とっても厄介だわ。確実に息の根を止めておかなくっちゃ。

グリフォンはようやく自分の状況に気付いたのか、メアリーアンの喉に手を伸ばし、摑んだ。

「どうするつもり？　今から殺し合いをする？　いいわよ。だけど、あんたは圧倒的に不利だけどね。もうあんたの脳は酸欠でしょ。正常な判断もできない状態ね。今からわたしの首を絞めても、そう簡単に殺せないと思うわよ」

グリフォンの鋭い爪が喉の皮膚に食い込んだ。

だが、ちくりとする程度だった。呼吸は楽にできるし、血流も滞りない。

もう一方の手もメアリーアンの喉に掛かった。

メアリーアンはあははと笑った。

笑いが止まり、喉がこっと音を立てた。

まだ、こんな力が残ってたのね。

息が詰まる。

だが、メアリーアンは手を休めなかった。

グリフォンが死ぬか気絶すれば必ず手は緩む。だけど、わたしが油断してグリフォンに息をさせたら、わたしの首なんか一撃でへし折られてしまうわ。

グリフォンの目に黒目が戻った。メアリーアンの顔を見詰めている。

メアリーアンは全力で微笑んだ。

グリフォンの黒目はすっと瞼の裏に流れた。

ゆっくりと瞼が閉じていく。

手がだらりとメアリーアンの首からはずれた。

一度だけがくがくと痙攣し、そして静かになった。

死んだのかしら?

胸に耳を付けて確認したいところだけど、ここは我慢よ。下手に手を離したら、取り返しの付かないことになるかもしれないもの。

メアリーアンはゆっくりと数を数え始めた。

人間の場合、窒息すると、一分半ほどで仮死状態になるとされている。グリフォンの場合、どの程度もつのかわからないが、陸上生物なのでおそらく同じ程度だろう。大事をとって、五分間待つことにした。五分たてば確実に仮死状態だろう。

ぶりぶりと汚い音がし、悪臭が漂ってきた。

まあ。こいつ脱糞したんだわ。なんという嫌がらせかしら！

メアリーアンは一瞬後ろを振り返った。

その瞬間、グリフォンがメアリーアンの両手首を摑んだ。

「やっぱりまだ生きてたのね」メアリーアンは牡蠣を押し続けていた。

また、力がなくなった。

メアリーアンは数を数え続ける。

三百まで数えた。貝の半分は喉の奥に押し込まれてしまった。おそらく気管にも相当詰まっているのだろう。

メアリーアンは深呼吸すると、牡蠣から手を離し、同時にグリフォンの喉に爪先から飛び乗った。

グリフォンの身体はぐらついた。だが、自発的な動きはない。

どうやら本当に死んだようだ。

「人殺し！　人殺し！」牡蠣たちは騒いでいた。

メアリーアンは懐から畳針を取り出し、一匹ずつ牡蠣を刺し貫いていった。

「ありがとう。あなたたちはとても役に立ったわ。無駄に命を失ったんじゃなくて、とても役に立ったのよ。だから、喜んで死になさい」

「嫌だ！　嫌だ！」

やがてその声も少しずつ少なくなり、そして完全に途絶えた。

メアリーアンは立ち上がると、人けのない海岸を後にした。


「こんなものが届いていましたよ」メアリーアンは箱を取り出した。

赤と白のリボンがぐるぐる巻いてあって、大きな字で『くさかりき』と書かれている。

「はて」白兎は眼鏡を掛けなおした。「何かね、これは？」

「『くさかりき』と書いてあります」

「『くさかりき』？　はて？」

「思うに、『草刈り機』のことではないかと」

「草刈り機？　なるほど。草刈り機か、ちょうど欲しかったんだ！」白兎は箱を抱き締めた。

「今、『草刈り機』って言った？」ビルが部屋の中に飛び込んできた。そのままの勢いで反対側の壁にぶつかり、ひっくり返って、床の上を滑りながら、椅子やテーブルを薙ぎ倒した。

「騒々しい！」白兎が叱り付けた。

「えっ？　草刈り機って騒々しいの？」ビルが尋ねた。

「なぜ、おまえは落ち着いて行動できんのだ？」

「仕方ありませんよ」メアリーアンは言った。「だって、ビルですから」

「ビルだものなぁ」白兎は溜め息を吐いた。

「納得したんだったら、早く草刈り機を見せてよ」

「駄目だ」白兎は言った。「これはわし宛てに来たんだから、わしが最初に見る権利がある。わしが見た後なら、いつでも見せてやる」

「そんなぁ……」

「後で見せてくれるって、おっしゃってるんだから、我慢しなさい、ビル」

「ちぇっ」

白兎はよたよたと寝室へ向かって、自分の背丈ほどもある箱を運び出した。「結構、重いぞ、これは」

「なにしろ草刈り機ですからね」

「そうだ。草刈り機なんだ」白兎はうっとりとした顔になった。

「ところで、草刈り機って何？」ビルが尋ねた。

「草を刈る機械よ」

「ふうん。そうなんだ」

「おまえ、草刈り機のなんたるかを知らずに騒いどったのか？」

「うん。そうだよ。でも、今草刈り機のことはわかった。メアリーアンが教えてくれたから、あとはその『ナンタルカ』が何かを教えて貰えば完璧だよ」ビルが言った。

「メアリーアン、とにかくわしが草刈り機を眺めている間、こいつを静かにさせておいてくれ」白兎が言った。

「草刈り機って静かにさせないと喧(やかま)しいの？」ビルが尋ねた。

白兎はビルを無視して、寝室に入るとぴしゃりとドアを閉めた。

「今日の白兎、なんか感じ悪いな」ビルが言った。

「草刈り機が手に入って、少し興奮しているのよ。しばらくすれば、また機嫌が直るわ」メアリーアンが宥めた。

突然、ドアが開いた。

白兎が立っている。

「どうかされたんですか？」メアリーアンが尋ねた。

「リボンがぐるぐる巻かれ過ぎて解けないんだ。鋏(はさみ)をとってくれ」白兎が言った。

「僕が食い千切ってあげようか？」ビルが鋭い牙を見せた。

白兎は身体を震わせ、露骨に不快感を見せた。「結構だ」

「はい。鋏です」メアリーアンは鋏を手渡した。

白兎は再び音を立てて、ドアを閉めた。

「白兎の機嫌はまだ直ってなかったよ」

「あと、二、三分の辛抱よ」

「なんてことだ！」白兎の叫び声が聞こえた。

「一分以内かも」メアリーアンは呟いた。

「これは草刈り機なんかじゃない！　スナークだ‼」白兎の叫び声が続いた。

「やったあ！　凄いや！」ビルも叫んだ。「僕、ずっとスナークが見たかったんだ！」

「あら。そうだったの？」

「ねえ。そのスナークは羽があって噛み付く方？　それとも、髭があって引っ掻く方？」

返事はない。

「意地悪しないで教えてよ」

「ブー……」白兎の声は掻き消えるように突然止まった。

「えっ？　何だって？」

「『ブー』って聞こえたわ」

「僕にもそう聞こえたよ。でも、『ブー』ってどういう意味かな？　僕が答えを間違ったってこと？」

「あなたは質問したのよ。答えを言ったんじゃない」メアリーアンはほとほと呆れて言った。

「じゃあ、誰が答えを間違ったの？　白兎？」

「白兎さんはまだ答えを言ってなかったわ。それに自分で自分の答えに『ブー』って言うのはおかしいでしょ」

「ねえ」ビルはどんどんとドアを叩いた。「誰が答えを間違ったの？」

返事はなかった。

「おかしいわね」

「えっ？　今、誰か冗談言った？」

「ビル、ドアを開けましょう」

「でも、白兎は後で見せるって言ってたよ」

「きっと、もう白兎さんはスナークを見てるわ。だって、見てなかったら、『スナークだ‼』なんて叫ぶはずがないもの」

「うん。それもそうだね」ビルは頷いた。そして、じっと黙ったまま立っていた。

「何してるの？　ドアを開けて」

「どうして？」

「白兎さんが叫んだまま返事がないから。ひょっとしたら、病気か怪我で喋れないのかもしれないわ」

「そいつは大変だ」ビルはドアを開けた。

部屋の中には誰もいなかった。

ただ、テーブルの上に空き箱だけがあった。

「白兎はどこに行ったんだろう？　窓から出たのかな？」

「ビル、見て頂戴。窓には全部内側から鍵を掛けてある。この部屋からは天井裏にも床下にも行けない。出口はわたしたちが見ていたドアだけ」

「知ってるよ。どうして、そんなこと言うの？」

「この部屋が密室だったと証言するためよ。さあ、ビル、頭のおかしい帽子屋を呼んできて。『白兎さんがブージャムにやられましたって』」

「どうして、頭のおかしい帽子屋を呼ぶの？」

「彼はアリスがやった連続殺人事件の捜査をしているから」

「アリスは殺してないって言ってるよ」

「ビル、あなた信じてるの？」

「だって、本人がそう言ってるから……」

「嘘かもしれないわ」

「アリスはあんまり嘘を吐かないよ」

「嘘じゃないって証拠はある？」

「ええと……ないと思うよ」

「白兎さんは殺人現場でアリスを目撃した唯一の証人だったわ」

「へぇ〜。そうだったんだ」

「あなたが知らないっていうのは相当の驚異だけど、まあそれは構わない。白兎さんが死んで得するのは誰だと思う？」

「ええと。……白兎のことが嫌いな人かな？」

「クイズをしているつもりはないので正解を言うけど、アリスよ」

「ええっ?!　どうして？」

「アリスが犯人だという唯一の証言者だからよ。彼が死んだら、アリスが犯人だと証言する人がいなくなるの」

「白兎は人じゃないよ」

「彼が死んだら、アリスが犯人だと証言する獣がいなくなるの」

「それじゃあ、アリスは得だね」

「さっきからわたしはずっとそう言ってるんだけど」

「ああ。よかった。これでもうアリスは疑われなくて済むんだね」

「あなた真犯人が逮捕されなくていいの？」

「どっちでもいいよ。でも、アリスは好きだから、逮捕されて欲しくないな」

「呆れた蜥蜴ね。でも、残念ながら、アリスは助からないわ」

「えっ？　どうして？」

「白兎さんが死んで一番得をするのがアリスだからよ。必然的に彼女が最初に疑われるわ」

「そりゃ大変だ！……ん？　変だよね」

「何が変なの？」

「白兎が死んだら、アリスは得をするんだよね」

「ええ。そうよ」

「でも、白兎が死んだから、アリスが疑われるんだよね」

「ええ。そうよ。得をするのは彼女だから」

「でも、疑われるんだったら、アリスは白兎を殺したら、損をするじゃないか」

あら。この蜥蜴、結構鋭いじゃないの。

「本当は損をするんだけど、一見得をするように思えるからよ」

「全然わからないよ。わかるように言って」

「つまり、損をするって、アリスは気付かなかったのよ」

「得しかしないと思ったから、アリスは白兎を殺したの？」

「そうなるわね」

「だけど、メアリーアンは損をするって気付いたんだよね」

「ええ。もちろんよ」

「だったら、おかしいよ」

「何がおかしいっていうの？」メアリーアンはかなり苛々してきた。

「だって、メアリーアンよりアリスの方が賢いんだから、メアリーアンが気付いたなら、アリスも気付いたはずだよ」

メアリーアンの心に沸々（ふつふつ）と怒りが込み上げてきた。

わたしより、あの小娘が賢いですって？　何、世迷言を言ってるのかしら、この蜥蜴。でも、ビルには白兎の最期を証言して貰う仕事がある。もう少し我慢しなくては。

「アリスの方が賢いって本当かしら？」

「本当だよ。アリスは賢いんだ」

「わたしだって、賢いわよ」

「僕よりはね。でも、アリスほどじゃない」

「どっちが賢いかはきっともうすぐはっきりするわ」

「どういうこと？」

「最後に笑うのは誰かということよ」

「ますますわからないよ」

「あなたはわからなくていいわ。ぐずぐず言ってないで、早く頭のおかしい帽子屋を呼んできなさい！」

ビルは不服そうに唇を尖らせたが、黙って家を出ていった。

とりあえず一山は越えたわ。

考えてみると、白兎に見られた——というか嗅がれたのは誤算だった。だけど、アリスと間違ってくれたのは、嬉しい誤算だった。問題は、白兎がそのうち自分の間違いに気付くんじゃないかということだった。

だから、メアリーアンは白兎を殺すことにしたのだ。白兎を殺してしまえば、もう自分の間違いに気付くことはない。しかも、アリスへの疑いをさらに増すこともできる。まさに一石二鳥だ。

「ごめんなさいね、白兎。わたしはあなたに恨みなんか全然ないの。地球でも、殆ど接点ないし。だけど、あなたは目撃者になってしまった。運が悪かったのよ。だから、諦めてね」メアリーアンは発作的に笑い出した。

ただ、心の隅に微かな不安が生まれていた。

ビルが垣間見せた微かな閃き。あれは何だったのだろう？

「あら。まだ生きていたの？」メアリーアンは足元で這いずるビルを見下ろした。

ビルは力なく、メアリーアンを見上げる。

こいつだ。こいつが真犯人、そして広山衡子だったんだ。僕はついに真相に辿りついた。だけど、それをみんなに伝える術がない。

メアリーアンは二階の奥の暗闇から現れた。そして、ゆっくりと近付いてくる。

燻り狂えるバンダースナッチは？　あいつはメアリーアンを襲わないのか？

「わたしがバンダースナッチを恐れてないのが不思議なのね。でも、教えてあげないわ。特殊な調教術を使っているのだけど、それは極秘事項なの」

確かに、メアリーアンはブージャムの扱いにも慣れていたし、この世界にはきっとそういった秘密がたくさんあるんだろうな。

メアリーアンは爪先で、ビルの腹を探った。

ビルは素速くメアリーアンの足を掴み、爪を立てた。

「ひっ！」メアリーアンは拳を振り上げ、ビルの頭を思い切り殴った。

ビルは思わず手を離した。

「結構しつこいわね。バンダースナッチ！　こいつの下半身をもっと食い千切って！」

両足が付け根の部分からなくなった。

もはや感覚が麻痺してよくわからなかったが、どうやら生殖器もなくなったようだった。

ごめんよ、井森。僕が不注意なことをしたばかりに、きっと君も死んでしまうんだね。

「何、恨めしそうな目でわたしを見ているの？」メアリーアンは言った。

僕、そんな目で見てたかな？　きっと、メアリーアンにも少しは良心の呵責(かしやく)があるんだろうな。だから、僕の目がそんなふうに見えるんだ。

「元はと言えば、あんたが悪いのよ。大人しくしていればいいものをアリスと一緒に事件に首を突っ込んでくるんだから」

それって僕が悪いのかな？　いいや。悪いのはメアリーアンだ。メアリーアンはもう三人も殺している。そして、たぶん僕は四人目だ。

「バンダースナッチ、もっとよ！」

衝撃が走った。そして、やはり痛みは殆どなかった。

振り返ると、腰までがなくなっていた。

傷口から血と赤い管のようなものが流れ出していて、管から汚い泥のようなものが噴き出していた。

あれって、うんこかな？

「まだ、生きてるんだ。偉いわね」

ああ。僕って、感心されるほど偉いんだ。まあ爬虫類だから、生命力はそこそこあるけどね。でも、下半身がなくなったら、たぶんそんなにはもたない。このままここで死んじゃうんだろうな。これもアリスのせいにされちゃうのかな？　アリス可哀そうだな。何かアリスにしてあげられることはないかな？

そうだ。なんとかいうやつ。……ダイイングメッセージ。あれをすればいいんだ。僕の血はここにたくさんあるから。ここに書けばいいんだ。

で、なんて書こう？

「犯人はメアリーアンです」

それだと、すぐに消されちゃうな。

じゃあ、メアリーアンにはわからないけど、アリスにはわかるように書けばいいんだ。幸いなことにアリスはメアリーアンよりも頭がいい。ただし、残念なことに僕はメアリーアンより頭が悪い。

でも、僕には井森の知識がある。それと井森の考え方の記憶もある。井森ならどうするか考えるんだ。

メアリーアンの名前を出してはまずい。じゃあ、一見関係のないクイズのようなものにすればいいのかな？　駄目だ。訳のわからないことを書いたら、逆に警戒されて消されてしまう。

じゃあ、どんな言葉なら消されない？

メアリーアンにとって、有利な内容なら消されないだろう。

「メアリーアンは犯人じゃない」

メアリーアンじゃないと書いてあるから、メアリーアンにとっては不利じゃない。しかし、アリスにとっては逆にメアリーアンを疑う切っ掛けになる。

駄目だ。メアリーアンは自分の名前が出ている時点で消してしまうだろう。

「広山先生はメアリーアンだ」

これも同じ意味で駄目だ。しかも、広山先生が嘘を吐いていることまで暴いてしまっているから余計に消されるだろう。

「広山先生が犯人だ」「広山先生は犯人じゃない」

どちらも広山先生に注意を向けるのには充分だけど、メアリーアンは自分の分身の名前を残したくはないだろう。

広山先生は「自分のアーヴァタールは公爵夫人だ」と嘘を吐いた。公爵夫人には鉄壁のアリバイがあるから咄嗟に吐いた嘘だ。だったら、メアリーアンは公爵夫人への言及は安全の範囲内だと考えるかもしれない。

ビルは自分の思考に自信が持てなかった。日頃から相当鈍い方だし、今は失血のため、意識が朦朧（もうろう）としている。

だが、今はダイイングメッセージに賭けるしかない。仮にメアリーアンに消されてしまったとしても、事態が悪化する訳ではない。駄目で元々だ。

ビルは人差し指を自分の血の中に浸した。

そして、目の前の床に置く。

もう目は何も見えなくなっていた。

どうかうまく書けますように。

ビルは書き始めた。

公爵夫人が

メアリーアンはビルのやろうとしていることに気付いて近付いた。

「公爵夫人？　わたしの嘘を暴こうとしているの？　残念でした。すぐに消してあげるわ」メアリーアンは血文字を踏み付けようとした。

公爵夫人が犯人だと

「あら？　何を書こうとしているの？」メアリーアンは踏まずに、足を下ろした。

公爵夫人が犯人だということはあり得ない。

「これはどういうこと？　ひょっとして、あなた、わたしに気付いていないの？　それとも、錯乱して訳のわからないことを書いたの?」

だが、もうビルは動かなかった。

メアリーアンはビルのダイイングメッセージを眺めしばらく考え込んだ。

「これはわたしにはむしろ有利だわ」メアリーアンは呟くと、その場から離れた。「バンダースナッチ、外に出ていなさい」

メアリーアンが去った後、ビルは静かに微笑んだ。

そして、本当に動かなくなった。

18

亜理は息を飲んだ。

殺される。

「これが何か知ってる?」広山准教授が亜理に尋ねた。

「銃ですか?」

「銃と言えば銃ね。これは鋲(びょう)打ち銃よ」

「やはり銃ですか?」

「厳密に言うと、銃というよりは工具ね。コンクリートや鉄板に釘なんかを打ち込む時に使うの。でも、原理は銃と同じなの。だから、鋲打ち銃と呼ばれている。猟銃と同じく許可証も要るの。だから、正真正銘の銃だわ」

「普通の銃みたいに使えるんですか？」

「普通の銃みたいに使うのはちょっと難しいわね。先端を接触させないと発射しないようになっているから。だから、殺人に使う時は銃口を相手に触れさせなければならない」広山准教授は立ち上がり、亜理に向かって一歩近付いた。

「近寄らないで」亜理は掠(かす)れた声で言った。

「怖いのね」

「ええ。だけど、パニックを起こすほどではありません」

「本当に？　じゃあ、今から安全装置をはずすわね」広山准教授は鋲打ち銃を操作した。

かちりと小さな音がした。

「わたしを殺したら、捕まりますよ」

「そうかもね。だけど、わたしには殆ど選択肢がないの。今、ここであなたを殺さなかったら、不思議の国で死刑になるかもしれないものね。そうだ。あなたが突然襲い掛かってきたので、正当防衛で仕方なく殺したことにするわ」

「そうはさせない」

亜理は悲鳴を上げた。

廊下を人々が走ってくる音がした。

「何のつもり？」

「これであなたは取り押さえられます」

「みんな、わたしとあなたとどちらを信じるかしら？」

「銃を持っているのはあなたです。それに、わたしがあなたを襲ったなら、わざわざ自分から声を出して人を呼んだりはしないでしょう」

「本当にそうかしら？」

「疑われても構いません。わたしが調べられるのなら、あなただって調べられます」

「調べられて困ることは何もないわ」

「わたしはみんなに『メアリーアンが殺人犯だ』と伝えます。そうすれば、不思議の国での捜査も進展があるはずです」

「そんなことをしても無駄だわ」

「どうして、無駄だと言えるんですか？」

「わたしはまんまと逃げおおせるからよ」

ドアが開いた。

「何かありましたか？」数人の人間が飛び込んできた。

広山准教授はにやりと笑った。

何？　どんな手を使うつもり？

亜理は胸騒ぎを感じた。

「わたしを強請るなんて大した度胸ね、栗栖川さん」広山准教授は言った。

亜理は広山准教授が何を言っているのか、わからなかった。

強請る？　わたしが広山先生を強請ったってこと？　そんなめちゃくちゃな思い付きのような嘘を言ってどうするつもり？

「だけど、わたしはあなたになんか負けない。逃げおおせるのよ」広山准教授は鋲打ち銃の銃口を自らの眉間に当てた。

「バイバイ、アリス」

誰も動かなかった。殆どの者はその行為の意味を理解できなかったのだろう。

広山准教授は引き金を引いた。

彼女はばたりと倒れた。

彼女の眉間には一本の釘が突き刺さっており、鼻と口から止めどもなく、血が流れ続けた。

亜理はこの時メアリーアンは連続殺人の犯人であるとともに、アリスの無実を証明する唯一の証人であったことに気付いた。

19

犯人を突き止めることができたのに、わたしの立場が前よりもいっそう危ういものになっているというのは、いったいどういうことなのかしら？

　森の中で木の幹に寄りかかって座りながら、アリスは途方に暮れていた。まさか、広山准教授――メアリーアンがあんな逃走の仕方をするとは思ってもみなかったのだ。

　あれはつまり、どうせ死ななくてはならないのなら、できる限りわたしに嫌がらせをして死のうとしたんだわ。本当に酷い。わたしはあの人に恨まれるようなことは何一つしていないのに。

　ああ。本当にどうしよう？　このままだとわたしは四件の殺人の容疑だけではなく、メアリーアンの死亡にまで関わり合いがあると見做されるかもしれないわ。

　そう言えば、メアリーアンはどんな死に方をしたのかしら？

　考えてみたら、メアリーアン自身も被害者なのかもしれないわ。元凶は広山先生なんだから、メアリーアンはたまたま広山先生の分身だったというだけで、突然死ななくてはならなかったのよ。

　アリスは溜め息を吐いた。

　でも、まあなるようにしかならない。頭のおかしい帽子屋と三月兎にすべてを話すしかないわ。運が良ければ、信じてくれるかもしれない。そして、その話を元にわたしの無実を証明する証拠を見付け出してくれるかもしれない。

　それに現時点でも、多少説得力が欠けるにしても証拠が皆無って訳でもないしね。

「お嬢さん？」フードですっぽりと頭が覆われた人物が突然話し掛けてきた。

「えっ？　何？」

「失礼ですが、あなたはアリスさんですか？」声の感じからすると、年配の女性らしい。

「ええ。そうよ」

「ああ。よかった。あなたをずっと捜していたのですよ」

「わたしを？　珍しいこともあったものね」

「珍しくはないでしょう。あなたを捜す人は多いんじゃないですか？　なにしろ相当な有名人なんだから」

「有名って言ったって、あれでしょ？　連続殺人犯としてでしょ？　そして、身の潔白が証明できなければまもなく死刑になるのよ」

「わたしが参ったのは、その件に関してです」

「死刑の日程が決まったの？」

「あなたを死刑から救うことができるかもしれません」

「気休めはよして」

「気休めではありません。……では、こう言えば信じて貰えますか？　真犯人はメアリーアンです。いや。『でした』と言うべきかもしれません」

アリスは突然目の前が明るくなったような気がした。「どうして、あなたはそのことを知っているの？」

「それは付いてきていただければわかります」

「メアリーアンの犯罪のことを知っている人が他にもいるってこと?」

「そうですね。詳しいことはここでは言えませんが、そういうことになります」

「どうして、ここで言えないの?」

「ご容赦ください。これ以上、ここで話すことはできません。もし知りたいのなら、わたしに付いていきていただくことになります」

どうしよう? 見も知らぬ人物に付いていって大丈夫かしら?

「何を躊躇っておられるんですか? このまま何もしなければ、死刑になるだけですよ。一か八か、わたしの話を信じて付いてきて、何を失うと言うんですか?」

確かに、わたしには失うものなどない。

「わかったわ。どこに行けばいいの?」

「だから、場所を教える訳にはいかないのです。わたしに付いてきてください」フードの女性は早足で歩き出した。

「あっ! 待って」

突然、足元がふわふわし出した。

空が歪み、地面がせり上がる。

大地が捻れ、星々が流れる。

時空が歪んでいる。スペースワープが始まったんだわ。

時空は迷路のように複雑に構造を変化させていく。それも一時も同じ姿は保たないのだ。

フードの女性はどんどん先を進んでいく。

その背中は不気味に伸び縮みし、遠近感が狂ってしまい、一メートル先にいるのか、十キロ先にいるのか、皆目見当が付かなかった。

アリスはただ見失わないように懸命に追いかけるしかなかった。

しかし、木々や山々がアリスと女性の間を遮るため、視界から女性が消え失せることが多くなってきた。

女性が月の向こう側に行ってしまった時は殆ど絶望しかかったが、次の瞬間、アリスは出し抜けにとある家の前に出た。

「着きましたよ」フードの女性が言った。

「ここはどこ？」アリスは周囲を見回した。

暗くてよくわからない。森の中の一軒家のようだが、それは不思議の国では極一般的な存在だったからだ。

「わかりませんか？　あなたは最近ここを訪れたはずです」

「そう言われても……」

「では、中にお入りください」フードの女性はドアを開けた。

アリスはしばらく逡巡した後、思い切って飛び込むように薄暗い家の中に入った。

後ろでドアが閉まり、鍵の掛かる音がした。

アリスは慌てて振り向いた。

「邪魔が入るのを防ぐためです。ご安心ください」

そうは言われても……。

アリスは強い不安に捉われた。

「あなたはメアリーアンが真犯人であるという証拠を探しておいでですね」

「ええ。そうよ」

「わたしはそれを提供することができます。提供できる唯一の人物だと言っても過言ではありません」

「では、早くその証拠とやらを見せてください。わたしをからかっているのでないのなら」

「わかりました。証拠はあそこです」フードの女性は廊下の隅の暗闇を指差した。「よくご覧になってください」

「どこ？　見えないわ」

「見えにくいですか？　近付いて、確かめてください。手に取っていただいても構いませんよ」

「えっ？　どこ？」

「だから、そこです」

アリスは中腰になり、暗闇の中を覗き込んだ。

かちり。

首元で音がした。

何？

灯りが点いた。

なんだ。照明があるのなら、最初から点けてくれたらいいのに。

アリスは首に違和感を感じた。

手で触ると金属の輪が嵌められていた。

アリスは外そうとしたが、しっかりと嵌められており、びくともしなかった。

「これは何のつもり？」アリスは尋ねた。

「その首輪こそが重要なのよ」フードの女の手には鎖が握られていた。鎖はアリスの首輪へと繋がっている。

フードの女は鎖を強く引いた。

アリスはバランスを失い、床に倒れた。

女は呆気にとられたアリスを押さえ付け、さらに手錠を嵌めた。

「何、これ？　とても不愉快だわ」

「不愉快なのはわたしも同じよ。ところで、この家に見覚えはない？」

「明るくなってわかったわ。ここは白兎さんの家ね」

「そう。ここは白兎の家だから、もう誰も住んでいない」

「あなたは、どうしてここの鍵を持っているの？」

「そんなこともわからないの？　簡単な推理で答えは見つかるはずよ」

「この家の鍵を持っていたのは白兎さんとメアリーアンだけ……。あなたメアリーアンから鍵を手に入れたの？　ところで、メアリーアンはどんな死に方をしたの？」

「あなた、目撃者だったんでしょ？」

「わたしが見ていたのは広山先生の死ぬところよ。鋲打ち銃で額を撃ちぬいたの。わたしも取り調べを受けたけど、自殺の目撃者が大勢いたから、殺人を疑われることはなかったわ。ただ、わたしが彼女を脅迫していたという疑いは残ったみたい。まあ、証拠がないから捕まることはないと思うわ。そもそも事実無根だし」

「あながち間違ってはいなかったんじゃない？」

「どういうこと？」

「あなたは彼女が真犯人であることを突き止めた。そして、そのことを明るみに出そうとした。彼女にとっては脅威と言えるわ」

「犯人を突き出すことは脅迫とは言わないわ。わたしは彼女から何かを奪おうとした訳ではないし」

「そうかしら？　あなたが証拠を出せば、彼女は死刑になるかもしれないのよ」

「でも、彼女は自殺した。死ぬのが怖かったらそんなことはしないでしょ」

「おあいにく様、わたしは死んでなんかいないわ」女はフードを脱いだ。

そこにいたのはメアリーアンだった。

「メアリーアン、生きていたの!!」

「ええ。生きているわ」

「でも、あの時、あなたは確かに死んだわ」

「死んだって、広山衡子のこと？　ええ。確かに死んだわ。でも、メアリーアンは死んでいない」

「あなたは広山先生のアーヴァタールじゃなかったの?!」

「アーヴァタールよ。……ああ。厳密に言えば違うのかもね。わたしは広山衡子のアーヴァタールじゃない。広山衡子がわたしのアーヴァタールなのよ」

「違いがわからないわ」

「地球で、あなたたちは二つの世界の関係をゲームに喩えていたと聞いたけど？」

「ええ。井森君はそう言ってたわ」

「ゲームのキャラクターはあなたの意思の通り動くあなたの分身よね」

「それは同意するわ」

「でも、キャラクターはあなたそのものじゃない」

「それも同意するわ」

「あなたが死ねば、キャラクターも死ぬ」

「死ぬ、というか、誰も操作しなくなるから、消えたも同然ね」

「そこはゲームとちょっと違うとこだけど、二つの世界のルール上、死んでしまうのよ」

「でも、あなたは生きてるわ」

「それはそうよ。ゲームのキャラクターが死んだら、あなたも死んだりする？」

「まさか。ゲームのキャラクターはただ操作しているだけなんだから、キャラクターが死んでも本人は死なない。『死んでしまうとは情けない』とかなんとか、メッセージが出るだけ。キャラクターが自動的に再生して、ゲームの続きを……」アリスははっと息を飲んだ。「つまり、この世界の人や動物が本体で、地球の人たちの方がアーヴァタールなの？」

「そうよ。あなたは逆だと思ってたの？」

「自分が偽物だとかコピーだとか思ったことはなかったわ。だけど、それは地球の人たちも同じ」

「当たり前よね。自分がゲームの中のキャラクターだなんて、思うはずないわよね」

「わたしはただなんとなく、二つの世界は対等なんじゃないかと思っていたの」

「対等なんかじゃないわ。本物はこっちの世界——地球はただの夢よ」

「夢？　わたしの見る夢？」

「確かに、あなたの夢でもあるわ。ただ、それだとどうして他の人の夢と同じなのか説明が付かない」

「じゃあ、やはり地球は実在するの？」

「実在？　夢が実在すると言うのなら、実在するかもね」

「じゃあ、やっぱり地球は夢なの？」

「ええ。そうよ。だけど、あなたの夢じゃない。あなたは夢を分けて貰っているだけ」

「じゃあ、いったい誰の夢？」

「白兎はほぼ解答に近付きつつあったのよ。彼はこの家の秘密の地下室で研究を続けていた。わたしはその研究成果をこっそりと盗んだのよ。アリス、あなたも答えの片鱗は知っているはずよ」

「わたしは何も知らないわ」

「トゥイードルダムとトゥイードルディー。あの二人は白兎の助手だったことがある」

「ちょっと待って。トゥイードルダムとトゥイードルディーって……」

「もちろん、あの二人は真実そのものは知らない。ただ、仄めかし程度を知って、すべてを知った気になっていただけよ」

「思い出したわ。赤の王様よ。トゥイードルダムとトゥイードルディーは森の中で、眠っている赤の王様を見せてくれた。彼はわたしの夢を見ていると。わたしたち全員はすべて彼の夢の産物だと」

「半分は当たっているけど、半分はでたらめだったのよ。彼が見ているのは地球の夢。わたしたちは彼の夢を割り当てて貰っているだけなの」

「なぜそんなことが起こっているの？　赤の王様は何者？」

「さあ、知らないわ。だけど、赤の王様は単純な存在じゃない。森の中で眠っていたのは、そのごく一部なのよ」メアリーアンは床の凹みを蹴った。

　ばりばりと音を立てて、床に亀裂が入り、大きく開いた。

「ここが秘密の研究所よ。白兎は自分しか知らないと思っていたけど」

アリスが床下を覗くと、そこには無数の書物やメモが散らばっており、そのど真ん中に奇妙な物体があった。それは赤い房の付いた尖ったナイトキャップを被ったぼろの山のように見えた。規則的に脈動し、蒸気機関車か野獣の唸り声のような音を立てていた。

「あれは何？」アリスは震え声で尋ねた。

「あれは赤の王様（レッドキング）よ」

「赤の王様（レッドキング）は森の中で眠っているはず」

「彼はこの世界に遍在しているの。あの姿はただの結節点に過ぎないのよ。森の中の姿とここの姿は繋がっていて、等価なの」

赤の王様（レッドキング）には無数の導線や管が取り付けられていた。

「あれは一種のバイオ量子コンピュータなのよ。時空繰り込み原理を応用することにより、実質的に無限のシミュレーション能力を持っている」

「地球をシミュレーションしているの？」

「ええ。そうよ」

「何のために？」

「わたしは知らない。そして特に興味もない」

「もし彼が目を覚ましたらどうなるの？」

「もう一度彼が眠るまで地球は消滅するんじゃない？」

「眠ったら、地球は復活するの？」

「ええ。でも、白兎の研究によると、全く同じ地球にはならないらしいわ。少しずつ違っている。例えば、不思議の国のことが童話で語られているような地球もそのうち生まれるかもしれない。ひょっとして、あなたが主人公の童話かもよ、アリス。『不思議の国のアリス』とかいう題名で」

「地球は移ろうけど、不思議の国は変わらない。地球で広山先生が自殺しても、不思議の国でメアリーアンは死なないと知っていたのね」

「ええ。白兎のおかげでね。彼は本当に役に立ったわ。不思議の国の動物の生態に関する知識のおかげでスナークやおどろしきバンダースナッチを活用できたのだもの。皮肉なものね。白兎は自分自身の研究に命を奪われたのよ」

「白兎さんを殺したのはあなただわ。すり替えないで」

「そう。白兎を殺したのはわたし。ハンプティ・ダンプティもグリフォンもあの間抜けな蜥蜴のビルを殺したのもわたしよ。わたしは何もかも一人でうまく切り抜けてきた」

「運がよかっただけだわ。もしわたしとあなたの体臭が似ていなかったら、あなたは真っ先に疑われていた」

「運も実力のうちよ。だけど、あなたたちは次々とわたしを追い詰めるような真似をしてくれた。だから、殺していくしかなかった」

「わたしも殺す気？」

「あなたを殺すのは難しいわ。あなたを殺したら、また別の犯人をでっち上げなければならないから」メアリーアンはナイフを突き付けた。「だけど、言うことを聞かない場合は殺すしかないわ。自分で二階に上りなさい」

素直に従うべきかしら？　一か八か反抗して戦う？　向こうはナイフを持っているし、わたしは首に鎖を付けられているし、手錠を嵌められている。勝てる見込みは極小さい。メアリーアンが真犯人だという証拠は握っている。だから、今ここで戦うよりは隙を見て誰かに知らせる方が助かる可能性は高い。

本当に？

アリスは頭をフル回転させ、脱出の計画を立てようとした。

「何をぐずぐずしているの？　時間稼ぎをしようとしても無駄よ」メアリーアンはアリスの喉にナイフの刃を当てた。

「今、ここでわたしを殺したら、言い訳できなくなるわよ」

「言い訳なんかしない。あなたの死体が見つからなければいいのよ」

「死体は必ず見つかるわ」

「『必ず』というのは言い過ぎね。見つかる可能性は確かにあるわ。でもね、背に腹は替えられないの。あなたを監禁できなければ、今ここで殺すしかないわ」

メアリーアンの目には狂気の光が宿っていた。

彼女はすでに何人も殺している。殺すことに躊躇はないだろう。

アリスは階段を上った。

二人は二階の部屋に入った。

アリスはベッドの上に座らされた。

「これで、もう一生歩く必要はないわね」メアリーアンはアリスに足枷を取り付けた。

アリスは窓を見た。格子が嵌っていて、逃げられそうもなかった。

「何悲しそうな顔をしてるの？」メアリーアンが尋ねた。

「自由を奪われて悲しくない人がいる？」

「これから一生わたしが養ってやるって言ってるのよ。悲しむ必要がどこにあるっていうのよ！」

「養う？　食べ物を運んでくれるというの？」

「お菓子とかでよければね。ほら、ちょうどここにクッキーがあるわ」メアリーアンは皿に載ったクッキーを差し出し、自分もばりばりと食べた。

アリスはクッキーを一つ摘むとぱくりと食べた。

味はそれほど期待していなかったが、その香ばしい甘みはアリスに少しだけ元気を与えてくれた。

「ありがとう。おいしかった。でも、お菓子だけでは栄養が偏ってしまうわ」

「そこまでは知らないわ。そこらを飛んでる蠅（はえ）とか蚊とか、床を走り回ってるゴキブリとかを捕まえて食べればいいいんじゃない？」

「それで栄養のバランスがとれるの？」

「そんなこと知らないわ。嫌なら食べなくてもいいのよ」

「ゴキブリを？　それとも、お菓子を？」

「両方よ」

アリスはもう一度窓の外を見た。見えるのは森ばかりで全く人通りはない。

でも、大声を出せば誰かが気付くかもしれない。

「大声を出せば誰かが気付くかもしれないって思ったんじゃない？」メアリーアンは言った。

図星だったが、アリスは敢えて返事をしなかった。

「残念ながら、それは無理ね。不思議の国の連中ときたら、いつも大騒ぎなもんだから、叫び声には慣れっこになっているのよ。それにここまでの道はこの家に向かうためだけのものだから、白兎が死んだ今となっては近付く者すらいないのよ」

それでも、可能性はゼロじゃない。メアリーアンもずっとここにいる訳ではない。隙を見て、ここから呼び掛け続ければ、いつかそのうちどこかの誰かが気付いてくれるかもしれない。

「わたしの隙を見て、ここから叫んでいれば、そのうち誰かが気付くんじゃないかって、そんな甘いことを考えたでしょ？」メアリーアンが言った。

アリスは返事をしなかった。

メアリーアンの言葉は、まるでわたしの心を読んでいるかのようだが、もちろん心を読んでいるはずはない。わたしの言動から、心のうちを推測して、先回りして喋っているのだ。

だから、何も答えなければ、メアリーアンはわたしの心の中を推測する材料を摑むことができなくなる。

「黙っていれば、わたしに心の内を曝け出さなくて済むって？　甘いわよ」

当てずっぽう言ってるだけ。気にしてはいけない。

右足に軽い痛みが走った。

「今、眉間に皺を寄せたわね。どこか痛いの？　手？　足？」メアリーアンがずんと大きくなった。

気のせい？　いいえ。確実に大きくなってる。

「あら。気付いた？　ええ。このクッキーには例の茸の成分が入っていたのよ。あなたが昔、食べて大きくなったり小さくなったりしたやつ」

「どうして、そんな真似をしたの？　大きくなってわたしを捻りつぶすつもり？」

「それができたらいいんだけど、あなたが他殺体で発見されるのはまずいの。あなた自身が殺人鬼のはずなのに、あなたが殺されたら別に殺人者がいることに気付かれてしまうもの」

「ジレンマね。わたしを殺したいけど、殺せない」

「方法がない訳じゃない。あなたの死体を絶対に見つからないようにすればいいのよ。だけど、完璧に隠すことができなければ意味がない。リスクが大き過ぎる」

じゃあ、監禁の方がリスクが小さいと思ってるんだ。

アリスは呆れた。

だけど、そう思ってるのなら、却って都合がいいかも。殺されなくて済むから。

「そして、あなたを監禁し続けるのもリスクが高い」

「なんだ。気付いていたの。てっきり気付いてないのかと思ったわ」

「そんな訳ないじゃない」

「で、どうするの？　こうやってこの先ずっとびくびくして暮らすよりは自首して楽になったらどうなの？」

「とんでもない。わたしはずっと頭がいい方法を思い付いたわ」

「どんな方法？」

「事故死すればいいのよ」

「わたしが？」

「そう。自殺や病死でもいいけど、いい偽装方法を思い付かなくってね」

「事故の偽装方法は思い付いたの？」

「ええ。結構単純な方法よ」

「わたしはどんな事故に遭うの？」

「あなたはネックレスとブレスレットとアンクレットをしたまま、茸入りのクッキーを食べてしまったのよ。そして、運悪く眠り込んでしまった」

「ネックレスをしてクッキーを食べて寝たからといって、どうだというの？」

「身体が大きくなるのよ」

「それは知ってるわ。あなただって大きくなってる」

「もうすぐあなたも大きくなるわ」

「だから何？　単に大きく……」

「どうしたの？」

「あれ？　おかしいわ。なんだか、感覚が……」アリスは絶叫した。「足が……足が……」

「どうしたの？」メアリーアンはにこにこしていた。

アリスは自分の足を見た。足枷が足首に食い込んでいた。皮膚が裂け、筋肉も半ば切断されかかっていた。

「何……これ？」

「見た通りよ。もうすぐあなたの足首、切断されるわよ」

アリスはメアリーアンの意図を理解した。

茸入りのクッキーを食べたことでアリスの身体はどんどん巨大化している。だが、足枷は生物ではないので、大きさを変えることはない。結果として、足枷は足首に食い込み、最終的に足首を切断してしまうだろう。

「どこから大きくなるかは体質にもよるけど、あなたは足から大きくなるようね」

そうか。足から先に大きくなっているんだわ。だから、まず足が痛い。じゃあ、次はどうなるの？

アリスは手首を見た。

手錠が嵌っている。

喉に手を当てる。首輪が嵌っている。

なるほど。まず足首が切断され、次に手首が切断され、そして、最後には首が切断される。

そして、メアリーアンが首輪や手錠を片付け、ネックレスやブレスレットと入れ替える。

不思議の国では科学的な捜査は行われない。だから、アリスはほぼ確実に事故死と見做されるだろう。

頭のいい方法だわ。わたしを葬り去って、自分は安泰な立場に立てる。

メアリーアンはぎらぎらとした笑みを見せた。

アリスは吐き気を覚えながらも頭脳をフル回転させた。

絶対にメアリーアンに負ける訳にはいかない。なんとか、この窮地を脱出して、彼女に罪を償(つぐな)わせなきゃ。

アリスはふらつきながらも立ち上がった。「メアリーアン、馬鹿な真似はよして」

「馬鹿な真似？　いいえ。凄く利口なことをしてると思ってるんだけど」

「これ以上、罪を重ねても意味がない。正直に自首するべきよ」

「それこそ意味がないわ。わたしはもう四人も殺しているのよ。自首しようがしまいが、死刑に決まっているじゃない。死刑を免れるのにはこうやって、邪魔者を最後の一人まで殺しまくるしかないのよ」

「そんなことをしてもきりがないわ。殺人に明け暮れる人生なんて悲惨だと思わないの？」

「全然。殺人は結構向いているみたい。すかっとして、罪悪感もないし。それに、たぶん危ない橋を渡るのはこれが最後よ。あなた以外にわたしを疑う者はもういないから」

「あなたは今まさに危ない橋を渡っているのよ。すぐにやめなさい」

「ええ。わたしは今危ない橋を渡っているわ。そして、時間がたつにつれ、どんどん危なくなくなりつつある。あなたの首が落ちた瞬間、わたしは完全に安全になる」

論理的には矛盾はないみたい、メアリーアン。広山先生よりもはるかに頭が回るようね。でも、わたしはただ黙って殺されるのは嫌。

アリスはすっと息を吸い込むと、メアリーアンに体当たりをした。

メアリーアンは尻もちをついた。

アリスはメアリーアンの上に圧し掛かった。「さあ。わたしに鍵を渡すのよ」

「嫌よ」メアリーアンはぐんと大きくなった。

アリスは弾き飛ばされ、ベッドの上に落下した。

茸は段階的に効果を表す。

まずいわ。わたしにもそろそろ来る。

アリスは立ち上がり、もう一度メアリーアンにタックルしようとした。

足首に信じられないぐらいの痛みが走った。

アリスは宙を飛ぶように進んだ。

メアリーアンはさっと避けた。

アリスは火のような衝撃を受けながら、床の上を転がった。

「ぐわぉおおお!!」アリスは獣のように吠えた。

振り向くと、アリスの足首が二つ並んでちょんと床の上に置かれていた。切り口からは綺麗な骨が覗いている。

凄まじい血の量だった。

アリスは髪を振り乱し、メアリーアンを睨み付けた。目からは涙が止めどもなく流れた。

床に爪を突き立てるようにして、メアリーアンの方へと這いずった。

涎がだらだらと溢れ出す。

「あらあら。凄いことになっちゃったわね」メアリーアンは微笑んだ。

どうすればいい?

証拠を。メアリーアンの悪事の証拠を残さなくては。

証拠はある。ここにある。

アリスはポケットを押さえた。

だけど、このままでは、この証拠も危ない。

アリスの腿と腰が急激に膨らんだ。

巨大化がだんだんと身体を上ってくる。あと何秒かで、手首ももげてしまう。そして、次の瞬間には首も。

それまでになんとしても証拠を残す方法を考えなくてはならない。無駄死には嫌。一矢報いるのよ。

証拠を持ったまま死んでは駄目。なんとしてでも証拠を外に出さなければ。

アリスはメアリーアンの方へ向かうのはやめて、まっすぐ窓の方へと向かった。

窓は開け放たれている。だが、格子が嵌っていて、外に出ることはできそうにもなかった。

「小さくなれば格子の間から出られるかもね」メアリーアンが言った。「でも、小さくなる茸を探している時間はもうないわね」

アリスの腰周りが膨らみ、びりびりとスカートが破れた。

そう。一つ方法がある。いい方法かどうかはわからないけど、もうこれ以上の方法を考え付くだけの余裕はないわ。

アリスはポケットの中に手を突っ込んだ。

「何か隠しているの⁈」

アリスは何も答えずにポケットから出した拳を窓の格子の間に突っ込んだ。

「それは何？　見せなさい！」メアリーアンはアリスの腕を摑んで引っ張った。

だが、アリスの腕はもう太くなり過ぎていた。格子にぎゅうぎゅうに挟まって、全く動かすことはできなかった。

「それはわたしにとって不利な何かなの？」メアリーアンは尋ねた。

「そうかもね」アリスは涙を流しながら言った。

「そんなことをしても無駄よ。あなたはもう死ぬんだから」

「どうせ死ぬなら、悪人を裁いて死ぬわ」

「あなたの腕は今の十倍も太くなるのよ。格子に挟まったままだと切断されてしまうわ。痛いわよ」

「どうせ手錠に切断されるんでしょ」

アリスの手首から軋む音が聞こえ出した。

腕はさらに太くなる。鬱血し、拳が赤くぱんぱんに膨れ上がった。

最後まで拳を広げては駄目、耐えなくっちゃ。

ばりばりと骨が砕ける音がした。

皮膚が裂け、凄まじい量の血が噴き出し、手首から先が千切れ飛んだ。

拳は窓の外を落下していく。

アリスは後ろに倒れた。

部屋中に血のシャワーが降り注いだ。

アリスは絶叫した。

もう一方の手首も膨れ上がり、ぷつんと千切れ、床の上を滑る。

アリスはばたばたと手足を振り回した。

「馬鹿ね。何をしても無駄なのに」メアリーアンは勝ち誇った。

「無駄……ではないわ」アリスは力なく言った。

「いいえ。無駄よ。あなたは死ぬの。そして、あなたのアーヴァタールである亜理も死ぬの。これはもう決定した事実なのよ」

「決定……したこと……なんか何も……ないわ」アリスの喉が肥大し、首輪によって圧迫され、くびれ始めた。

「強がり言わないの」

「あなたが……知らない……ことが……あるの」

「嘘だわ」

「いいえ。嘘では……ないの……秘密を……知りたい？」

「何なの？　嘘でないのなら、おっしゃい」

「それは……息ができない……声が出ない……もっと近くへ……」

メアリーアンはアリスの口元に顔を近付けた。

「ぼごあ！」アリスは大量の血をメアリーアンの顔に吐きかけた。

「何してくれるのよ!!」メアリーアンは激怒し、アリスの顔を殴り付けた。

だが、すでにその首は首輪によって切断されていたため、ぽんと部屋の反対側まで飛んでいった。

首のない胴体はしばらくゆらゆらと腕を動かしていた。

首の方は驚愕の表情のままぱちぱちと瞬きした。

「生きてるの？」メアリーアンは尋ねた。

返事はない。

メアリーアンは血の海の中、アリスの首に近付いた。「何か喋ってみなさいよ」

返事はない。

「ああ。そうか、肺がないから喋れないわね」

メアリーアンは指先でアリスの頬をつついた。

まだ弾力が残っている。

反応はない。

メアリーアンは全力でアリスの鼻を殴った。

木の枝をへし折るような音がした。

反応はない。

「なんだ。やっぱり死んだんだ」メアリーアンはぽつりと言った。

そして、高笑いした。

ひとしきり笑った後、メアリーアンは首を傾げた。

「ねえ。あなた、窓から何を落としたの?」

反応はない。

「死んだふりをしているんじゃないでしょうね」

反応はない。

メアリーアンは窓から下を見ようとした。

「格子が邪魔で見えやしない」

メアリーアンは部屋から出て、階段を駆け下りた。

外に飛び出すと、窓の下あたりを探した。枯葉の上にそれは落ちていた。落下したのではなく、誰かがそこに置いた。そんな感じにも見えた。

メアリーアンは掌を強引に広げた。

手は何も握ってはいなかった。

「最後の最後にはったりをかましたのかしら。だけど、残念だったわね。はったりはほんの一分しかもたなかったわ」

そして、強い風の中、メアリーアンは笑い続けた。

20

あの女は死んだ。

田畑助教はほくそ笑んだ。

しかも、自分で頭を撃ち抜いたそうだ。

噂によると、彼女はなんらかの理由で、若い女性に強請られていたらしい。

どんな理由で強請られていたのかは特に知りたくもない。

広山准教授は死んだ。その事実にこそ意味があった。

あの女は狂っていた。そして、周囲にまで狂気をまき散らしていた。

田畑助教は昨日までの苦々しい日々を思い起こした。

「何、この資料？　もっとわかるように作りなさい。わたしにわからない資料は無意味だわ」

おまえはそこらの高校生にもわかるレベルの資料ですら理解できない。おまえは誰でも知っているような知識すらない。大学の准教授を名乗るのなら、最低限の科学知識は持っておけよ。

「わかりました。修正いたします」

「なんでグラフなんか載せてるの？　意味がわからないわ。線なんか見ても何もわからない。ちゃんと表にしなさいよ。わかりやすい表で」

どうして、グラフが読めないんだ？　こんな単純なヒストグラムと散布図の意味がわからないのなら、小学生からやりなおさなくっちゃならないだろう。そもそもこんな膨大なデータを表にしろって言われてもどうしようもない。仕方がない。平均値と標準偏差だけ抽出して表にしよう。

「わかりました。修正します」

「何、これ？　こんな数字見せられても何のことかわかるはずないでしょ。数字の意味を教えてよ。つまり、どういうこと？　これは良いの？　悪いの？　良いのなら○。悪かったら×。表は○×で埋めて。ああ。普通だったら△ね」

はあ？　良いとか、悪いとかどういうことだ？　これはデバイスの性能を測定したデータではなくて、単に形状の分布の傾向を見ただけなんだよ。良いも悪いもない。それに、△ってなんだよ？　普通って？　このデバイスは世の中に出回ってないんだから、普通とかあり得ないんだよ。

「わかりました。○×△で表現してみます」

「ああ。これでいいのよ。全部○。つまり、これは良いのね。良い結果が出た。それがわかればいいのよ」

もう言われるがままに表を○で埋めてやったよ。もう何の意味もないナンセンスな表だけど、あんたがそれで満足するのなら、俺はもうどうでもいい。訳のわからない文句を付けて俺の大切な実験の時間を奪わないでくれ。頼むから。

「ご指導ありがとうございました。よろしくお願いします」

「ちょっとあんた、この表は駄目なんだって、意味がないんだって。篠崎先生が言ってたわ。

それから、データには理論的な裏付けが必要なのよ。理論を書いて頂戴！」

だから、最初の論文にはちゃんと理論を書いてただろ。わからないから削除しろって言ったのはおまえじゃないか！　元に戻してやるから、教授に持っていけ。

「理論ですね。了解しました」

「あんた、わたしを馬鹿にしてるの？　これじゃあ、わからないって言ったでしょ。篠崎先生に説明するのはわたしなのよ。わたしが理解できる内容じゃないと意味がないじゃないの！」

ああ。もうどういうことだ？　これじゃあ、堂々巡りだ。篠崎先生は高度な内容を求めているんだ。だけど、高度な内容だと、おまえが理解できない。そもそも無理なんだよ。おまえが間に入ると、絶対にうまくいかない。篠崎先生に説明するのは俺じゃ駄目なのか？　俺なら、正しく説明できる。

「申し訳ありません。わかりやすい形に書き直します」

「明日までに全部やり直して。それからこのデータだけど、金属導体じゃなくて、超伝導体に置き換えたデータにしてくれるかしら？　先生に訊かれたの。超伝導じゃ駄目なのかって？明日の朝の十時までに頼むわ」

おまえ馬鹿か？　金属導体のデータをとるのに、半年も掛かってるんだぞ。明日の朝までって絶対に無理だろ。

「はい。なんとか頑張ってみます」

「どこに行こうとしてるの？　実験室？　何、悠長なことをしてるの？　明日の朝までに資料を出さないといけないのよ！　実験なんてしてる暇なんかないでしょ。そんな暇があるんなら、まずパワポを作りなさい。パワポを！」

だから、パワポに載せるデータが必要なんだって。

「すみません。超伝導体でのデータを少なくとも三条件はとる必要があるので、これからなんとかして測定いたします」

「あんた、馬鹿ぁ？　必要なのはデータで、実験じゃないのよ。今すぐパワポを作るの。わかった？」

どういうことだ？　実験しないでデータ？

「データを実測しないのなら、せめてシミュレーション結果が必要だと思われます」

「シミュレーション？　してもいいけど、シミュレーションって書いたら駄目よ」

何を言ってるんだ？　全く理解ができない。

「じゃあ、どう書くんですか？」

「『実験結果』でいいんじゃない？」

このばばあ、俺にデータの捏造をしろと言ってるのか？

「それ、まずいですよ。篠崎先生は駄目だとおっしゃいますよ」

「じゃあ、シミュレーションはなしよ！　とりあえず明日までにデータを載せるのよ‼」

結局。実験しなくちゃならないのかよ。

「わかりました。じゃあ、実験してきます」

「あんた、何を聞いてるの？　実験をしている暇はないわ。すぐに超伝導のデータのパワポを作るのよ！」

なんだか、吐き気がしてきた。おまえ、自分が何言ってるのか、わかってるのか？

「実験もシミュレーションもしなかったら、データがありませんが」

「そこは工夫でなんとかしなさい。あんた、いったい何年間研究者やってるの？　常識でわかるでしょ！」

やっぱり捏造しろって言ってるのか？　そう言えば、こいつの論文のデータはいつもおかしかった？　いやに綺麗なデータばかりなのに、論文間の整合性はなかった。ずっと、そんなことをしてきたのか？　俺にもそれをやれと？

「あの……。おっしゃっていることの意味がわかりません。データがないので、どうしようもありません」

「あんた、自分の立場をわかってるの？　篠崎先生はあと二年で退官よ。そしたら、この講座は誰のもの？　わたしに逆らったら、どうなると思うの？　あんた、ずっと助教でいい訳？」

今度は脅迫か。でも、捏造をしてしまったら、研究者としては終わりだ。

「資料の提出は次の機会にした方がいいんじゃないでしょうか？」

「何言ってるの？　明日資料出さなかったら、予算の申請はどうなるの?!」

おまえ、実験せずにデータを出せるんなら、予算なんか要らないだろ。

「今回は諦めるのも一つの方法だと思います」

「それは無理だわ。もう使い道が決まっているもの。ギャラクチカ産業の装置を購入するのよ」

ギャラクチカ産業？　そう言えば、最近ギャラクチカ産業の奴らがしょっちゅうおまえのところに来てたっけ。いろいろ接待を受けてたみたいだし、妙な封筒を貰っているところも見たぞ。あれはリベートなんじゃないのか？

「装置は現状のままでも特に問題ないと思います」

「何を言ってるの?!　あなたに研究の何がわかるっていうの?!　ギャラクチカ産業の装置がないと研究はできないの。そうに決まってるんだから、変なことは絶対に言わないで!!」

相当癒着（ゆちゃく）しているようだな。だけど、証拠はない。ここは従うしかないか。

「わかりました。データはなんとかします」

「それから、設備の安全点検の件だけど、明日の九時までにリポートを総務課に出しておいてね」

突然、何を言ってるんだ？

「えっ？　何の話ですか？」

「あら？　言ってなかった？　半年ぐらい前に総務課から連絡が来たのよ。全部の設備について二百項目の点検項目を確認して、安全マニュアルを作成しろって。それの期限が明日なのよ」

おい。いったいうちに何十台の設備があると思ってるんだ？

「すみません。明日まではとても無理です」

「無理？　今は夜の十一時よ。まだたっぷり時間があるじゃない」

無茶だ。何日も掛かる仕事だ。

「実験資料の作成をしながら、マニュアルにまでとても手が回りません」

「手が回らないですって？　じゃあ、設備の使用は禁止よ！」

おい。それで困るのはおまえだろうが。

「それでは、実験ができませんが」

「好都合だわ。今はとても忙しいの。実験なんかしている暇はないから。データの作成に専念して頂戴」

データはいるのに実験はしなくていい。実験しないのに、設備は買う。設備を買うのにデータがいる。このばばあ言っていることが矛盾しまくりだ。

「無理です。今日は早く帰らなくてはならないんです。小学生の一人娘が熱を出して寝ているんですが、ついさっき家内から自分も熱が出てきたと言ってきたんです。だから、今日は早めに……」

「今、なんて言ったの？　子供が病気？　家内が熱を出した？　そんなのほっとけばいいわ。あなた誰に食わせて貰ってるの？　個人的なことより、仕事が優先するのは常識だわ。あなた大学から給料貰ってるんでしょ？　仕事しないなら給料泥棒よ！　この泥棒野郎!!」

じゃあ、おまえは何をしてるんだ？　日がな一日、他人の仕事の邪魔じゃないか。おまえに泥棒扱いされる覚えはない。

「申し訳ありません。すぐに取り掛かります」

「そうよ。それでいいのよ。あんたのせいで苦労するわ。本当に迷惑よね」


……。


胸糞悪い。

だが、あの女は死んだ。

よかった。

これでよかったんだ。みんなのためにもよかった。これで、捏造論文は世に出ず、篠崎先生の名誉は守られる。俺はゆっくりと研究ができるし、生徒を指導して、実験マニュアルも充実させよう。

忙しくなるだろうが、今までのように誰のためにもならない、ただあの女の自己満足のためだけの徒労ではない。

やりがいのある仕事ができるのだ。

田畑助教は深い満足の笑みを浮かべた。

「何をにやにやしてるの！」広山准教授が目の前に出現した。

「ひいっ！」田畑助教はその場に尻もちをついた。

「何を狼狽えてるの？　落ち着きなさい」

「だって!!」田畑助教は悲愴な声を上げた。

「だって、何よ？」

「だって、あなたは……」

「わたしが何？」

「あなたはつい先日……」

「先日？」

「……あれ？」

「わたしが先日どうしたの？」

「おかしいな。そうだ。確か大きな事件があったはずだ」

「どんな事件？」

「自殺です」

「自殺？　王子とかいうポスドクのこと？」

「いえ。彼じゃなくて、あなたの……」

「わたしが自殺？」

「ええ。そうです」

「生きてるわよ」

「生きてますね。……当然です。夢ですから」

「さっきから何を言ってるの？」

「あなたが自殺した夢を見たんです」

「何、それ？　気持ち悪い」

「ただの夢ですから、気にしないでください」

「なんで急に、わたしに夢の話なんか始めたの？」

田畑助教は首を捻った。「どうしてでしょうね。でもなんだか……」

「なんだか？」

「本当のような気がしたものですから」

「夢が本当みたいな気がしたってこと？」

「ええ」

「夢の中ではたいがいそんな気がするものよ」

「そうですね」

「あの変な学生カップルの話を聞いたからじゃないの？」

「変な学生カップル？」

「ええ。不思議の国がどうとか」

「ああ。そんな人たちがいましたね」

「妄想だから、気にしなくていいわ」

「あっ。はい」

「そんなことより、今日の午前中に全薬品のリストを出して頂戴。保有量と年間使用量と価格と製品安全データシートも付けてね」

「うちの薬品は千種類以上あります」

「そうなの？　だけど、今日が〆切なの。半年も前から言われているから今更、待ってくれなんて言えないわ」

「わたしは今初めて聞きました」

「そんな言い訳は許されないのよ。あなたはこの件の責任者だから」

「わたしが責任者？」

「そう。遅れたら、あなたに全責任をとって貰うわ」

「あなたに責任はないのですか？」

「当たり前じゃないの！　わたしは指導者なのよ！　責任なんかあるはずないじゃない!!　責任は部下がとるのよ」

「部下がとるんですか？」

「それが常識よ！」

「そうですか」田畑助教は肩を落とした。「今からリストを作成してきます」とぼとぼと部屋から出ていった。

　あいつ、へらへら笑ってたわ。わたしが死んだと思ってたのね。まあ、さっきまではそれが現実だったんだけどね。

　この世界で広山衡子が死んだとしても、不思議の国で本体であるメアリーアンが生きている限り、何度でもリセットされて、広山衡子は復活する。別にわたしだけが特別な訳じゃない。それが赤の王様（レッドキング）の夢のルールなのよ。ただ、死者の復活となると相当強引な変更になるから、無理やりに死んだのは夢の中の出来事だとでっち上げてしまう。わたしが死んだという記憶は残るけど、他の記憶と切り離され、ぼかされるから、個々人の心はそれを夢だと認識することになる。不思議の国の記憶がこの世界では不明確になるので夢だと認識されるのと同じような原理なのね。詳しくは知らないけど。まあ、詳しく知る必要はないのよ。赤の王様（レッドキング）の夢は赤の王様（レッドキング）が眠っている限り継続するんだから。わたしはそれを利用すればいい。

　だけど、今回の一連の事件は本当に厄介だったわ。最初の誤算は間違ってハンプティ・ダンプティを殺してしまったこと。それが原因でアリスを巻き込むことになって、グリフォンの他に白兎とビルとアリスも殺さなくてはならなくなった。計画を立てるのはとても面倒だったけど、とにかくやり遂げることができた。

　広山准教授は自分の部屋に戻り、椅子に座り込んだ。目を瞑り深く息を吸った。

わたしは次々と望みを叶えるだろう。グリフォンを殺し、研究室を手に入れた。次は教授になる。次は学科主任そして学部長。もちろん世の中にはいろいろとやっかみとかもあるからスムーズにいかないこともあるだろうけど、その時はまた赤の王様（レッドキング）の夢のルールを活用させて貰えばいいのよ。

ドアが開き、誰かの足音が近付いてきた。

「なんで戻ってきたの？　早くリストを作って頂戴。今晩中に作って明日の朝くれればいいから。それから、製品安全データシートとか全然意味がわからないから全部わかるように説明してよね」

「わたしはそんな面倒なことはしませんわ」

女の声。それも知っている声だ。

広山准教授は目を開いた。

彼女は息を吸い込んだ。

予想だにしない人物が立っていた。

「アリス、なぜ生きているの？」

「いいえ。死にましたよ、アリスは」栗栖川亜理は静かに言った。

21

「ねえ、アリス」眠り鼠はポケットの中で言った。「メアリーアンは死ぬ前に自白したんだから、それで事件解決ってことでいいんじゃないかな?」

「目撃者はあなた一人よ。そして、メアリーアンは死んじゃってるんだから、新たな自白もとれないわ」アリスは森の中の大きな木の根っこに座ったまま言った。「それにあなたは地球では恐喝犯にされちゃってるんでしょ」

「そうなんだよね。しかも、なぜかみんなは地球でのわたしの分身である栗栖川亜理をアリスの分身だと思い込んでいる」

「あなたがしょっちゅうわたしのポケットにいるから、わたしが見聞きしたことはだいたい栗栖川亜理も知っている。だから、みんな勝手に思い込んでいるのよ」

「最初は誤解を正そうと思ったけど、途中で考えを変えたのよ。アリスを亜理だと思わせていれば、わたしは不思議の国で自由に行動できるんじゃないかって。それに、あなたの仲間がもう一人いるって真犯人に知られない方がいいんじゃないかと思ったの」

「わたしの仲間はビルも白兎さんも殺されちゃったからね」

「白兎は仲間ってほどでもなかったよ」

「こっちの世界ではね。でも、地球では李緒さんはあなたの友達だったんでしょ」

「彼女の場合はわたしをアリスとも認識してなかったけどね。メアリーアンだと思っていたのよ」

「誤解の上に誤解が積み重なった形ね。でも、地球ではわたしはあなたと行動を共にできないから、毎晩話を聞かせてくれて助かったわ」

「まあ、正確に伝えられてたか、ちょっと心配だったけどね」

「あら。誰か来たわ」アリスが言った。

「じゃあ、わたしはポケットに隠れているわね」

「もういいんじゃない？　真犯人は死んだんだし」

「念のためよ。まだ亜理と眠り鼠の関係を明かさない方がいろいろと情報を得やすいかもしれないもの」

「そうね。それに、もしばらす必要があればいつでもばらせるんだから、敢えて今ばらすこともないか」

眠り鼠はポケットの中で丸くなった。

22

「可愛そうにアリスは死んでしまったわ」亜理はポケットからハンカチを取り出した。

その上には血塗れになった、小さな灰色の塊があった。

「これがアリスのアーヴァタール。わたしの大事な家族――ハム美よ」

「ハムスター？　アリスのアーヴァタールはあなたじゃなくてハムスターですって?!」

「そうよ。昨日、わたしの部屋に突然投げ込まれた石で窓ガラスが割れて、ケージに降り注いだの。彼女の身体はいくつにも切断されてしまった」

「お気の毒に。でも、それはわたしとは関係ない」広山准教授は言った。

「直接的にはね。でも、ハム美はあなたがアリスを殺したことで死んだのよ。それは間違いない」

「わたしがアリスを殺した？　いったいどうやって殺したというの？」

「首輪と手錠と足枷を着けたまま巨大化させたのよ」

「あれは事故よ。彼女はネックレスとブレスレットとアンクレットを着けたまま巨大化して……」

「彼女は普段装飾品を着けていなかった。わざわざそんなものを着けて巨大化するなんて、いかにも不自然だわ」

「じゃあ、譲歩して彼女が何者かに殺されたとしましょう。それがわたしだとどうして言えて？」

「彼女を殺して得をする人物は誰かしら？　真犯人しかあり得ないわ」

「だから、どうしてわたしが真犯人だと言えるの？　それに彼女は連続殺人の犯人だと思われていたから、真犯人以外に恨んでいる人は結構いたんじゃない？」

「彼女はビルのダイイングメッセージからあなたが真犯人であることを摑んでいた」

「そうなの？　でも、死人に口なしよね。それとも、わたしが殺人をした現場を誰かが見ていたとでもいうの?」

「ええ。見ていたわ」

「誰が?」

「わたしよ」

「あんた何者?」

「わたしは栗栖川亜理。そして、不思議の国での本体は眠り鼠よ」

「アリスと立場が逆じゃない」

「何が逆なの?」

「人類と齧歯類の立場が」

「逆転していけない訳がある?」

「いいえ。ここは赤の王様(レッドキング)の夢の中だから、何が起こっても不思議じゃないわね。でっ?」

「あなたがアリスを殺した時、わたしは彼女のポケットの中にいたの」

「それは驚きね。わたしは全く気付かなかった。確かにわたしはアリスを殺したわ。だけど、あなたも友達を見殺しにしたのね」

「わたしはあの時、飛び出してあなたに襲い掛かろうとしたの。だけど、アリスはわたしをポケットの上から押さえ付けた。わたしはアリスの真意を理解したわ。もしわたしがあの場で飛び出したら、二人とも殺されてしまう公算が大きい。だから、わたしだけでもなんとか逃げ延びてあなたの悪事を暴いて欲しい。それがアリスの願いだったのよ」

「アリスの死体を調べたけれど、ポケットにあなたはいなかったわ。どうやって逃げたの？」

「アリスはわたしを摑んで窓の格子から手首を出した。やがて巨大化した手首は格子に切断され、わたしは下に落下した。アリスの手がクッションになって、わたしは無事だったのよ。そしてあなたが探しに来る前に森の中に逃げ込んだという訳よ」

「わたしも、アリスが何かの証拠を落としたんじゃないかと思った。だけど、手の中に何もなかったので、ただのはったりだと思った。まさか生きている証拠だったとはね」

「観念なさい、メアリーアン」

「観念する必要がどこにあるというの？」

「あなたの殺人の目撃者がここにいるのよ」

「だから何？」

「わたしは証言するわ」

「どうぞ。なんなら今からでも警察に行く？」

「自信たっぷりね」

「警察はわたしを捕まえることはできない。なぜなら、わたしは殺人を犯していないから」

「あなたは不思議の国で五人も殺したわ」

「だけど、地球では一人も殺していない。夢の中で何人殺しても、現実世界で罪を問われることはないのよ」

「実際には不思議の国が現実で、地球が夢なのよ」

「同じことよ。夢から見れば、現実の方が夢なの。現実の罪が夢で問われることもない」

「わたしは不思議の国で証言することもできるのよ」

「それも、どうぞご自由に」

「わたしを殺せば済むと思ってるんでしょ？　あなたのことを犯人だと言っているわたしが死んだら、みんなどう思うかしら？」

「いいえ。わたしはあなたを殺したりしない。危ない橋を渡る必要はないわ。あなたは証人だけど、物的な証拠はない。わたしは五件の殺人事件、それぞれについて物的な証拠を全く残していない」

「本当に？　血液や汗や涙や毛髪を全く残していない自信はあるの？」

「残していたらどうだというの？」

「科学的捜査であなたが犯人だということはすぐにわかるわ」

「不思議の国の住人に科学的捜査なんかできる訳がないわ」

「まあ。そうでしょうね」亜理は溜め息を吐いた。

「なんだ。簡単に諦めるもんね」

「科学的捜査は諦めたけど、あなたを罰することは諦めていない」

「でも、わたしの罪を実証する方法がないわ」

「わたしは糾弾するわ」

「あなたがいくら訳のわからないことを言っても、単なる犬の遠吠えにしか過ぎないわ。あなたは友達の死で錯乱した。つまり、そういうことなのよ。あなたの味方になってくれる人は誰もいない」

「いや。それがいるんだよ」ドアの右側の死角から谷丸警部が現れた。

「いつからいたの？」広山准教授の顔色が変わった。

「あなたが、栗栖川さんに気付いた時からずっとだよ」

「わたしたちの会話を聞いていたの？」

「ああ。君は自白していた」

「あれは単なる冗談よ」

「アリスの死亡時の状態は一般には公開されていない。君は犯人しか知らないはずの事実をぺらぺらと喋っていた」

「あら。そうだったかしら？」広山准教授は開き直った。「で、それがどうかしたの？　訳のわからないことを言う人間が一人から二人になっただけよ。誰もあんたたちの言うことを信じたりしないわ」

「二人じゃないですよ」ドアの左側の死角から西中島が現れた。

「いったい何人隠れているの？」

「これ以上はいません。あなたの悪事の証人は三人です」西中島は言った。

「なるほどね。三人ね」広山准教授は呆れたように言った。

「そうです。三人です。観念してください」

「どうして?」

「三人も証人がいるからです」

「たった三人だわ。いいえ。何人いても同じことよ。証人は証人よ。ただ、そう言い張っているだけ。何の証拠にもならない」

「我々は地球人であるとともに、不思議の国の住民でもあるんです。不思議の国で証言することもできるんですよ」

「不思議の国で証言したって何になるの? あそこには、嘘吐きか馬鹿かどっちかしかいないのよ。何を証言しても相手にされないわ」

「誰も聞いてくれないのかね?」谷丸警部が尋ねた。

「ええ。誰も」広山准教授が言った。

「でも、証言を聞く方だって、不思議の国の住人だろ?」

「だからこそよ。誰もまともに証言なんか聞かないわ」

「そもそも、誰が証言を聞くのかね?」

「もちろん裁判長よ」

「裁判長は誰だ?」

「国王よ。ということはつまり、実質的には実権がある女王ということね」

「ふむ。じゃあ、女王さえ納得させられたら、証拠すらいらないってことじゃないのかね?」

「納得させられたらね。でも、それは不可能よ」

「どうして、不可能だと言える？」

「女王は頭が悪いから。他人の口から聞いたことは理解できないわ。理解できるのはただ自分が直接見聞きしたことだけ」

「なるほど。女王は頭が悪いのか」

「ええ。とても悪いわ」

「それは重要な情報だ。西中島、メモをとるように」

「はい、警部」

「彼女が言ったということもだぞ」

「はい、警部」

「それで、広山先生」警部は言った。「頭の悪い女王でも自分で直接見聞きしたことは理解できるんだね？」

「ええ。だけど、彼女が見聞きすべき情報は何もないわ。事件はすべて起こってしまった後だもの」

「なるほどね。ところで、彼が誰か知ってるかね？」谷丸警部は西中島を指差した。

「知ってるわ。刑事のなんとかいう人ね」

「そう。なんとかいう人だ」谷丸警部は頷いた。「でも、彼が不思議の国の何者であるかは知らないだろう？」

「偽海亀か何か？」

「彼は公爵夫人なのだよ」

「えっ?」

亜理には、一瞬、広山准教授の目玉が飛び出したように見えた。

「じゃあ、わたしが公爵夫人だという嘘は……」

「とっくにばれとったよ。栗栖川さんからその話を聞いた瞬間にあなたは最重要被疑者になったんだ」

「知っていて、騙されたふりをしていたのね」広山准教授は悔しげに言った。

「そんなことより、公爵夫人は女王とごく親しい。知っとったかな?」

「でも、女王は公爵夫人の言うことを信じるとは限らない。彼女たちはライバル同士だから。むしろ、何かの罠だと思って警戒すると思うわ」

「その推定には何か根拠があるのかね?」

「根拠なんかなくてもわかるわよ」

「随分な自信だね」

「ねえ。なんとかさん」広山准教授は西中島に呼び掛けた。「あなただって知ってるでしょ。女王は馬鹿で疑り深いって」

「さあ。どうなんでしょうね」西中島は首を捻った。

「あなた、女王を説得する自信はあるの?」

「何を説得するんですか?」

「わたし――メアリーアンが連続殺人事件の真犯人だってことをよ」

「ああ。そのことですか」西中島は頷いた。「そのことなら、説得する気はさらさらありませんよ」

広山准教授は勝ち誇ったような笑みを浮かべた。「どう？　彼はすでに諦めているみたいだけど？」

「諦めるって何を？」谷丸警部は尋ねた。

「女王を説得することに決まってるじゃない！　あんたたち、何？　まるで不思議の国の住人みたいに意味のない堂々巡りを繰り返してるのは、わたしを馬鹿にしてるの?!」

「いいや。純粋に疑問だったから訊いてるだけだ。それで、どうして女王を説得する必要が？」

「僕もそこが引っ掛かりました」西中島が言った。

「あら？　あなたたちわたしを見逃してくれるつもりなの？」

「まさか、あんたみたいな凶悪犯は野放しになんかしていられるもんか」谷丸警部が言った。

「女王を説得せずに、どうやってわたしを有罪にするつもりなの？」

「女王を説得する必要はない。なぜなら、女王はすでにあんたが真犯人であることを知っとるからだ」

「なんで、女王はそんなことを知ってるのよ?!」

「あんたの自白を聞いたからだよ」

「わたしがいつ自白したっていうの？」

「ついさっきというか、今も自白中だろ？」

「でも、ここに女王はいない」

「いやいるよ」谷丸警部は微笑んだ。「わたしが女王なんだ」

23

「で、どういう判決にすればいいんだい？」裁判長が言った。

「首をちょん切ればいいのよ」女王が言った。

「判決を述べる。首をちょん切れ」

「不当判決だわ!!」メアリーアンが言った。「これは冤罪よ」

「証人がいるわ。わたしと公爵夫人と眠り鼠」

「それって夢だわ」

「ただの夢じゃない。地球での出来事よ」

「地球での出来事は全部赤の王様（レッドキング）の夢なのよ！　夢の中でやったことで裁かれるなんて変だわ」

「あなたが夢の中でしたのは自白だけ。犯罪はすべてこの現実の不思議の国で行われたのよ。だから、この不思議の国で罰せられるの」

「思い出したわ。わたしは脅されて偽の自白をしたの」

「誰に脅されたって？」

「眠り鼠よ」

「脅迫のネタは何？」

「う～んと。……そうだわ。言う通りにしないと犯人の濡れ衣を着せてやるって脅されたのよ」

「それはおかしいわ。濡れ衣を着せるなら、自白させずに証拠をでっち上げればいいんだし、あなたもわざわざ自分から自白するなんて面倒なことをしなくても済むはずよ」

「違うのよ。今のは勘違いしただけ。……そうだわ。わたしがパワハラしていたのをばらすって脅されたのよ」

「パワハラしてたって自覚があったんだ」眠り鼠が寝言を言った。

「死刑になるぐらいなら、ばらされた方がましなんじゃない？」

「違うのよ。今のは言い間違えただけ。……そうだわ。殺すって、言うことを聞かないと今すぐ殺すって脅されたの」

「あの状況でどうやって？　そもそも地球で殺されたって、死なないことはあなたが一番よく知ってるじゃない」

「違うのよ。違うのよ。そうじゃなくて……」

「早くこの者の首をちょん切っておしまい！」女王は苛立たしげに言った。

法廷内の全員が拍手した。

二人のトランプの兵士がメアリーアンの両脇を抱え、ずるずると引き摺っていく。

「助けて‼　わたしは無実よ‼　濡れ衣なの‼」

女王は耳の穴の中を掻いた。

聴衆は叫び続けるメアリーアンを追って法廷から我先に飛び出していく。

メアリーアンはじたばたと暴れ続け、トランプ兵士たちは相当に手こずっていた。

やがて、メアリーアンは中庭に連れ出された。観念したのか途端にぐったりとなる。

「それで」トランプ兵士の一人——ハートの二が言った。「どこで首をちょん切るんだ？」

「やっぱりここじゃないかな？」スペードの三が言った。「城の中で首を切ったりしたら、血で汚れるだろ」

「じゃあ、ここでやろうか」二人はメアリーアンから手を離した。

メアリーアンは脱兎のごとく走り出した。

「待て。待て」二人は血相を変えて追いかけた。

だが、メアリーアンは思いがけず素早かった。開けっぱなしの門の方へ全速力で走り続け、まさに飛び出そうとした時、一人の男が行く手を遮った。

「頭のおかしい帽子屋‼」メアリーアンは速度を落とさず、そのまま帽子屋の横をすり抜けようとした。

帽子屋は腕を真横に伸ばしメアリーアンの喉に引っ掛けた。

「ぐえっ‼」メアリーアンはそのままひっくり返った。

「おい。トランプども」帽子屋は言った。「こいつはしっかりと縛っておけ」

「あんただって、ずっとアリスを疑ってたくせに」メアリーアンは喉を押さえながら言った。

「地球では中学生のあんたたちにお金を融通してやったのに」

「あれは、おまえがくれるって言うからもらってやってたんだ。賄賂だという自覚もなかった。そもそもおまえが犯人だということも知らなかった。おまえの臭いがアリスとおんなじだなんて気付く訳ないだろ」

「俺はずっと気付いてたよ」三月兎が言った。

「じゃあ、なんで言わなかった?」

「訊かなかったからだよ」

「何を訊けばよかったんだ?」

「こう言えばよかったのさ。『ねえ。三月兎君、ひょっとしてアリスとメアリーアンの体臭って全くおんなじなんじゃないか?』って。そうしたら、俺は『うん。そうだよ。臭いだけだと全然区別が付かないぐらいさ』って答えたと思うんだ」

「どうして、そんな質問を思い付けるって言うんだ?」

「それは俺に訊いてくれたらよかったんだ。『ねえ。三月兎君。君に〝うん。そうだよ。臭いだけだと全然区別が付かないぐらいさ〟って答えさせるためには、わたしは君にどんな質問をしたらいいんだろう?』って」

「どうして、そんな質問を思い付けるって言うんだ?」

「それは俺に訊いてくれたらよかったんだ。『ねえ。三月兎君……』」

二人のトランプ兵士はようやくメアリーアンを縛り付けた。

メアリーアンが大人しくしていなかったものだから、ロープはあっちこっち縺(もつ)れ、ぐるぐる何重にも巻き付けられ、メアリーアンの手足の関節は変な方に無理やり捻じ曲げられていた。血管が押さえられ、血が止まっているのか、ところどころ赤くなったり青くなったりしている。

「痛い。痛い」メアリーアンが言った。

「痛がってるぞ。緩めてやろうか?」

「縺れてこんがらがってるから、簡単に解けないぞ」

「刀で切って頂戴」メアリーアンが言った。

「手足を?」

「手足の訳がないでしょ。ロープをよ」

「なるほど」ハートの二は頷いて、刀を抜いた。

聴衆がブーイングした。

「おい。頭を使えよ」スペードの三が言った。「ロープを切ったりしたら、今度縛る時に困るだろ」

「どうして、縛る必要があるんだ?」

「自由になったら、また走り出すから、誰かに取り押さえて貰って、もう一度縛り直すんだ」

「なるほど。それは困った。それじゃあ、まずロープを探しに行こう」

「ちょっと待った!!」そこに女王が現れた。「そんなことをする必要はないわ。まずは首をちょん切っておしまい！　首をちょん切ったら、もう逃げ出したりしないから安心よ」

「なるほど。それは名案ですね」スペードの三が言った。「さあ、ハートの二、やっちまえよ」

「何を？」

「首をちょん切るんだ」

「やだよ。やったことないもの」

「俺だってないよ」

「誰か首をちょん切ったことがある者、前に出なさい」女王が言った。

誰も動かない。

「これはどういうこと?!」女王が喚いた。「今まで、首のちょん切りを命じたことは何度もあったのに、どうしてちょん切ったことがある者がいないの？」

「それは、命令が出ても誰もちょん切らなかったからです」ハートの二が言った。

「それはつまり、わたしの命令を無視したってこと？　許せない。命令違反をしたやつの首をちょん切っておしまい!!」

「今更、そんなことを言われても誰が命令違反したかなんて、調べきれませんよ」

「じゃあ、とりあえずメアリーアンの首だけでもちょん切りなさい!!　今回はそれで勘弁してあげるわ」

「どうやってちょん切ればいいんですか？」

「刀で切り落とすの。簡単よ」

「じゃあ、やってみます」スペードの三が刀を持ち上げた。

「やめて。殺さないで」メアリーアンが情けない声を出した。

「あんなこと言ってますが、どうします？」スペードの三が振り向いた。

「聞く必要はないわ。さっさとちょん切って」

「はい」スペードの三はうつ伏せになっているメアリーアンの首に向けて刀を振り下ろした。

鈍い衝突音がした。

一瞬何も起きないかと思われたが、メアリーアンの首の後ろに血が滲み出した。

「痛い！　痛い！　死ぬ！　死ぬ！」

「まだ生きてます」スペードの三が報告した。

「首がちょん切れてないわ。あんたじゃ駄目よ」

「じゃあ、わたしがやります」ハートの二も刀を抜いた。「せえの！」

さっきより湿った音が響いた。

血が跳ね上がる。

「うわっ！　返り血浴びちまったよ」

「うわあああん」メアリーアンは泣き始めた。

「どうなってるの？」女王が尋ねた。

「さっきよりちょっと傷が深くなったと思うんですが、まだちょん切れてないようです。首の骨って結構丈夫なんですね」

「どれ。ちょっと見せて」女王は傷口を覗き込んだ。「血が溢れてきてよくわからないわね」

「医者を呼んで止血しますか?」

「馬鹿も休み休み言いなさい。首をちょん切る途中で止血するなんて話聞いたことがあるの?」

「交代でやろう」スペードの三がまた刀を振り上げる。「せいや!」

刀はさっきの傷口とは別の場所に当たった。

また鈍い音がして、傷口が増えた。

「あんた、何やってるの? 同じとこに当てないと、時間が掛かるばかりだわ」

「そんなことを言うなら、女王陛下がご自分でやってくださいよ」

「えっ? わたしが?」

「嫌ですか?」

「いいえ。一度、誰かの首をちょん切ってみたいと思ってたの」

「これをお使いください」ハートの二が刀を手渡した。

「あら結構重いのね」女王はふらふらと刀を持ち上げるとメアリーアンの首の上に振り下ろした。

「ぎゃん!」メアリーアンが叫ぶ。

「ちょん切れた?」女王が尋ねた。

「まだです。それどころか、まだ生きています」

「なかなか死なないものね」女王はまた刀を持ち上げると振り下ろした。

「ぎゃん！」

女王はまた刀を持ち上げると振り下ろした。

「ぎゃん！」

女王はまた刀を持ち上げると振り下ろした。

「ぎゃん！」

女王はまた刀を持ち上げると振り下ろした。

「ぎゃん！」

「この刀不良品じゃない？　きりがないんだけど」

「元々はちゃんとした刀だったんですが、ぼろぼろに刃毀れしてしまいましたね」

「もっと鋭い刃の刀はないの？」

「まあ、こんな使い方してたら、すぐに刃毀れしそうですね。ギロチンとかじゃないと無理かもしれません」

「ギロチンを持ってきなさい！」女王がトランプの兵士たちに言った。

兵士たちは互いに顔を見合わせるだけで、動こうとしなかった。

「どうやらないらしいですね」

「すぐに作らせて!!」女王は不機嫌そうに言った。

「どんなに急いでも何日も掛かりそうです。なにしろ、ギロチンを見たことがある者すらいないでしょうから」

女王はロープでぐるぐる巻きにされ、地面で血塗れになって蠢くメアリーアンを見た。

「間に合うかしら？」

「何に？」

「ギロチンができるまで、この人生きているかしら？」

「出血が酷いですからね。そんなにもたないんじゃないでしょうか？」

「それは困るわ」

「いいんじゃないですか？　どうせ死刑なんですから」

「だって、それじゃあ、首をちょん切ったことにならないわ」

「死体の首を切ればいいんじゃないですか？」

「それも違うような気がしない？　生きのいい時にぱっとちょん切るのが醍醐味というか」

「じゃあ、やっぱり刀で切りましょう」

「でも、刃毀れしてるわ」

「では、みんなの刀を集めて、刃毀れした時点で新しい刀に替えるというのはどうでしょうか？」

「なるほど。兵士ども、みんな刀を抜いて、ここに並べなさい」

女王は刀を拾い上げると、メアリーアンの首に叩き付ける。二、三回振り下ろすと、刃の状態を確認し、刃毀れが見つかったら、また次の刀に替えた。

そうやって、十本を数える頃になると、血気盛んな女王も肩で息をし始めた。

「ちょっと、誰か代わって頂戴。疲れたし、ドレスが血だらけだわ」

兵士たちが順番に刀を叩き付けた。

「どうかしら？　メアリーアン、だんだん大人しくなってきたわね」

ハートの二はメアリーアンの顔を覗き込んだ。「相当痛いみたいですよ。歯を食い縛ってますし、口と鼻からも血が出ています」

「もう死にそうなの？」

「どうでしょうかね。もう首の骨は見えているので、そんなに長引かないとは思いますが」

「なんかこうぐだぐだと死んでいくのって、死刑っぽくないわね」

「確かに死刑っぽくないですが、まあ仕方ないですね」

「すみません」スペードの三がおずおずと手を挙げた。

「何？」女王はきっと睨み付けた。

「『押しても駄目なら引いてみな』という諺(ことわざ)通りにしてはどうでしょうか？」

「それって、この状況に当てはまる諺なの？」

「刃物って、単に押し当てたり、叩き付けたりするよりは切りたいものの上で刃を引いた方がよく切れると聞いたことがあります」

「そうね。確かにそれは一理あるわね」女王は刀の刃をメアリーアンの首に当て、引いてみた。

がりがりという音がして、傷口から何かが零れ落ちた。

「うん。ちょっとは切りやすい気がするわ」女王は何回か刃を往復させた。「手応えはあるわ。また、あんたたち交代で交代でお願いよ」

兵士たちが交代で刃をごしごしとメアリーアンの首の後ろで滑らせる。

「だんだんと骨に食い込んでいってます」スペードの三が女王に報告した。「あと、メアリーアンが痙攣しています」

「中途半端なとこで死んじゃいそうね。もっとスピードアップできないかしら？　もうあれじゃない？　ごしごし切り落とすなら、刀じゃなくて鋸の方がいいんじゃない？」女王が提案した。

「鋸で死刑ですか？　もはやちょん切るという感じからは程遠いですが」

「背に腹は替えられないわ。誰か鋸を持ってきなさい!!」

「……」メアリーアンが呟いた。

「何ですって?」女王が尋ねた。

「……やめて……」

「いや。駄目よ。死刑だから、やめられないわ」

「……やめて……。痛いのは嫌」

「そうなの？　じゃあ、なるべく痛くないように切るわ」

「女王様、鋸、持ってきました」

「なんだか、錆びついてぼろぼろだけど大丈夫？」

「よくわかりませんが、骨は木より軟らかいからなんとかなるんじゃないでしょうか？」

「そうなの？　やってみて」

スペードの三はメアリーアンの頭を足で踏み付けると、鋸の刃を当て、ぐいと引いた。

メアリーアンの頭が、がっがっがっと震え、口から人間の声とは思えないような音を発した。

ばたばたと手足をめちゃくちゃに動かし、危うくスペードの三は弾き飛ばされそうになった。

「なんだ。もう死ぬかと思ったけど、結構元気じゃない」

「これじゃあ、危なくて鋸引きができません」

「じゃあ、三人掛かりでやりなさい。一人は頭を押さえて、もう一人は胴体を押さえて、三人目が鋸を引くの」

それからの作業は大騒ぎとなった。結局胴体だけではなく、手足も押さえなくてはならなくなったため、全部で七人もの人手が掛かった。しかも、全員血塗れである。

「死刑って結構凄惨なものなのね。これからは安易に首をちょん切れだなんて言わないわ」女王は反省の弁を述べた。

「ぶごふぉー!!」メアリーアンが白目を剝いて吠える。

女王が顔を近付けた。「ねえ。痛い？」

「かかがが」メアリーアンが口を開けた瞬間、大量の血が噴き出した。

「まあ。下品だこと」

「ほっといてもいいんじゃないですか？　どうせ、もう死にますよ」

「いいえ。こうなったら、意地よ。なんとしても、死ぬ前に切断してしまうの。もっと切れ味のいい鋸を探してきなさい」

「ここは発想の転換でいきましょう」

「どういうこと？」

「要は骨の硬さが問題な訳です。骨以外は皮膚と筋肉と血管と食道と気管なので、そんなに硬くはないでしょう」

「そりゃそうでしょう。だけど、骨が硬いから」

「骨だけ、先に砕いてしまえばいいんですよ。そうすれば、鋸で簡単に切断できます」

「どうやって砕くの？」

「鑿（のみ）と木槌で、てっとり早く片付けちまいましょう」

「それはいいわね。あら？」女王はメアリーアンが女王のスカートの裾を引っ張っているのに気付いた。「何か言いたそうね」

「もういいから。……早く殺して……」

「ああ。さっきからずっとそうしようと思ってるのよ。気付いてなかった？　もうちょっと待ってね」

「陛下、鑿と木槌を持ってまいりました」

「じゃあ、さっさとやって頂戴」

「血塗れでぐちゃぐちゃですね。どこに鑿を当てればいいですか?」

「そんなの知らないわよ。ここら辺じゃない?」

「はあ。ここら辺ですか」

メアリーアンは軟体動物のような動きをして、逃げ出そうとしているかのようだった。

スペードの三は鑿をあてがうと、木槌で叩いた。

叩くたびにメアリーアンの全身が激しく反り上がった。

中庭は血の海となり、兵士も女王も観衆も血塗れで、誰が誰かもわからなくなりつつあった。

死刑はなおも続いた。

24

以前、広山准教授と一緒にいた中学生二人が亜理の方を見て、何かを囁き合っている。

「あいつらは頭のおかしい帽子屋と三月兎だ」谷丸警部が言った。「こっちの世界で広山先生にいろいろと偽情報を摑まされていたらしい」

「あの子たちが広山先生を脅してた訳じゃなかったんですね」

「小遣いを渡したりして手なずけていたそうだ」

「そう言えば、広山先生はどうなったんですか?」

「広山先生は電車に轢かれたんですよ」西中島が教えてくれた。

「事故？　それとも自殺？」

「そこはまあよくわからないようです。まあどっちでもいいんじゃないですか？」

「即死だったんですか？」

「いや。それがうまい具合に動脈が圧迫されたらしく、胴体殆どが切断状態でも即死にはならなかったらしい」

「亡くなるまで相当時間が掛かったんですか？」

「いや。まだ生きている。意識も時々戻っているらしい」谷丸警部が言った。

「おかしいですね。不思議の国の本体が死ねば、アーヴァタールも死ぬんじゃないんですか？」

「いや。本体はまだ死んでいない」

「死刑を執行したんでしょう？」

「死刑は執行したが、まだ終了していない」

「どんだけ手間どってるんですか？」

「なにぶん初めてなもんでね。まああと数時間もあればなんとかなるだろう」

「それって残虐な刑じゃないですか？」

「わざとじゃない。それに地球の法体系は不思議の国では通用しない」

そう。不思議の国はまともな世界じゃない。だけど、まともに見えるこの地球が夢で、不思議の国の方が現実なのだ。それはもう理屈ではない。真実だから、どうしようもないのだ。

亜理は眩暈を覚えた。

まるで世界が揺らぐようだわ。

「いや。実際に揺らいでいるよ」チェシャ猫が耳元で言った。

「チェシャ猫！　どうしてあなたがここにいるの?!」

「君だって、ここにいるじゃないか」

「だけど、わたしは眠り鼠のままここにいる訳じゃない。栗栖川亜理として地球に存在しているの」

「僕はチェシャ猫として地球に存在している」

「だけど、そんなのあり得ないわ」

「どうして、そう言えるんだね？」

「だって、辻褄が合わなくなるわ」

「その通り。メアリーアンは無茶なことをやり過ぎた。この夢はあちこちが綻(ほころ)んで、自己完結できなくなったんだ」

「どういうこと？」

「そもそも夢は辻褄が合わないものだ。だけど、とてもうまく見た夢は、殆ど辻褄が合っていて、まるで現実みたいなんだ。そんな夢は長持ちする。今回の夢もそんな夢だった。だけど、もう限界だ。小さな矛盾が積み重なると無視できなくなる。そして、夢は崩壊し、赤の王様(レッドキング)は目覚めることになる」

　亜理は世界を見回した。

　太陽が満ち欠けをし、空から悪魔が降り立ち、地面から天使たちが這い出していた。

　火を吐く怪獣が妖怪たちに取りつかれ、魚や鯨が空を飛んでいた。地球と火星と木星と土星とくじら座が地続きとなり、名状しがたいものどもが渡りを始めていた。

　じゃあ、もう終わるのね。

「何泣いているんだね？」チェシャ猫が尋ねた。

「世界が終わるからよ。大好きな世界だったのに」

「世界は終わらないよ。ただ、夢が一つ終わるだけさ」

「わたしたちにとっては、この夢が世界だったの」

「それもまた夢に過ぎない。夢は夢さ」

「こんなことは前にもあったの？」

「しょっちゅうさ。ただ、君が忘れているだけだ」

「もうみんなとは会えないの？」

「不思議の国ではいつでも会えるさ」

「でも、地球はなくなってしまうのね」

「大丈夫。赤の王様（レッドキング）は目覚めては眠り、眠っては目覚める。また、すぐ次の地球の夢を見始めるさ」

「次の地球がいい地球でありますように」

おはよう、アリス。

解説

澤村伊智

「手鏡または鏡はどうです」

「何のことですか」

「わたしにもわからないのです」ヒラリーは言った。「あなたが、何かすぐにわかるような結びつきを思いつくんじゃないかと期待してたんですけれど。わたしにはこれも『アリス』以外には意味をなさないのです」

「アリス、といえばぼくの頭に浮かぶのはわいせつロックの王様のことですね」とグラントが言った。

「誰ですそれは」ランドは訊いた。「おっしゃる意味がわかりません」

「アリスですよ、アリス・クーパー」男は答えた。

——マイケル・スレイド著／大島豊訳『グール』（創元推理文庫）

本書のタイトルにも冠されている「アリス」とは、十九世紀イギリスの作家、ルイス・キャロルによる児童文学『不思議の国のアリス』(一八六五)『鏡の国のアリス』(一八七一)の主人公の少女のことである。世間的にはディズニーによるアニメ映画に描かれた、金髪碧眼で青い服を着た少女をイメージする方が多いだろうが、世代によってはテレビ東京系列で放送されたテレビアニメ版(オレンジ色の髪、赤い帽子)を思い出す方もいるかもしれない。ナンセンスな展開、尖ったキャラクター、奇妙な造語、辛らつな風刺——キャロルによる『アリス』二部作が後の世に与えた影響は計り知れず、映像化はもちろん、今に至るまで多くの作品がキャラクターの名前を拝借したり、テキストを引用したりしている。

だが、そうしたアリスへの愛が高じるあまり、妙なおかしみを醸し出している作品もある。いくつか例を挙げてみよう。

冒頭の会話は一部に根強い人気を誇る、カナダ産サイコスリラー小説のワンシーンだ。ロンドンを恐怖に陥れる複数の連続殺人鬼を逮捕すべく、ニュー・スコットランド・ヤードの女性警視正がホラーショップの店長と電話で遣り取りしている。殺人鬼がある種のクイズを仕掛けていると思しき不可解な遺留品と凶器について、マニアに訊ねているのだ。如何だろうか。「今アリスといえば児童文学じゃない、メタルだ!」という宣言の清々しいまでの馬鹿っぽさ。ちなみにこの『グール』、アリス・クーパー本人も読んだらしく、「スレイドの小説を読むのはサイコホラーの専門課程を履修するようなもんさ」と輪をかけて脱力するようなコメントをしている。

不可解な力の作用で外に出られなくなった一軒家。住人家族が困っていると、その二階の突き当たりに謎のドアが現れた――二〇〇六年のベルギー発低予算ホラー映画『ザ・ルーム』では、登場人物の一人が序盤でいきなり『不思議の国のアリス』を朗読する。それっきり話に絡んでこないので不思議に思っていたら、とんでもないオチに腰を抜かした。「どうだい？　凄い伏線だろ？」という作り手の得意そうな顔が目に浮かぶようだが、「それ伏線とは言わないですよ」と誰か教えてあげてほしかった。

一方で高度な引用をして優れた作品を作り上げる作家もいる。『Watchmen』で有名な天才コミックライター、アラン・ムーアの短編小説「新観光便覧」は、二十世紀前半に記された全世界の観光案内という体裁だが、その実態は古今東西のあらゆる小説や映画の出来事と史実をごちゃ混ぜにして再構成した壮大なホラ話。序盤に「一八六五年と七一年の二度に渡って不可解な失踪を遂げた、オクスフォードのA. L. 嬢」についての言及があるのだが、これは言うまでもなく『アリス』二部作の主人公アリスと、そのモデルとされている実在の少女アリス・リデル（Alice Liddell）を意図的に混同させたネタ。「微妙な親族の感情を斟酌して」イニシャル表記にしているというが、これはルイス・キャロルにまつわる少女愛のイメージを踏まえたブラックジョークだろうか。

そして本書『アリス殺し』もまたアリスの秀逸な引用、優れたアレンジが味わえる作品である。

「不思議の国」に迷い込んだアリスの夢ばかり見るようになった大学院生・栗栖川亜理。ハンプティ・ダンプティが転落死する夢を見た直後、大学で博士研究員がキャンパスの屋上から転落死する。その後も夢と現実がリンクしているとしか思えない事故死が続き、亜理は困惑。同じ不思議の国の夢を見、夢に自分の分身である人格〈アーヴァタール〉を有しているらしい同学年の男子・井森ともに事件の真相を追うのだが……。

いわゆる異世界転生モノにも通じる世界観、有名児童文学へのオマージュ、デスゲームの要素。この三つを併せ持つ本格・特殊設定ミステリ――本作の特徴を整理し分類してまとめるなら、大体こんなところだろう。だがこうした謳い文句は、『アリス殺し』の面白さを何一つ伝えていない、とこの際言い切ってしまいたい。

本書が面白いのは、何よりまず小林泰三さんの小説だからだ。

小林さんの作家性とアリスの世界が、これ以上ないほどマッチしているからだ。

リアリズムに背を向けたかのような役割語だらけの台詞。純粋に理屈だけで進行する機械的で長大な対話。論理を過剰に突き進めることで生まれる異様なビジョン。人間を、というより人体をモノと見なしているとしか思えない、乾いた猟奇趣味――第二回日本ホラー小説大賞短編賞を受賞したデビュー作「玩具修理者」の頃から既に完成されている、小林さんの作風。これら一つ一つが、「不思議の国の夢を見る」「夢で死ねば現実でも死ぬ」「夢と現実を行き来して犯人を見つけ出す」という荒唐無稽な物語を、ロジカルに成立させているのだ。論理的でありすぎることの異形を書き続けてきた小林さんだからこそ、架空の馬鹿げた論理に説得力を持たせることができた、と言い換えてもいい。現実だと不自然極まりないはずの台詞はファンタジー世界の住人としてむしろリアルで、論理的すぎるがゆえに遅々として進まない会話は子供向け作品の丁寧さ、優しさに通じる。小林小説の持つ個性の全てが「アリスを題材にしたミステリ」に完璧にハマっている。あるいは、元ネタの不気味さ不条理さを改めて照らし出している、というべきか。

なお、井森およびその〈アーヴァタール〉であるビルは続編『クララ殺し』『ドロシイ殺し』にも一種のワトソン役として登場する。物覚えが悪すぎるうえ他人の発言の行間を全く読めないビルは、物語の進行を妨げまくる困ったキャラクターだが、読んでいるうちにその純朴さに心打たれ応援したくなること請け合いだ。お約束のように危機に陥るのも滑稽で可愛い。さらに嬉しいことに続刊の予定もあるので、ファンの皆さんは楽しみにしていただきたい。次回に予定している題材、すなわちアリス・クララ・ドロシイに次ぐ第四のヒロインの名前をこっそり編集者から聞いて、筆者は「過去最高にハマるに違いない」と小躍りした。ビルがどんな活躍をするか、どんな酷い目に遭うか、早くも確かめたくて仕方ない。

ここで個人的な話を書いておきたい。

初めて読んだ小林さんの作品は短編集『人獣細工』だった。一九九八年、大学に入ったばかりの頃だ。表題作のあまりのグロテスクさに「なんておそろしい話を書くのだろう」と作者の神経を疑った。臓器移植用に人間の遺伝子を組み込まれた異形の豚（作中では『史記』のある残虐な記述を踏まえ「彘(ぶた)」と表記される）。物語はその研究開発の第一人者である博士の、一人娘のモノローグで記されている。生まれつき身体が弱く、ほとんどの器官を「彘」から移植されている彼女は、やがて父のおぞましい所業と、自分という存在の真実を知ることになる――

序盤で娘のある特徴が描写された時点で「さては」と思った。そして結末は予想通りだった。だからこそ最高に厭な気持ちになった。考え得る中で最も望まないラストに叩き落とされる衝撃と怖気（おぞけ）。日本ホラー小説大賞からデビューする人はやっぱり精神構造が常人と違うのだな、と実感した。

それから二十年と少しを経て、どういうわけか同じ賞でデビューし、小説家になって、こうして小林さんの小説の解説を書かせてもらっている。光栄であると同時に緊張して仕方がない。「こんなに凄まじい小説を上手く解説できるのかな」という不安もある。

ちなみに小林さんご本人には一昨年、とあるイベントでご挨拶している。賞の後輩であること、デビューして間もないことを明かすと、小林さんは少し黙ってからこう仰った。

「一つの出版社と長く仕事をするといいですよ。書店で文庫の棚が取れますからね」

感情論が一切介在しない理性の塊のような助言に、「小林さんらしいなあ」と思ってしまったのをここで告白します。その節はありがとうございました。

最後にこんなニュースを紹介しておこう。

二〇一九年三月一日、文部科学省は動物の胚（はい）に人間の細胞を注入した「動物性集合胚」の取り扱いについて、指針を改定した。これをきっかけに人間の臓器を持った動物の研究開発が、国内で本格化する見通しだという。つまり「屍」が生まれる日もそう遠くないのだ。『アリス殺し』についても、やがてＶＲ技術の進歩で〈アーヴァタール〉を仮想空間に創り出すことが出来るかもしれない。小林さんの論理的でグロテスクな夢想に、現実が追いつきつつある。

本書は二〇一三年に刊行された作品の文庫化です。

著者紹介　1995年「玩具修理者」で第2回日本ホラー小説大賞短編賞を受賞してデビュー。ホラー、SF、ミステリなど、幅広いジャンルで活躍した。著書に『大きな森の小さな密室』『クララ殺し』『ドロシイ殺し』などがある。2020年没。

検印
廃止

アリス殺し

2019年4月26日　初版
2024年10月31日　22版

著者　小林泰三（こばやしやすみ）

発行所　(株)東京創元社
代表者　渋谷健太郎

162-0814/東京都新宿区新小川町1-5
電話　03・3268・8231-営業部
　　　03・3268・8204-編集部
URL　http://www.tsogen.co.jp
DTP　キャップス
暁印刷・本間製本

ISBN978-4-488-42014-7　C0193